A Nonna Neva

Finito di scrivere il venticinque marzo duemila diciassette

Raffaele Gori
+39 340 8458363
raffaelegori70@gmail.com
raffaele.gori@pec.it

Immagine di copertina : elaborazione di Giacomo Gori su gentile concessione di Caterina Nasini

ASIN: B071LD2JX7
ISBN: 9798391545460

Raffaele Gori

-1

-1 - conversazione

-Come è possibile? -
-Non ne ho idea...veramente. Lo abbiamo perso -
-Che cosa significa? -
-Che non abbiamo più il completo controllo -
-Ho sempre detto che era un'illusione, quando mai abbiamo avuto il completo controllo?! Quanti hanno visto? -
-Era all'interno dell'ambiente domestico, era presente solo la compagna -
-Non basta, lo sapete benissimo. Dovete estrapolare tutti i contatti che ha avuto fin dall'inizio ed eradicare tutto -
-Era un cittadino modello, non sarà difficile -
-Voglio sentirvi dire prima possibile che 'non è stato difficile', cominciate subito.
-Ne avete già un altro pronto? -
-Sì, è già in preparazione -
-Ottimo. Intanto lavoriamo anche sulla causa prima che sia troppo tardi -

0 -risveglio

Era una bella giornata, ne era sicuro, e gli piaceva rimanere a oziare nella tiepida oscurità. Attraverso gli occhi chiusi scorrevano immagini, semplici formc, colori, delicate sfumature. Un bosco, una casa , una donna, colore rosso poi vuoto. Voci indistinte in lontananza... silenzio...fischio negli orecchi. Un sole abbagliante, un cielo stellato, un gomitolo di lana che si srotola lentamente. Il modellino di una torre, dorata, un fiore di gomma, una macchina fotografica. Tutte le immagini passavano davanti ai suoi occhi. Ieri? Ieri che aveva fatto? Non ricordava, era ancora troppo intontito. Ore piccole? Forse si...

Si mise a sedere e aprì gli occhi. Oscurità totale. Stirò le braccia in alto. Le sue articolazioni non emisero il benché minimo rumore, "mi mantengo parecchio bene" pensò orgoglioso. Allungò un braccio per cercare il comodino per accendere la luce, prima sulla destra, poi sulla sinistra. Era in una camera d'albergo? Gli capitava di confondersi quando era in viaggio, la prima mattina che si alzava in un letto nuovo a volte non ricordava dove si trovasse e faticava alcuni secondi prima di comprendere che non era in casa propria. Doveva essere così; la sera prima aveva fatto tardi e non si ricordava che era in uno di quegli hotel dove la luce si accendeva con un telecomando. Forse lo aveva lasciato sul letto... Le sue mani spaziarono, dove dovevano essere le sue gambe e non trovò niente, ne' le gambe, né il letto... Cosa era successo? Un incidente, aveva perso le gambe?! E perché quella perfetta oscurità?! Non capiva.

"Aiuto!!" esclamò ma non sentì la sua voce, solo l'eco della sua intenzione di gridare. Volle scendere dal letto, ma non c'era nessun letto. Sotto le gambe solo il vuoto, le sue braccia non s'incontrarono, annaspando l'una nel vuoto dell'altra. Portò le mani al viso ma con esse non percepì il proprio volto e tramite di esso non percepì le proprie mani.

Fu allora che cominciò a precipitare nel vuoto.

1 -primi rudimenti

$$x^2+y^2+z^2+t^2 = -1$$

L'equazione veniva proiettata direttamente nella corteccia cerebrale; era come se stesse di fronte a ciascuno dei partecipanti, semplice, potente, senza ambiguità. Alcuni dei partecipanti all'Orientamento avrebbero passato la vita a studiare le applicazioni e le modificazioni dell'elegante espressione; altri, come Ardeha, ne avrebbero comprese le implicazioni basilari, minime necessarie per agire nello spazio virtuale.

-...l'equazione dell'ipersfera immaginaria descrive lo spazio entro cui appare svilupparsi il mondo virtuale... -Ardeha si ritrovò concentrata sulle subvocalizzazioni dell'insegnante, per poi ricadere assorta nella contemplazione del manufatto matematico che stava di fronte a sé. Il concetto d'ipersfera immaginaria sfuggiva alla sua comprensione, in realtà, e sentiva che non sarebbe mai stata veramente in grado di capirne la natura, cosa di cui era, tutto sommato, poco preoccupata.

- ...dove, x, y e z rappresentano la posizione dentro lo spazio virtuale, t il tempo trascorso all'interno dell'ipersfera immaginaria. Le leggi del moto sperimentate dal virtunauta all'interno dell'ipersfera stessa sono le stesse che egli conosce al di fuori di essa... - "sì, certo, ma con la possibilità di essere qualsiasi cosa in qualsiasi piattaforma" pensò Ardeha.

-...una delle conseguenze basilari dell'equazione è che maggiore è lo spostamento lungo piattaforme già create all'interno dell'ipersfera immaginaria maggiore è la quantità di tempo immaginario richiesto. Potete provare voi stessi, per curiosità, ad aumentare a piacimento il valore di x,y e z e vedere quanto cresce il valore immaginario di t. Al contrario, ogni spostamento all'interno di piattaforme immaginate dal virtunauta richiede tempo reale... - "ecco, una cosa difficile da capire".

- mi spiego meglio; supponete di accedere ad una simulazione creata da altri. In questo caso fruite di simulazioni già esistente e il tempo di utilizzo è puramente immaginario. E ora ecco un punto molto importante, seguitemi bene - L'equazione riapparve nelle cortecce cerebrali degli studenti.

-Teoricamente, la fisica dell'ipersfera ci insegna che un tempo immaginario, per quanto lungo, corrisponde a un tempo reale nullo. In realtà la neurologia pone un ostacolo che la matematica pura non può eliminare; infatti lo stimolo virtuale ricevuto viene pur sempre tradotto in uno nervoso che ha una velocità di transito limitata nel sistema neuronale. Per questo, all'emersione da un'esperienza virtuale di pura Esplorazione scoprirete che il tempo reale trascorso è molto minore rispetto a quello virtuale, molto minore ma comunque non nullo - l'insegnante si interruppe per lasciare il tempo alle bocche spalancate ed immaginarie degli studenti di richiudersi.

- differentemente, un'esperienza di pura Creazione richiede l'assegnazione di valori immaginari elevati alle variabili spaziali e la conseguente necessità di valori reali al tempo. In questo caso il tempo percepito scorre come quello reale, alla stessa velocità o addirittura più lentamente - L'insegnante capì, dalla mancanza del benché minimo feedback dagli studenti, di dover dare ancora più sostanza alle proprie affermazioni.

- Quando vi troverete in Piattaforme già immaginate e codificate, non sfrutterete la vostra capacità di Creazione ma solo quella di Esplorazione. Potrete spostarvi a piacimento in qualsiasi punto della Piattaforma esplorata e compiendo trasferimenti apparentemente di migliaia di chilometri in un tempo immaginario teoricamente illimitato. Al risveglio, scoprirete che il tempo reale trascorso è molto inferiore a quello immaginario trascorso anche se non può essere nullo perché non potete trasferirvi ad una velocità superiore a quella con cui potete pensare il Trasferimento stesso. Invece, in fase di Creazione, creerete nuovo spazio virtuale utilizzando capacità cerebrali in tempo reale. Espanderete i valori immaginari possibili delle coordinate x,y e z e questo richiederà la progressione di t nel campo dei valori reali – l'insegnante sospese la spiegazione e lasciò il tempo di capire , nel caso di Ardeha di accettare, i concetti esposti alla classe virtuale.

In quel momento Ardeha fu raggiunta da un messaggio del suo ragazzo, Tokho.

-ciao! - sub verbalizzò Ardeha –Che onore, hai aperto il tuo Flexi per me! Che fai? Non ci capisco niente - la ragazza incluse nel thread un breve video estratto dallo Stream dell'insegnante.

- Ardeha, sei coraggiosa, davvero – Tokho le inviava dei messaggi vocali attraverso il suo portatile flessibile (Flexi). -La realtà virtuale non fa per me. Posso capire che hai voluto farti praticare l'innesto, questo è il mondo oggi, ma andare a cercare lavoro nell'Envirtualment...– silenzio - ti rendi contro che sei una delle prime persone che hanno accettato l'Invito? Non mi piace -

- Tokho - emise – si tratta di una cosa nuova, invece a me piace, e anche tanto. E dai, ora sgancia, voglio cercare di capire; il Thread è in corso! -

-...e tutto questo crea delle conseguenze che sfuggono al senso comune, all'interno dell'ipersfera immaginaria – l'insegnante stava proseguendo; sperò che il messaggio non le avesse fatto perdere qualche punto fondamentale della spiegazione...gran rompipalle!

- ad esempio, soffermiamoci sul concetto di velocità nello spazio virtuale. Nel caso stiate vivendo un'esperienza di Esplorazione, la variazione reale delle coordinate spaziali avverrà in un tempo immaginario. Se ne deduce che la velocità con cui vi spostate avrà anch'essa un valore immaginario. Nel caso viviate invece un'esperienza di Creazione, seguirete un percorso di variazione delle coordinate spaziali nel campo dell'immaginario e questo, vi ricordo, avverrà in un tempo reale. Anche questo avverrà dunque a una velocità immaginaria... -

Per un attimo Ardeha immaginò (nel senso puramente cerebrale del termine) le nuove leve dell'Istituto per l'Invito, tutte in silenzio, ognuna collegata alla propria amaca e ognuna concentrata per seguire le parole dell'Insegnante. Come aveva anticipato lei stessa, la lezione si svolgeva nello Spazio Virtuale dell'Esplorazione, ma essendo un'esperienza di studio, e non di semplice contemplazione, richiedeva una contemporanea opera di Immaginazione, intesa come il lavoro cerebrale necessario ad assimilare i concetti trasmessi, per cui all'atto del Distacco ciascuno studente avrebbe scoperto di aver passato collegato un tempo reale abbastanza lungo, anche se inferiore a quello immaginario. Il tempo reale effettivo sarebbe stato diverso per ciascuna persona, più corto per coloro più rapidi nel capire, più lungo per i più pigri.

L'idea secondo la quale alcuni Patrioti partecipanti all'orientamento, localizzati o nell'unità abitativa più vicina, o a diecimila chilometri di distanza, potesse aver già terminato la sessione, mentre un'altra parte sarebbe rimasta collegata dopo di lei nel tempo reale sfuggiva alla capacità di comprensione di Ardeha. In realtà i partecipanti alla Sessione provenivano tutti da una preselezione basata sull'indicatore QI, in modo che nessun 'ciuco' potesse rallentare il training arrivando alla Disconnessione quando ormai tutti gli altri erano a passeggio sulla Principale di 110011.

-...Bene, per ora credo possa bastare – l'insegnante si rese conto di aver confuso i suoi studenti a sufficienza. Ardeha aveva visto l'insegnante camminare avanti e indietro durante la lezione davanti ad una lavagna e ne aveva sentita la voce, forte e cristallina. In realtà, l'ambientazione era virtuale e riproduceva un'aula delle antiche università.

Con ogni probabilità, l'aspetto dell'insegnante non rispecchiava quello reale, era stato studiato per incrementare al massimo la ricettività e la capacità di comprensione da parte degli studenti. Alcuni specifici algoritmi avevano raccolto i dati necessari per definire l'aspetto dell'insegnante e il modo in cui si muoveva, il timbro della voce e l'intonazione delle parole percepite dai partecipanti alla sessione, con lo scopo di tenere al livello massimo possibile l'attenzione degli studenti. Ovviamente il massimo risultato si sarebbe ottenuto permettendo all'algoritmo di generare una simulazione dell'insegnante con caratteristiche fisiche, emotive e comportamentali diverse per ogni studente, in modo da generare la massima empatia possibile con ciascuno dei futuri Virtunauti. Questo purtroppo non era possibile, poiché la Legge prevedeva che esistesse una corrispondenza biunivoca tra Personalità Reale e Personalità Virtuale. Ogni persona poteva scegliere e creare una e una sola immagine virtuale, e ciascuna di esse poteva corrispondere a una e una sola persona fisica. Ciascun'Immagine aveva un proprio Profilo d'Identità che era esaminato e approvato dall'AU (Algoritmo Unico) a ogni accesso in Realtà Virtuale.

-...La prossima Sessione sarà tra due giorni solari, inizio ore 8.00 del mattino– terminò l'insegnante.

-Tra pochi secondi avverrà la Disconnessione. Avete avuto tutti le informazioni necessarie in fase di Orientamento, credo sia meglio rinfrescare comunque alcuni concetti. Prima di tutto, cercate di non muovervi almeno per il minuto successivo alla Disconnessione. Il vostro sistema cerebrale e nervoso sono stati percorsi da impulsi elettrici d'intensità leggermente superiore al normale per generare le immagini e le sensazioni fisiche provate durante questa sessione; ritornando all'intensità normale i vostri muscoli inizialmente non risponderanno più a stimoli d'intensità normale. Il funzionamento del sistema respiratorio e neurovegetativo è garantito dall'Alcova in cui vi trovate, per cui non avete niente di cui preoccuparvi. Nonostante questo non è da considerare anormale che una parte di Voi vada incontro a una reazione di panico. Per questo motivo, il vostro terminale provvede automaticamente a somministrarvi via endovena farmaci per la regolazione della fisiochimica. Vi ricordo, inoltre, che lo stesso sistema fornisce i fluidi e i nutrienti essenziali al vostro corpo in stasi e gli stessi impulsi trasmessi nel sistema nervoso per realizzare l'esperienza virtuale permettono anche di mantenere tonici i muscoli. Per chi di voi non ha accettato di far installare un catetere e una sacchetta per la raccolta delle feci...ricordatevi che la regolazione fisiochimica termina non appena avete ripreso il controllo dei vostri muscoli. E' molto probabile che vi accorgiate di dover correre immediatamente al gabinetto... -

-...il consiglio dopo una Sessione di Realtà Virtuale è di idratarsi ulteriormente, fare ginnastica e scioglimenti. Inoltre, riposatevi. La stimolazione neuro cerebrale determina stanchezza in maniera del tutto simile a quella creata dalla vita reale. Anche se avete passato la giornata da sdraiati, i vostri muscoli, occhi, cervello saranno stanchi come se li aveste usati nella vita reale, per cui riposatevi -

2 -l'alcova

Ardeha riemerse dall'Envirtualment abbastanza tardi. Rimase immobile nell'Alcova mentre l'aria fresca filtrava attraverso il similvetro. Era sera, e aveva aumentato la permeabilità del cristallo polimerico quando era entrata in Sessione all'ora di pranzo, calcolò quindi che fossero passate circa quattro ore nella realtà, mentre la Sessione completa aveva avuto una durata immaginaria di circa otto ore. Si soffermò a pensare che qualcuno appena meno intelligente di lei stava ancora ascoltando le ultime parole dell'insegnante. Questo proprio non lo capiva...l'insegnante rimaneva in Sessione fino a che anche l'ultimo, cioè il meno intelligente dei suoi studenti, terminava la Sessione, oppure...cosa?..non riusciva a capirlo, neanche a immaginarlo. E chissà se mai lo avrebbe capito. La curiosità di incontrare di persona l'insegnante, per poterle chiedere come andavano veramente le cose, la stuzzicava. In generale, questo non era possibile se lei stessa non si rendeva rintracciabile. E questo era vero per ogni incontro fatto nell'Envirtualment, solo la Sicurezza poteva pretendere dettagli sulla posizione fisica degli utenti, e in ogni caso nemmeno le forze dell'ordine potevano ottenere questa informazione se non era l'utente a fornirla.

Era la seconda volta in vita sua che chiudeva una Sessione e non si era ancora abituata alla serie di sensazioni che provava. L'insegnante li aveva congedati invitandoli a iniziare la sequenza di disconnessione. Questa consisteva ncl pronunciare in un preciso ordine alcune parole che ognuno doveva imparare a memoria. Ciascun virtunauta aveva una propria sequenza d'ingresso e una di uscita dall'Envirtualment, ciascuna composta di cinque parole, l'equivalente della password dei vecchi sistemi operativi non integrati. Ad esempio la sequenza di Ardeha ingresso era: ristornare – paramecio – cloròma – denocciolato – grufolìo, quella di uscita : rimediato – adesivi – carriola – stupore – vascello. Dopo che l'insegnate aveva comunicato la fine della sessione avevo sub vocalizzato il comando "Sequenza di Uscita". Era sprofondata in un silenzio irreale e la silhouette dell'insegnante si era arrestata come nel gioco delle 'belle statuine'. A un tratto un suono di gong: la sequenza di uscita era iniziata in maniera irreversibile. Aveva quindi continuato pronunciando la prima parola della sequenza:

-Rimediato –la sede virtuale dove si trovava, un'aula di cui era l'unica occupante, aveva perso i propri colori divenendo rappresentata in tonalità di grigio;

-adesivi - senza che lo sapesse spiegare, appena pronunciata la seconda parola, era scomparsa la prospettiva, la stanza era divenuta come una stampa su carta, bidimensionale, e Ardeha, al suo interno, si era 'assottigliata' o 'ripiegata' e meglio non lo avrebbe saputo spiegare;

-carriola - il terzo livello della sequenza di uscita creava l'effetto detto di 'collasso'. Tutti i dettagli ormai abbozzati e bidimensionali della Simulazione si 'richiudevano' su se stessi convergendo in un unico punto di origine. Era il momento in cui il Virtunauta si trovava sospeso in un infinito universo bianco, senza punti di riferimento o di appoggio, senza suoni, odori, sapori, solo pensieri...La realtà virtuale fino ad ora sperimentata appariva come 'risucchiata' all'interno di un singolo punto. La paura di essere 'trascinati' era normale per i meno esperti. Ardeha aveva istintivamente cercato di chiudere gli occhi, ma a quel punto della sequenza di uscita la rappresentazione di se era ormai disattivata e non si avevano più occhi da chiudere....Nessun'altra parte del corpo in simulazione era, di fatto, più fruibile in quel frangente.

-così non me la posso fare addosso...anche solo virtualmente... - pensò Ardeha. –speriamo che il corpo vero non si prenda la sua rivincita e non mi trovi a svegliarmi piena di cacca -

-stupore - il grande oceano bianco si 'spense' e divenne completamente buio. I virtunauti erano stati avvertiti che quel momento poteva essere molto difficile per molti di loro. La paura atavica del buio, unita all'assenza di un corpo virtuale controllabile, poteva gettare nel panico molti di loro. In quello stato poteva divenire impossibile pensare alla quinta parola da sub vocalizzare per completare la sequenza di uscita. Altri, come Ardeha aveva scoperto di sé, indugiavano invece in quel cosmo senza stelle, ne' suoni, ne' freddo ne' caldo, riposandosi, sospesi in uno stato di totale anestesia cosciente.

-vascello - sub vocalizzò. Era ora di tornare.

Il minuto di paralisi passò, abbastanza lungo ma non troppo. Come le avevano spiegato, il corpo fisico del Virtunauta andava in paralisi esattamente come succedeva a chiunque durante il sonno. Questo fenomeno, sviluppato dall'evoluzione per evitare movimenti notturni, proteggeva il dormiente da cadute e lesioni involontarie bloccando i grandi muscoli del corpo con l'esclusione di quelli coinvolti nella respirazione e nelle funzioni fisiologiche. L'unica differenza, nel caso dell'uscita dall'Envirtualment, consisteva nell'impossibilità di riprendere i movimenti volontari immediatamente nel primo minuto dopo il ritorno. Il Virtunauta dormiva a tutti gli effetti un sonno senza riposo che lo lasciava con la mente stanca come se fosse rimasto sveglio; questo, combinato con la continua elettro - stimolazione muscolare, resa necessaria per evitare l'atrofizzazione della muscolatura volontaria, faceva sì che una giornata passata sdraiati nell'Alcova rendesse pronti per sdraiarsi di nuovo nel letto di casa dopo poche ore.

Ardeha scollegò l'innesto neurale e si alzò a sedere, ruotò le gambe nude verso la finestra e rimase ferma con i piedi penzoloni. Non era così sicura di poter fare grandi movimenti, ancora. Si passò le mani tra i capelli, inspirando ed espirando lentamente. Si massaggiò il cuoio capelluto, poi il viso, il collo. Stirò le braccia verso l'alto inarcando la schiena e, contemporaneamente, scricchiolò le caviglie e stirò i polpacci avanti e indietro. Provò a spostarsi sul bordo dell'Alcova e sporse di più le gambe. I piedi scalzi toccarono il pavimento. Era freddo. Il similvetro era troppo permeabile per quell'ora, permettendo all'aria di circolare attraverso la propria struttura filtrante come se si trattasse di un'antica finestra spalancata. Con un piccolo colpo di reni Ardeha posò un piede a terra e poi il secondo. Rimase ferma un attimo giudicando il proprio equilibrio e poi sposto il peso sulle gambe. Sembrava andare tutto bene. Camminò verso la finestra, la raggiunse e azzerò la permeabilità del policristallo. Le girava un po' la testa ma di niente di preoccupante. Avrebbe potuto chiedere a un drone di 'chiudere la finestra' per lei ma voleva provare a fare quel piccolo movimento per rendersi conto di quanto fossero stabili le sue gambe. Si volse e appoggiò la schiena al policristallo chiuso. Il telaio e il vetro erano ancora freddi e lei indossava solo maglietta e slip , ma cercare di vestirsi subito era chiedere troppo. Restò ferma in quella posizione, mentre il sole al tramonto attraversava il similvetro riscaldandole la schiena. Quasi con pigrizia si collegò tramite l'innesto neurale alla Rete per fare un po' di 'browsing'. Le previsioni metereologiche apparvero in automatico riempiendo lo spazio vuoto della stanza. Un'immagine a volo d'uccello di 110011 apparve galleggiando davanti ai suoi occhi, mostrando tempo stabile e temperature miti per tutta la settimana. Ardeha fece 'zoom out' di alcuni chilometri in alto. Il tempo sembrava buono anche sulle altre migliaia di villaggi disseminati nell'area. Ardeha innalzò ancora di più il punto di vista, arrivando a una visuale da satellite che mostrava tempo sicuramente buono su tutta l'Europa, allerta pioggia diffusa nel continente nord -americano, tempo variabile sul Sudamerica e il resto del pianeta. La temperatura al polo sud, dove si trovavano i grandi server mondiali da cui si gestiva e distribuiva l'Envirtualment era di -5°C. I centri di elaborazione erano stati costruiti in quella parte del mondo per permettere un più agevole raffreddamento delle CPU, grosse come palazzi. Tutti i Creatori si trovavano là, all'interno di compounds isolati dall'ambiente esterno. L'attenzione di Ardeha si spostò poi sull'Europa, e in particolare sul bacino del Mediterraneo e la Sicilia. Sull'isola si trovava la sede del Governo Centrale Mondiale, da cui era coordinata la vita delle decine di migliaia di comunità in cui era frammentata la popolazione del pianeta. Infine, uno sguardo alle notizie del giorno. Durante la giornata precedente erano state centoquindici le comunità i cui membri erano stati dotati interamente d'innesto neurale. Naha Jaramillo era stata premiata dal Governo Centrale Mondiale per non aver avuto contatti con altre persone, ad eccezione del proprio gruppo omogeneo, per tutta la sua lunga vita di centoventi anni, nonostante avesse ormai perso tutti i propri cari e non fosse madre. Il premio consisteva nel poter accedere al programma 'Vita Perfetta' senza addebiti sulla propria impronta ecologica residua. Naha era stata intervistata a lungo nell'Envirtualment per creare una simulazione, per lei unicamente pensata, e a lei unicamente dedicata, in cui avrebbe potuto spegnersi lentamente in compagnia delle rappresentazioni degli appartenenti al suo gruppo omogeneo ormai scomparsi. Una volta interrotte le funzioni vitali dopo il tempo deciso da Naha, e comunque non oltre cinque anni, la sua impronta ecologica sarebbe stata distribuita in parti uguali ai membri della comunità 100062 di cui faceva parte. L'immagine dell'anziana donna, che giaceva nell'alcova all'interno di 'Vita Perfetta", da cui non si sarebbe mai risvegliata, con un'espressione radiosa dipinta sul visto rilassato, commosse Ardeha.

"Un giorno, chissà, potrei farlo anch'io" pensò fra se...

Davanti a lei stava l'Alcova. Ormai quei manufatti di fine tecnologia integrata si contavano a milioni sul pianeta. Ardeha, ancora appoggiata al cristallo di similvetro in mutande, maglietta e a piedi scalzi sul pavimento rinfrescato dall'aria esterna che passava filtrata attraverso la matrice amorfa del materiale, osservava quella che sembrava una semplice poltrona reclinabile, molto comoda e costruita in materiali caldi e confortevoli, ma che in realtà era un manufatto tecnologico avanzatissimo. La seduta era attraversata da miriadi di sensori che misuravano in tempo reale conducibilità, temperatura, umidità e altre cose (che non si sforzava neanche di capire) della pelle del Virtunauta. Accanto ai sensori passavano dei microaghi che dosavano i farmaci necessari per la regolazione dei parametri fisiologici e che garantivano l'immobilità dell'utente dell'Envirtualment. Un terzo sistema di terminali elettrici faceva affluire verso la muscolatura un flusso costante e controllato di stimolazione elettrica che manteneva trofici i muscoli, i cui movimenti erano inibiti dal controllo farmacologico. Dall'appoggio per la testa, leggermente rialzato e sagomato per sostenere comodamente nuca e retro del cranio, usciva uno spinotto di grandi dimensioni che entrava all'interno dell'innesto vertebrale. La preparazione dell'innesto era avvenuta subito dopo la Scelta dell'Alcova, eppure Ardeha non ricordava niente della procedura, come tutti quelli che la ricevevano d'altronde, perché l'operazione avveniva sotto anestesia totale. Al risveglio, non aveva provato dolore, ma solo un leggero formicolio alla base del cranio. Aveva portato la mano alla nuca e aveva toccato lentamente l'innesto, rimanendo a occhi chiusi. Sapeva che l'operazione era irreversibile, le era stato spiegato bene. Da quel momento in avanti l'innesto avrebbe fatto parte della sua fisiologia. Anche se avesse sospeso i collegamenti per un lungo periodo, sarebbe bastata una semplice ‘manutenzione’ per permetterle di entrare di nuovo nell’Envirtualment agevolmente.

Il giorno in cui vi era stata associata (un’alcova non si poteva ‘ordinare’, né tantomeno ‘comprare’) si era recata presso il Centro Argo per la progettazione di supporti per la Realtà Virtuale, dove era stata sottoposta a un’ampia serie di misure biometriche. Subito dopo le dimensioni e le proporzioni del corpo – Ardeha Doorkey, mille settecentocinquanta millimetri di altezza, novecento dieci di fianchi, sei centoventi di giro vita, novecento ottanta di seno- scandiva ad alta voce il tecnico della Argo

– hai mai pensato a fare la modella? – le disse sorridendo mentre faceva un gesto con la mano del tutto effemminato da dietro una paratia di similvetro. Sino a quel momento era stata determinata l’impedenza della cute, delle terminazioni nervose e della massa muscolare ed ancor prima aveva dovuto subire un elettroencefalogramma completo a riposo e sotto sforzo mentale. Si era poi andati avanti con un bell’elettrocardiogramma a riposo e (ancora!!) sotto sforzo, test sull’equilibrio e sui riflessi, esame oculistico e visita dermatologica. E non era finita lì; solo dopo che le ebbero inflitto ogni sorta di esame allergologico, i tecnici della Argo furono soddisfatti e la fecero accomodare in sala d’attesa. Nel frattempo arrivò Tokho che era uscito dallo MBH poco prima.

-Hanno finito? - le chiese un po' scocciato e un po' preoccupato.

-Credo - rispose Ardeha. Arrotolò il Flexi e si volse per dargli un bacetto. Tokho era tutto spettinato, era arrivato di corsa. E lo amava...

-Signorina Doorkey , prego! - uno dei tecnici si affacciò dal laboratorio e la invitò a entrare. Tokho la seguì; si sedettero in due ampie poltrone davanti ad una scrivania, dietro la quale sedeva il tecnico che li aveva chiamati. Ai lati della sala sedevano su normali sedie da laboratorio gli altri membri dello staff, dietro un cristallo di similvetro che separava i due gruppi di persone. La distanza tra i componenti dello staff di Argo indicava che non facevano parte di un gruppo omogeneo.

-Buonasera, il mio nome è Xarhu, ingegnere capo della divisione Alcove di Argo. Oltre a me ha già incontrato, in fase di raccolta dati, Medha, Ranho e Lohe -.

Ardeha salutò con la mano, Tokho fece altrettanto visibilmente imbarazzato. La ragazza riconobbe dalla gestualità il suo 'ammiratore' di prima in Ranho. Gli altri due uomini sembravano più composti e distaccati.

-I risultati sono tutti eccellenti, direi che nulla osta ad iniziare la procedura di associazione ad un'Alcova. A questo punto mi serve la sua certificazione QI – disse Xarhu.

-Certo - Ardeha cercò nella borsetta il proprio Flexi. Maledizione, si accorse solo in quel momento di averlo lasciato a casa!

-Mi scusi, può farmi inviare un messaggio al Domesticus? - chiese Ardeha - Faccio mandare il Flexi subito subito! Mi può prestare il suo?

-Non c'è bisogno – disse Xarhu -Posso farlo io per lei, ho un innesto vertebrale…come quello che avrà lei entro stasera - Lo sguardo dell'ingegnere si assentò improvvisamente, Ardeha fu impressionata, Tokho scattò quasi sulla seggiola.

-sono collegato, mi dia la mano signorina - Ardeha allungò il braccio e Xarhu le prese delicatamente la mano.

- Chiedo l'accesso all'Autodomotico di Ardeha Doorkey - pronunciò Xarhu con voce atona – Ardeha è qui con me, l'area di riconoscimento della sua mano destra è in contatto con la mia mano sinistra. Mantenendo il contatto Ardeha autorizza me, Xarhu Schau all'accesso all'Autodomotico ARDO -006 - Xarhu tacque quindi per alcuni secondi. Dopodiché riprese a parlare…ma non era più se stesso, aveva autorizzato l'accesso in locale al proprio sistema nervoso, ma non neuronale, all'Autodomotico di Ardeha.

- Signorina Ardeha, come posso aiutarla? - disse Xarhu usando esattamente il tono e l'inflessione che Ardeha aveva programmato in ARDO -006 ma con la voce dell'ingegnere. Ardeha sentiva la mano di Tokho che le stringeva il braccio " E' un bambino " pensò " cosa crede che sia? Magia?"

-ARDO -006, buongiorno. Ho bisogno di un favore, ho lasciato il mio Integrato a casa. Comanda ad ARDO -007 di portarmelo subito -

-ARDO -007 è pre -allerato e sta recuperando l'Integrato. Dove deve consegnarlo? -

-Al Centro Argo, progettazione supporti Realtà Virtuale -

-Molto bene, ARDO -007 è già partito. Impiegherà sei minuti e trentacinque secondi per raggiungere la sua posizione. Quota di volo : centosessantacinque metri sul livello del suolo, consumo energetico previsto quarantacinque kilowattora, novanta per cento da fonte rinnovabile solare, al cinque percento da recupero gravitazionale. Impronta ecologica in aumento di cinque millimetri quadrati.

-Autorizzo il volo – disse Ardeha

-Drone ARDO -007 in partenza. Disconnessione in corso - Lo sguardo di Xarhu tornò a posarsi sui presenti.

– *mollami il braccio!* - sussurrò Ardeha a Tokho.

–Scusa...non...non so... - la ragazza lo interrupe – non dire niente. Ti ci abituerai -

-Non lo so...-. Rispose. Ardeha colse una nota quasi di desolazione nel sussurro di Tokho. Si volse verso di lui – Amore, io... -

-Posso offrire qualcosa da bere? - la interruppe Xarhu - abbiamo acqua vitalizzata, bi distillata aromatizzata e minerale classica -

-La vitalizzata andrà benissimo! Tokho, tu? - chiese Ardeha

-Minerale classica - disse quasi seccato il ragazzo

-c'avrei giurato...ok! -proseguì Ardeha -una vitalizzata e una minerale classica, per favore-

Ranho si alzò immediatamente dalla sua sedia e raggiunse un armadietto in metallo a lato della stanza. Col suo fare svolazzante lo aprì rivelando una serie di distributori e a fianco dei bicchieri. Ne riempì uno di liquido trasparente e uno di liquido bianco, il primo era il bicchiere di acqua fresca, il secondo la soluzione di probiotici e vitamine in acqua che era normalmente chiamata 'Acqua vitalizzata'. Ranho lasciò i due bicchieri su un supporto in similvetro posto a fianco della paratia di cristallo che li separava. I due ragazzi andarono ognuno a prendersi il proprio una volta che Ranho si fu allontanato.

Ardeha stava sorseggiando la Vitalizzata quando un segnale sonoro annunciò l'arrivo di

ARDO -007. Il grande cristallo piano in similvetro che si trovava sul fianco della stanza si ritrasse, lasciando libero l'accesso al terrazzo che dava sull'esterno. La pressione positiva dell'ambiente interno impediva l'ingresso di aria, nonostante questo l'automa si approssimò al varco facendo attenzione a non causare correnti d'aria sconsigliabili. Ardeha si alzò, andando verso di esso per prendere l'Integrato nel vano porta oggetti che intanto si stava aprendo sul fondo dell'automa. Tokho, rimasto momentaneamente solo in quel contesto, distolse l'attenzione dagli altri grattandosi la testa.

-Grazie ARDO -007, torna pure a casa - Il drone si allontanò cautamente dall'apertura lasciata dalla vetrata a scomparsa, accelerando solo quando si trovò fuori dal balcone. Il cristallo si richiuse.

-Ecco qua! - Disse Ardeha. L'Integrato si attivò non appena fu in contatto con la sua epidermide, alimentato dalla sua stessa bio - energia. Si trattava di una tecnologia ormai vecchia, ma sempre molto utile.

Il certificato Q.I. fu visualizzato sull'Integrato. Ardeha ricerco i dispositivi vicini tramite Li -Fi e trovo...Xarhu -075. Guardò verso Xarhu, questa volta sentendosi come Tokho. Lui la guardò con uno sguardo comprensivo.

-E' l'innesto vertebrale. L'Integrato lo visualizza come se fosse una qualsiasi risorsa esterna -

-Quindi... -mormorò Ardeha titubante -se invio il certificato Q.I. a 'Xarhu -75'... -

-lo invierà direttamente nel mio sistema nervoso - continuò l'ingegnere -A tutti gli effetti Io lo vedrò come se fosse qui davanti a me -

Ardeha trasmise il certificato Q.I. e gli occhi di Xarhu si assentarono per poi tornare vigili in pochi secondi.

-136, ottimo! Come sa il minimo per ricevere un innesto vertebrale è 130 e i suoi esami sono perfetti! Quando vuole, mia cara, siamo pronti per procedere. Prima, però,...scegliamo l'Alcova!'

Medha, Ranho e Lohe si alzarono in piedi in contemporanea nel più completo silenzio. Anche Ranho sembrava ora l'adepto di una setta religiosa...Xarhu si spostò verso di loro e tutti insieme andarono verso la porta che si aprì. Xarhu fece cenno ad Ardeha e Tokho di seguirli. Passarono davanti al laboratorio antropometrico, attraverso la porta semi - trasparente s'intravedeva un'altra figura nuda che attendeva il proprio turno.

Subito dopo si apriva una sala poligonale, in ciascun lato si trovava una porta.

- Ardeha – disse Xarhu con voce profonda – avvicinati a una delle porte e toccala. Se non si apre spostati verso la successiva e fai la medesima cosa. Il Sistema Integrato riconoscerà i tuoi dati biometrici, che ormai sono stati completamente acquisiti, e t'indirizzerà verso l'alcova giusta –

Ardeha si accorse di trattenere il respiro..."faccio tutto questo per trovare lavoro, invece mi sembra di partecipare a un rituale d'iniziazione di qualche arcana setta religiosa" pensò fra sé.

- Vado ! – disse più a se stessa che agli altri. Toccò la prima porta. Era fredda, percepì una lieve sensazione epidermica, come se la porta fosse leggermente carica elettricamente. La sensazione complessiva era spiacevole. Ritrasse la mano e la porta non si aprì. Si girò verso gli astanti. Tokho era in apnea...

Si volse verso la seconda porta, la raggiunse con un paio di passi e appoggiò di nuovo la mano. La sensazione fu la medesima, cominciò a innervosirsi.

Attese alcuni secondi e questa volta non si voltò verso gli altri. Si mosse decisa verso la terza porta e pose la mano su di essa. Questa volta la sensazione fu completamente diversa, di un gradevole tepore sulle dita e sul palmo della mano, una carezza delicata sulla pelle che poteva percepire su tutto il corpo.

Aveva trovato la sua alcova. Spinse sulla porta, la aprì ed entrò.

Era ora di vestirsi. Ardeha si distolse dalla sua contemplazione e si spostò nella camera adiacente.

– ARDO -006! – esclamò – vestiti puliti!–

-Certamente – risuonò la voce del drone – Ben rientrata, Ardeha- L'anta destra dell'armadio si alzò avvolgendosi su se stessa e un arto robotico porse ad Ardeha una tuta da sera fresca di lavatura. Ardeha gettò la biancheria del giorno a terra e indossò il capo. Un drone secondario, ARDO -008, raccolse il vestiario. Si sarebbe occupato di lavare i capi, così come almeno ogni giorno si occupava di tenere puliti i pavimenti.

-Scarpe! - continuò Ardeha.

ARDO -008 tornò con un paio di stivaletti bassi. Ardeha indugiò un attimo... -non questi, scarpe da ginnastica! - ARDO -008 si ritirò in buon ordine e ritornò con il paio richiesto da Ardeha.

La ragazza si affacciò alla finestra. Era una bella serata, fresca ma sicuramente non fredda. Non aveva bisogno di indossare altro.

-esco! - comunicò. Uscì dalla stanza, passò attraverso la sala dove si trovava l'alcova che poi era anche la cucina ed entrò nel bagno che si trovava alla sinistra, subito prima della porta d'ingresso. Pose le mani sotto gli erogatori d'acqua e dei getti nebulizzati le bagnarono le mani senza far cadere una goccia d'acqua in eccesso nel lavandino. Si sciacquò la faccia. Ripeté l'operazione un paio di volte e rimase con le mani sul viso per alcuni secondi, i bulbi oculari raccolti nell'incavo delle mani. Era stanca...per l'Algoritmo se era stanca! Sarebbe riuscita a sopravvivere nell'Envirtualment?

Abbassò le mani.

–Asciugare! - getti di aria secca la carezzarono esattamente nelle zone umide del corpo, fu asciutta in pochi secondi. Tornò in stanza da letto, prese il suo marsupio alla moda e tornò verso la porta d'ingresso.

-Esco!..davvero questa volta! - fece sorridendo. –Buona serata - diffuse ARDO -006 nell'appartamento. La porta si aprì e Ardeha uscì, subito dopo aver indossato la mascherina filtrante da esterni.

–Buona serata a te! – disse. La porta si richiuse dietro di lei, tutte le luci si spensero e ARDO -006 oscurò i cristalli dell'unità abitativa. ARDO -008 prese a muoversi per l'appartamento aspirando i pavimenti e filtrando da polveri e pollini l'intera aria dell'appartamento. ARDO -006 nel frattempo controllava le scorte alimentari, comunicando la lista degli alimenti necessari al sistema di reintegro automatico, mentre inviava al drone ARDO -007 il comando di alzarsi in volo per compiere una perlustrazione dei dintorni.

ARDO -006 si accingeva a esaminare i consumi elettrici e idraulici dell'abitazione e ad attualizzarne l'impronta ecologica quando...**la** porta di casa si riaprì di colpo. Ardeha entrò di nuovo nell'appartamento ma si fermò subito sull'ingresso.

-ARDO -006 - disse con fare interrogativo e sollevando la mascherina sulla fronte -ti volevo chiedere...come sto? -

ARDO -006 non rispose subito –Ardeha, hai un aspetto gradevole - disse infine.

-Si...ma secondo te sono vestita bene? Insomma...carina? -

ARDO -006 indugiò ancora mentre esaminava in pochi secondi svariati terabyte di programmi televisivi e registrazioni ambientali alla ricerca di informazioni utili per inquadrare il contorno del quesito.

-Ardeha, il mio suggerimento è di togliere quelle scarpe da ginnastica e di mettersi gli stivaletti che ti avevo fatto portare da ARDO -008 -

-Beh...giusto! -disse Ardeha - Stivaletti! - ordinò.

-Sono lì accanto a te, Ardeha - indicò ARDO -008.

-Ah, si! Grazie – Ardeha si scalzò e mise gli stivaletti.

-Specchio! - ordinò ancora. ARDO -008 proiettò davanti a lei un'immagine olografica di se stessa. Ardeha si guardò, cambiando anche l'angolo della visuale. Capelli biondi, occhi azzurri, fisico asciutto, un metro e settanta (forse qualcosa di più con gli stivaletti) su cinquantadue chilogrammi chiusi dentro un vestito bianco in liquifibra che scopriva le spalle e lasciava le gambe visibili fino quasi all'inguine come comandava la moda del tempo.

La ragazza uscì finalmente da casa calandosi di nuovo la mascherina sul volto, e se in quel momento fosse stato presente qualcuno con una mente almeno un po' influenzabile...beh, costui avrebbe potuto giurare di aver sentito una sorta di sospiro fuoriuscire dalle pareti.

3 - Al 'Bei Tempi'

Ardeha scese in strada con la bicicletta, un vecchio tipo con due ruote davanti ed una dietro. Quando le passavano accanto i nuovi modelli a stabilizzazione magnetica, che rimanevano fermi su due ruote senza cadere anche in sosta, si sentiva un po' sciocca. Aveva richiesto quel modello per accontentare Tokho, che aveva insistito e diceva che doveva convincerla a tutti i costi a mettersi in casa almeno un manufatto low -tech, almeno uno... Dopo aver rifiutato che le fosse assegnato uno di quei modelli a due ruote che cadevano da fermi se non veniva calato il...supporto...come si chiamava...ah! cavallo...no! cavalletto!!...uno di quelli, insomma, avevano 'negoziato' fino a un modello con due ruote anteriori.

Imboccò il viale centrale del villaggio. Era sempre piacevole percorrere quella direzione, in particolare in quella fresca stagione autunnale. La strada era ampia e suddivisa in più piste ciclabili, separate da paratie in similvetro, che ogni ciclista impegnava indossando una mascherina filtrante da esterni. Ogni bicicletta era attrezzata con sistemi che garantivano il mantenimento di una distanza minima l'una dall'altra. Ai lati del sistema di corsie ciclabili stavano due piste carrabili, dove pochi veicoli elettrici a quattro ruote procedevano a un livello più basso di quello delle ciclabili e da queste separate da una barriera protettiva insonorizzata. Era un bel fine pomeriggio, il sole stava calando nell'aria pulita e leggermente umida. Il viale si prolungava tra le abitazioni immerse nel verde. Svariati droni si occupavano del taglio dell'erba e della pulizia del tratto di marciapiede davanti a ciascuna casa.

Aveva appuntamento con Tokho al 'Bei Tempi', un locale stile inizio ventunesimo secolo aperto da un altro membro dello MBH. Si trattava di un ritrovo che serviva una varietà di cibi dell'Antica Tradizione, come carne, pesce, pasta, verdure e altro. L'impiego degli alimenti 'ptia' (ovvero ptialinizzati, sottoposti in anticipo alle reazioni indotte dalla saliva umana) era 'bandito' da questi luoghi, anche se era obbligo averne a disposizione in caso di richiesta. Il rischio che ci si sottoponeva a mangiare una 'spaghetto al ragù' (il piatto preferito da Tokho) era comunque mitigato dalla presenza di uno scanner biometrico che esaminava ciascun cliente ogni volta che entrava nella sala da pranzo, rivelando eventuali allergie o intolleranze, in particolare quelle appena insorte. Ogni piatto poi passava al Bio -Scan prima di essere portato in tavola...insomma era sicuro, anche se Ardeha non era granché a maneggiare forchette, cucchiai, coltelli e anticaglia simile.

Il locale si trovava in cima a una collina, collegato alla ciclabile principale da una derivazione, sempre delimitata da pareti di similvetro, che conducevano fino all'ingresso passando sopra la carrabile per le auto elettriche, che in quel punto scendeva in basso. Qualche metro più in là una derivazione simile permetteva agli avventori di uscire dal locale e di scendere giù fino alla collina per rientrare nella ciclabile. Ardeha decise di impegnare la salita con la propria forza muscolare e di non utilizzare il traino magnetico che era predisposto su ogni tracciato ciclabile con pendenza superiore al 2%. Tokho avrebbe apprezzato l'odore di sudore 'di una volta'. Cominciò a pigiare sui pedali e a metà della salita dovette ammettere che la fatica c'era...e tutta, ma continuò fino ad arrivare dove la derivazione si allargava, di fronte alla porta d'entrata, lasciando spazio per le biciclette. Ardeha vide che oltre la sua c'erano altri due mezzi, la bicicletta a due ruote di Tokho e una moderna a sospensione magnetica, quindi il locale aveva un solo altro visitatore oltre loro due. Attorno a lei la perfetta trasparenza del similvetro permetteva di ammirare l'ampio piazzale con vista su 110011. Ardeha lasciò la bicicletta in prossimità degli equilibratori magnetici che a lei non servivano. Si fermò un minuto a riprendere fiato, guardando il panorama. Il villaggio n° 110011, abitato dal numero pressoché esatto di mille persone, si stendeva per poche centinaia di metri attorno al rilievo, circondato da mura. La collina su cui si trovava Ardeha in quel momento era l'unico rilievo presente all'interno del villaggio, e comunque non era abbastanza alta da lasciarle vedere cosa c'era oltre la cinta. Era così che oggi si presentava in quell'epoca il tessuto urbano in tutto il mondo; i grandi agglomerati urbani erano scomparsi, a vantaggio di un numero elevatissimo di villaggi abitati da un numero, pressoché uguale in tutto il mondo, di mille individui circa. Era ampiamente dimostrato che la suddivisione della popolazione in agglomerati di piccole dimensioni permetteva di minimizzare l'impronta ecologica della specie umana sul pianeta. Le attività produttive erano state concentrate in apposite aree automatizzare lontane dagli agglomerati urbani. Per quanto ne sapeva lei, nessuno si era mai allontanato da 110011 da moltissimi anni. I beni necessari erano conferiti durante le ore notturne agli smistamenti sotterranei e distribuiti direttamente alle abitazioni secondo le indicazioni del Grande Algoritmo e dei droni domestici, i 'domesticus'. L'impiego dei mezzi di trasporto di massa si era ridotto moltissimo rendendo possibile la realtà di un traffico su due o tre ruote ad energia magnetica o muscolare preponderante su quello a quattro ruote. Le macrounità abitative del passato, quali condomini e grattacieli, erano anch'essi scomparsi, e ogni gruppo omogeneo aveva a disposizione un'abitazione in uso esclusivo e una quantità di verde assegnato. La necessità di allontanarsi dalla propria abitazione per svolgere le attività quotidiane era quasi del tutto scomparsa. La maggior parte degli abitanti di 110011 lavorava, si divertiva, s'informava, cresceva, viveva e moriva quasi sempre all'interno della propria abitazione.

"Quale sarà il prossimo passo" pensò Ardeha "con il crescere dell'Envirtualment? Smetteremo di incontrarci in luoghi fisici tra appartenenti a gruppi omogenei...forse. Chissà!" - e questo pensiero la rese orgogliosa di essere fra coloro che partecipavano a quella rivoluzione nel modo di vivere del pianeta.

Lasciò la bicicletta a tre ruote e s'incamminò verso il 'Bei Tempi' dopo essersi tolta la mascherina da esterni. Il locale si presentava esattamente come gli antichi ristoranti. Ad esempio, aveva un'insegna *dipinta* (da non credere!) e non una di quelle elettroniche che mutavano in continuazione a seconda dei segnali biometrici. Inoltre aveva una porta con la *maniglia*...Ardeha, che era stata avvertita da Tokho di questo 'inconveniente', aveva portato con sé un panno monouso con cui afferrare l'antiquato appiglio. La porta era tutta rossa e in similegno, con delle vetrate verticali. Ardeha prese il panno, avvolse la maniglia e provò a tirare...nessun effetto...a spingere...la porta rimase lì immobile. Poi si ricordo che quei sistemi antichi prevedevano un modo per tenere chiusa la porta, si chiamavano tipo 'chiusura' o...già! 'serratura'. Si ricordo che c'era una specie di pezzetto di metallo che partiva dalla porta ed entrava nella parete, azionato in qualche modo per andare avanti e indietro, per cui forse la maniglia andava girata! Provo a girare prima in un verso e poi nell'altro e...Eureka!...la porta si dischiuse muovendosi verso l'interno. Ardeha rimase stupita che si dovesse continuare a spingere fino a che la porta non si discostava a sufficienza da lasciar passare una persona.

Riuscì a infilarsi all'interno tenendo la maniglia con il panno. Richiudendo la porta dietro di sé vide che davanti la aspettava invece il bioscanner, simile ad un arco delle antiche chiese, ed oltre una serie di tavolini dietro il similvetro, dove poteva vedere due sole persone accomodate; in una riconobbe Tokho che si alzò salutandola con la mano. Passò attraverso lo scanner e proseguì, subito dopo le venne incontro un individuo vestito in maniera antiquata, in bianco e nero con un camice che copriva solo la parte anteriore del corpo.

- Buonasera! - la salutò – a che nome? -

-Ah...DoorKey! - disse Ardeha. Il tizio tirò fuori da una tasca dello strano camicie un oggetto rettangolare che aprì come se avesse...dei fogli! Un taccuino con fogli di similcarta! Dove si poteva trovare ancora quella roba! Incredibile!

-Mi perdoni...non vedo nessuna prenotazione a nome Doorkey. E' qui da sola? -

-No - rispose Ardeha -con il mio ragazzo. Tokho... -

-Ah! Grande Tokho! - esclamò il personaggio. –Lei è la ragazza di Tokho! Graaande Tokho! - Ardeha lo guardò mentre il tipo usava queste strane espressioni e faceva dei gesti inconsueti indicandola con il dito e alzando il pollice della mano destra.

- Mi segua -le disse dopo aver terminato lo show. S'incamminò all'interno della sala, dentro un corridoio delimitato dalla pareti di similvetro; lei lo seguì, poi lui si arrestò bruscamente e lei gli batté quasi addosso. Si volse verso di lei e le chiese – prima volta qui? - rimase in silenzio ad attendere la sua risposta con un sorrisetto compiaciuto.

-Beh...si! - disse lei.

-Chiaro...allora le devo spiegare alcune cose. Io sono un 'cameriere', ci occupiamo del servizio ai tavoli. Lei si accomoda al tavolo all'interno dell'ambiente delimitato dal similvetro, io le chiedo quello che vuole e glielo porto. Si può alzare quando vuole ma non deve farlo per servirsi o chiedere di essere servita. Fin qui ci siamo? -

-Si... -disse Ardeha.

-Ottimo! - continuò il 'cameriere' –quindi, saprà anche i cibi non sono ptializzati e che le bevande si servono in recipienti di similvetro che, come saprà, è un materiale completamente riciclabile, come la similcarta del taccuino...inoltre non vi sono sistemi di sanitizzazione dell'epidermide al tavolo, la pulizia delle mani avviene tramite lavaggio con acqua e detergenti che trova in sale apposite -

Ardeha si guardò le mani, poi rialzò gli occhi verso il cameriere. Annuì e il tizio riprese a camminare verso l'interno della sala. Si rifermò di botto – dimenticavo! –esclamò -

-Ora che c'è! -disse Ardeha quasi preoccupata.

-Qui...si può *fumare* -disse il cameriere non sapendo che la reazione aspettarsi da Ardeha, la quale, in effetti, si bloccò un attimo e prese a guardarsi intorno in cerca di volute di gas di combustione

-Ecco, io... -cominciò a dire.

-Non si preoccupi – giunse immediatamente in suo soccorso il cameriere. –Si può *praticare il fumo* solo in luoghi chiusi muniti di impianto di aspirazione e filtraggio e perfettamente separati da ciascuna sala di consumazione. Vi sono sensori per la nicotina e i prodotti della pirolisi in tutta la sala; la cosa più importante, che lei saprà, è che Tokho non fuma... -

-Si, certo, lo so. Una curiosità...sono molti i vostri visitatori che...come si dice... -

- fumano? - la aiutò il cameriere.

-Si, esatto! -

-Nessuno ha mai fumato qui, ne credo in tutto 110011 -

-E quindi a cosa serve tutto... - vide il cameriere fare spallucce, decise che la domanda poteva tranquillamente cadere nel vuoto e cambiò discorso. – Tokho è già venuto qua altre volte? -

Il cameriere la guardò stupito – Si... - poi volse lo sguardo e riprese a camminare spedito. Ardeha riprese il passo, poi lui girò la testa verso di lei facendolo temere un altro possibile scontro, invece continuò a camminare.

-un'ultima cosa...quest'attività riproduce un locale per la ristorazione della prima parte del ventunesimo secolo, comunque rendiamo disponibili, per chi lo desidera, alimenti ptia e droni pulitori. La storia che qui tutte le cose moderne sono bandite è una vera 'leggenda metropolitana' -

Ardeha tirò un sospiro di sollievo, anche se, in segreto, stava cercando di ricordare cosa era quella cosa 'metropolitana'.

Il cameriere la accompagnò fino all'ingresso della saletta in similvetro dove l'attendeva Tokho, che si alzò, le venne incontro e la accompagnò fino alla loro sistemazione. Dopo che furono entrati entrambi, uno scorrevole, sempre in similvetro, si chiuse e sigillò l'ambiente.

-Dov'eri finita? - le chiese sorridendo

-Sono venuta fin qui seguendo le tue indicazioni, nel modo in cui piace a te - disse Ardeha per discolparsi del ritardo.

-non mi sono connessa con l'innesto neurale per avere informazioni in anticipo e, ...sarai felice..., non ho usato la trazione magnetica stradale per fare la salita!

Tokho sorrise mentre le spostava la sedia per farla accomodare – Ti ringrazio, ma quella cosa del faticare sempre e comunque...anche nel ventesimo e ventunesimo secolo si utilizzavano strumenti per risparmiare energie. Automobili, ascensori, tapis roulant... -

Tokho s'interruppe, prese un oggetto dal tavolo e lo porse ad Ardeha – Prendi - disse.

Ardeha lo guardò esitante -...sarebbe?... - disse.

-Il Menù su similcarta - spiegò Tokho. Vedendo Ardeha confusa continuò – si tratta di una lista delle pietanze, da cui scegliere quello che vuoi mangiare... -Ardeha continuava a guardarlo confusa.

-Allora...qui non ti saranno presentati calorie e fattori nutrizionali da selezionare. Il 'menù' presenta dei prodotti artigianali detti 'pietanze' o 'piatti' i cui vari ingredienti sono scelti da un esperto detto 'cuoco' che li 'cucina', cioè li assembla opportunamente per ottenere l'effetto desiderato in termini di sapore, profumo...gusto! Gli ingredienti di per sé sono già composti da fattori nutrizionali in misura variabile -

Ardeha rimase in silenzio, poi chiese –quindi questo 'cuoco' fabbrica queste 'pietanze' per un fine puramente organolettico e non nutrizionale -

-Non unicamente ma principalmente per un fine organolettico...una volta si parlava di 'gioia del palato' - concluse sorridendo Tokho, fiero di aver potuto introdurre Ardeha a queste finezze antiche.

-E' assolutamente criminale! - proruppe Ardeha, abbassando poi subito la voce e avvicinandosi poi a Tokho per non farsi sentire da altri – questo 'cuoco' andrebbe denunciato! Come si può mettere il 'gusto' avanti alla salubrità?? -

Tokho rispose, paziente.

-Fino a qualche centinaia di anni fa circa si riteneva l'alimentazione fondamentale per mantenere il benessere psicofisico complessivo, per cui il piacere nel mangiare era considerato essenziale e doveva essere parte dell'assunzione del cibo stesso. Oggi, se osi uscire di casa, entri da solo in una sala d'alimentazione e il bioscanner seleziona per te l'apporto necessario di calorie e fattori nutrizionali. Aromi ed essenze si aggiungono al preparato ptializzato e nell'atmosfera che ti circonda per stimolare in maniera personalizzata l'appetito, creando l'illusione del gusto. Fino all'inizio del ventunesimo secolo questo non sarebbe stato considerato accettabile -

Ardeha ora sedeva calma e sembrava interessata.

–Con la diffusione degli innesti neuronali, se ho capito bene– Tokho continuava nella sua dissertazione -sarà possibile addirittura indurre la simulazione di un sapore e profumo direttamente nel sistema nervoso di chi consuma il pasto, eliminando addirittura la necessità di aromi ed essenze naturali e naturalidentici. Alla fine tutta la capacità di procurare piacere dal cibo acquisita dalla razza umana in millenni rischierebbe di scomparire nel nulla se non fosse per posti come questi… -

Ardeha aveva ascoltato con attenzione le parole di Tokho...era tutto così lontano da come era abituata a pensare, e queste cose del passato non risultavano impresse nell'ipnosonno, ne' ne aveva mai parlato coi propri genitori.

-No - rispose Ardeha –in realtà non è ancora possibile simulare in gusto o un aroma all'interno dell'Envirtualment, per cui se si mangia o si beve all'interno di una simulazione non è possibile sentire ne' un sapore ne' un aroma - Tokho fece cenno di essere rimasto stupito.

-quindi...cosa mi consigli? - riprese Ardeha prendendo coraggio e intanto pensava "Tokho mangia così ogni giorno, e mi sembra che stia bene"

-Magari qualcosa di non troppo...composito! - esordì lei.

-Non troppo...elaborato! Si sarebbe detto in passato - rettificò Tokho.

-Ecco...spaghetti al pomodoro! Carboidrati complessi, acqua, sali minerali, proteine e coloranti vegetali. Una 'pietanza' leggera. -

Il pasto proseguì bene. Ardeha trovò il piatto organoletticamente approvabile. Purtroppo non riuscì a consumarlo con le proprie mani perché Tokho la imboccò letteralmente dopo che la vide, quale ultimo tentativo prima di usare le mani, introdurre la faccia nel piatto per prendere quelle cose filiformi. Alla fine del pasto aveva mani e viso imbrattati di rosso, amara fu la scoperta di doversi pulire con pezze di similtessuto.

-Era organoletticamente...buono! - sintetizzò finalmente Ardeha.

Tokho le donò un sorriso soddisfatto da dietro il bicchiere di vino rosso che Ardeha aveva invece rifiutato di far anche solo avvicinare al suo lato del tavolo. In realtà era un preparato alcolico -acquoso aromatizzato in modo da ricordare l'antico vino.

– altro? - le chiese fiducioso.

-Non ti sembra che abbia già rischiato a sufficienza?! - rispose lei. Tokho accettò che come prima volta non dovesse spingersi troppo oltre. Versò un po' d'acqua naturale nel bicchiere di Ardeha la quale, una volta appurato che doveva appoggiare le proprie labbra sul vetro per bere, avvicinò il recipiente al viso esaminando il liquido in controluce per poi prendere un piccolo sorso esplorativo.

-Ardeha, è acqua come quella che bevi normalmente - sospirò Tokho.

-Certo, ma questo non è un posto come quello dove la bevo di solito...posti senza ...'cuochi'...!'.

Insomma alla fine bevve l'acqua.

Il resto del pasto andò bene..."Non è che Tokho riuscirà a convertirmi al 'vecchio stile'?? Nooo!!!" pensava tra se.

A un certo punto, quando i piatti erano ormai vuoti e l'acqua finita, Tokho ordinò un caffè. Ardeha inorridì, al solo pensiero di assumere un preparato che simulava un estratto a pressione in acqua calda contenente molte decine di principi attivi non caratterizzati. e rifiutò vivacemente. Una volta assunto il liquame scuro il ragazzo fece poi un gesto allargando le braccia e abbassando e spostando avanti la testa da destra a sinistra, che Ardeha non capì, al cameriere. Questi alzò un dito come a dire che aveva capito e scomparve tornando con un oggetto simile a un telo rigido che porse al ragazzo. Tokho aprì un primo strato sulla superficie dell'oggetto, che in realtà era più flessibile di quanto fosse apparso ad Ardeha in un primo momento. Tokho prese a guardare intensamente la superficie del telo e Ardeha notò che essa era ricoperta da immagini e testo.

-Ah!!esclamò Ardeha – un 'giornaliero'! - proruppe orgogliosa di aver saputo rispondere alla domanda che Tokho le poneva implicitamente tenendo l'oggetto nella mani davanti a lei.

-Un 'giornale' o 'quotidiano' più esattamente - la corresse Tokho -anche se, ancora più esattamente, questo è un 'mensile' perché non è prodotto tutti i giorni ma solo una volta al mese perché siamo rimasti veramente in pochi a leggere su simil -carta -

La stampa su similcarta! Ardeha si ricordava di averne sentito parlare nei corsi di storia. Cominciò a ricordare alcuni dettagli sulla modalità di fabbricazione di quel manufatto, e subito dopo prese a guardare inorridita le dita di Tokho che toccavano quella superficie contaminata, quegli inchiostri contenenti sostanze tossiche...

-Guarda! -esclamò Tokho -ci sono offerte di lavoro nel settore dell'Envirtualment. T'interessa? - chiese porgendo il 'giornale mensile' verso Ardeha.

-Poi non dire che non ti ascolto e non ti voglio bene - disse lui con un sorriso beffardo. La ragazza scattò all'indietro evitando accuratamente il contatto con quell'oggetto; anche l'odore che emanava sembrava pericoloso.

-Si m'interessa - si alzò in piedi e girò attorno al tavolo fino a dietro le spalle di Tokho. Gli fece gesto di avvicinargli la zona di superficie dove era impressa l'informazione così da poter leggere.

ENTE CENTRALE PER LA GESTIONE DELL'ENVIRTUALMENT – ALGORITMO UNICO

Offerte di lavoro aggiornate al 30 settembre 2…

-Quanta roba! – esordì Ardeha interrompendo la lettura di entrambi. Dopodiché ripresero.

L'algoritmo unico è onorato di poter rendere note le seguenti opportunità di lavoro per coloro che si stanno qualificando negli appositi corsi. Le offerte sono elencate in base al ruolo per cui è possibile candidarsi:

- ispettore vascolare; clinica virtuale n° 7 area B – posti 5

- ispettore neurale; clinica virtuale n° 7 area B – posti 8

- esploratore numeri primi; istituto di giochi matematici n°5 area F – posti 15

- gestore database iperdimensionale, istituto di alta analisi Big Data n°1 area A; - posti 22

- accompagnatore simulazione elevata privacy – istituto di supporto psicologico n°4 area C, posti 4;

- poliziotto – istituto di studi storici n° 2 area W, - posti 4

-Taxista - istituto di studi storici n° 2 area W - posti 5

-commessa - istituto di studi storici n° 2 area W – posti 3
-maschera – istituto di studi storici n°2 area W – posti 2

-Beh, l'analisi dei Big Data tira sempre tanto - concluse Ardeha - Cos'era un 'poliziotto', una specie di Verificatore dell'Ordine? -

-Si - rispose Tokho – con la differenza che il poliziotto girava armato e aveva il compito di intervenire direttamente e fisicamente in caso si trovasse di fronte ad un crimine evidente -

Ardeha lo guardò spalancando gli occhi – Rischiando la propria integrità fisica? Ma... è...*proibito!* - esclamò la ragazza.

-Oggi...lo è - continuò Tokho guardando verso il giornale.

–Sai cos'era una commessa? - chiese. Ardeha negò con la testa.

-Una persona che per otto ore al giorno, a volte di più, stava in un negozio per 'servire' i clienti. Doveva essere sempre disponibile e sorridente anche se aveva un pessimo stato d'animo. Da non credere...vero? -

-Certo, la schiavitù non è permessa dalla legge, ma già nel XXI secolo era così, non capisco... -

-No, no... -la interrupe Tokho – la commessa doveva 'servire' i clienti, non essere ‘schiava’...aveva a che vedere con la gestione dei rapporti interpersonali... lasciamo perdere.

-E la...’maschera’...non riesco a capire di che mestiere si tratti... - chiese incuriosita Ardeha.

-La ‘maschera’ - continuò a spiegare Tokho - lavorava nei teatri, occupandosi di indicare o accompagnare gli spettatori al proprio posto. Si tratta di un impiego in cui si devono ‘servire’ dei clienti come la ‘commessa’ ma in maniera più distaccata. Devi sorridere, essere elegante, di bell’aspetto...per te sembrerebbe perfetto, almeno per cominciare! -

Ardeha era rimasta in silenzio, dopo, per alcuni minuti, pensando alla conversazione avuta con l’altro membro del suo gruppo omogeneo.

-Abbiamo perso qualcosa... - sussurrò

-Cosa vuoi dire?-

-Viviamo in una società dove si è persa la necessità di un contatto diretto tra persone. Ci incontriamo sempre meno e per sempre meno tempo; è come se...fossimo diventati ognuno un’isola in mezzo al mare!’ -

-E...*’no man is an island of his own’*- disse a bassa voce Tokho.

-Come? - chiese Ardeha aggrottando la fronte.

-Niente, un’antica poesia...E poi, secondo te, il mare esiste veramente? Tu lo hai mai visto? -

-Si certo, sul Flex!-

-lascia correre... - Tokho tornò al discorso precedente -Hai ragione, Ardeha, difficilmente oggi ci s'incontra di persona; lavoriamo da casa e la sera rimaniamo all'interno delle mura domestiche o usciamo con la 'tribù'. Tu ed io, per fortuna, siamo una tribù...Finirà che ci incontreremo esclusivamente nell'Envirtualment tramite i nostri stessi simulacri, sempre in forma fisica simulata perfetta, mai turbati ne' da fame ne' da sete, stanchezza o malattia, l'aspetto mantenuto obbligatoriamente per legge ma ogni difetto fisico corretto. Esisteremo senza Essere... -.

-Ecco perché sempre più persone sono interessate alle ricostruzioni storiche nell'envirtualment. Non ci bastano più le oloproeizioni del passato, vogliamo rivivere il passato direttamente, vogliamo rivivere il modo in cui si viveva nei tempi antichi... e nell'envirtualment possiamo farlo senza dover ingurgitare *veramente* pezzi di cadavere di animale ed acqua non naturalizzata! - concluse Ardeha con un'espressione giubilante per il suo acume.

Tokho, cullatosi, sino a quel momento, nell'illusione di aver indirizzato la fidanzata sulla strada giusta, si passò le mani sul volto e sospirò, un po' sconfortato, decidendo di aver comunque raggiunto un ottimo risultato con gli spaghetti al pomodoro.

Alla fine della cena, Tokho aveva dato dei fogli di similcarta a una persona che, posta dietro ad una paria di similvetro, stava di fronte ad un contenitore che avevano chiamato 'cassa'. Tokho le aveva spiegato che i fogli di similcarta richiamavano l'antica usanza di trasferire valore tramite formati di carta detta 'carta moneta' e contribuivano a ricreare l'atmosfera 'primi XXI secolo '. Era lo stesso ristorante che forniva i formati ai clienti, ottenuti da una ditta del passato chiamata 'Monopoly' o forse aveva capito male...

-Beh, è infantile quello che fate...comunque, è stata una bella serata, grazie - così dicendo Ardeha si era appoggiata alla parete di similvetro una volta usciti dal locale, guardando in distanza. 110011 si stendeva a forma di anello più in basso, composto da singole villette tra le quali ogni forma di rara attività esterna o spostamento era ormai terminata per quel giorno. Il centro abitato era immerso in un silenzio interrotto solo dai rari droni che attraversavano il cielo con un ronzio appena percettibile, indaffarati nelle ultime commissioni del giorno. Il sole stava calando dietro la recinzione esterna.

-La 'maschera'...suona bene! - disse ad un certo punto Ardeha - che ne pensi tu? -chiese appoggiando la testa sulla spalla di Tokho.

-Credo sia un bel mestiere - rispose lui - dovrai prepararti molto bene sugli usi e costumi dell'epoca, perché è richiesto contatto con il pubblico, raffinatezza ed eleganza! -

Ardeha alzò la testa verso Tokho lasciandola appoggiata sulla sua spalla. Chi altri poteva avere successo in un mestiere del genere se non una giovane ragazza, con già una preparazione di base sull'Envirtualment e un fidanzato appassionato di storia del primo XXI secolo? -

-Ok, domattina faccio domanda! - e lo baciò, prestando attenzione che nessuno li vedesse.

4 -la paperella

Ardeha inviò la richiesta con il Flexi la mattina dopo, appena alzata. Era ancora sdraiata nel letto e durante l'ipnosonno aveva ricevuto, come tutti gli abitanti di 110011 e del mondo, importanti aggiornamenti di astrofisica e cosmologia. Si era ulteriormente accresciuto il numero di pianeti extrasolari noti avere caratteristiche adatte a ospitare la vita e nuove nozioni di esobiologia erano state diffuse nelle menti di tutti i cittadini mentre dormivano. Un giorno qualcuno avrebbe intrapreso quei viaggi incredibili. La durata e il completo isolamento dei viaggi interstellari non apparivano peraltro un grande problema, se si considerava che molti degli abitanti del pianeta non formavano per tutta la vita dei gruppi omogenei e già vivevano quel tipo di vita. Le informazioni ricevute in ipnosonno indicavano che era possibile generare dei loop simulativi nell'Envirtualment in cui gli aspiranti cosmonauti potevano sperimentare un periodo anche di dieci anni immaginari soli all'interno di un'astronave...Non aveva mai veramente capito come funzionasse l'ipnosonno; si ricordava solo di averlo impiegato, come tutti, fin da piccola e che aveva sostituito le antiche scuole e la necessità per i bambini di incontrarsi in luoghi pubblici lasciando le mura domestiche. Quella notte era stata caricata, nelle menti di tutti gli abitanti di 110011, e, verosimilmente, di tutti gli abitanti del pianeta, anche un'interessante disamina sugli sport antichi. Il punto forte della presentazione era l'abbandono degli sport di squadra a vantaggio di quelli individuali che aveva cominciato a caratterizzare la cultura sportiva del XXI secolo. Attività come il calcio, pallacanestro, pallavolo, rugby, ad esempio, si erano ormai dimostrate temibili catalizzatori di violenza e discordia tramite l'aggregazione di gruppi posti uno contro l'altro. Essendo il motivo del contrasto il soddisfacimento di una regola e non di una necessità oggettiva, queste pratiche sportive portavano immancabilmente alla creazione di tensioni aggiuntive all'interno delle società del tempo e la loro pratica era già stata pesantemente regolata e limitata prima del disastro di Praha ed era attualmente proibita dal Decreto sulla Salubrità L'attenzione si era spostata sugli sport individuali quali il nuoto, lo sci, canoa e canottaggio in singolo, immersioni in apnea. In particolare quest'ultimo sport aveva ricevuto un impulso formidabile perché univa insieme autodisciplina, autocontrollo e capacità di decidere in assenza di influssi esterni e con risorse limitate.

Abbandonò i suoi pensieri e si accorse di non avere niente da fare. Tokho era al lavoro, quello che svolgeva da qualche anno, lavorando il legno nel centro Made By Humans. Ardeha pensò a quel gruppo di persone che ogni mattina si alzava presto, usciva da casa (anche nei periodi in cui faceva freddo, pioveva o era caldo, un totale controsenso), *spesso senza indossare mascherine da esterni* e si ritrovava in un luogo chiuso, dove svolgeva attività che richiedevano l'esposizione del corpo a rischi significativi per la salute. Tokho, a volte, veniva da lei la sera con la tosse e le spiegava che un po' della polvere di legno prodotta dalle lavorazioni riusciva a passare comunque dai filtri nasali obbligatori e a raggiungere i polmoni. Lui non faceva altro che *restituire all'ambiente la polvere di legno indebitamente sottratta*...diceva lui. Ardeha a volte lo guardava senza capire. Il celeberrimo *Decreto sulla Salubrità* del Governo Mondiale aveva sancito che qualsiasi attività che comportasse alterazioni rilevanti della frequenza cardiaca e della traspirazione cutanea potesse essere svolta solo su base volontaria. Inoltre, al tempo presente, non era più possibile richiedere ad un cittadino di esporre la propria salute al rischio insito nel contatto fisico diretto con altre persone o anche nella condivisione prolungata di un ambiente di lavoro con altri individui, scuole ed ospedali inclusi. I membri del consorzio MBH (Made BY Humans) invece si esponevano regolarmente a rischi che ormai la totalità dei lavoratori giudicava inammissibili. Tokho si alzava presto la mattina e usciva da casa con qualsiasi temperatura, esponendosi al rischio di raffreddamenti o colpi di calore. Si spostava sul luogo di lavoro utilizzando esclusivamente energia muscolare, camminando oppure tramite una bicicletta a due ruote, un modello risalente addirittura alla seconda parte del XX secolo. Una volta si era addirittura spostato in bicicletta sotto la pioggia indossando una specie di tuta di plastica, bagnandosi completamente e rischiando chissà quale forma di aggressione virale. Per fortuna Tokho sembrava avere una salute di ferro e andava per la sua via senza problemi. Per non parlare poi di quello che succedeva dentro lo MBH! Tokho s'intestardiva, per un giorno intero, a eseguire il lavoro che droni e macchine a calcolo numerico avrebbero svolto in pochi minuti, faticando e sudando su tronchi di legno con attrezzi antichissimi, rischiando di farsi male!!

Si ricordò di una sera in cui era andata a casa sua. Tokho usciva dal nebulizzatore in quel momento asciugandosi e vestendosi.

-Per fortuna che non puoi uscire dallo MBH senza passare sotto un *arco*, altrimenti chissà che odori pestilenziali porteresti negli ambienti domestici - disse lei semi -disgustata.

-Al di là che questa è casa mia e che dovrei potervi puzzare come preferisco ma questo non è permesso...basterebbe aprire una finestra per cambiare aria! -aveva esclamato, ed era corso ad aprire la più vicina.

-Per l'algoritmo, lasciala chiusa! Potrei giurare che abiti nell'unica unità senza sistema di filtrazione aria a similvetro. Una finestra aperta è pericolosa! Entrano polvere e microorganismi, che nell'ambiente chiuso possono concentrarsi e portare a un'infinità di reazioni allergiche. Sono elementi base dei corsi di ecosistemi domestici, si acquisiscono nell'ipnosonno a sette anni! - concluse Ardeha, pensando che non aveva con sé la sua mascherina filtrante d'emergenza.

Tokho, intanto, era scomparso e ritornato con una di quelle maglie fatte a mano, sempre fabbricate nello MBH. Aveva con sé un oggetto che porse ad Ardeha. Questa si avvicinò e lo prese in mano a sua volta, osservando che si trattava di una papera di simillegno, una paperella rotonda con le alette ben abbozzate e il becco semiaperto.

-Ti piace? - chiese lui. Lei annuì.

-Guarda questa, ora... -.

Da dietro la schiena portò avanti l'altra mano, dove teneva un ulteriore oggetto. Ardeha vide che si trattava di una seconda paperella.

Ardeha pensò a quale tipo di risposta fosse più adatta a far contento Tokho. Sicuramente il ragazzo aveva fabbricato una delle due, mentre l'altra era stata prodotta su una linea automatizzata. Le due paperelle le sembravano perfettamente uguali...cosa rispondere? Ci penso su, poi decise la strategia da seguire -

-sembrano uguali... - disse un po' esitante, un po' speranzosa.

Tokho la guardò, rimase un attimo silenzioso con un'espressione indecifrabile, poi disse – Esatto...*sembrano*. Guarda qua! -

Da uno scaffale vicino prese una lente di ingrandimento.

– Osserva... -.

Ardeha prese in mano, la lente, altro manufatto di un'epoca antica, fabbricata in similvetro, e la avvicinò alla seconda paperella. I bordi e i solchi del simillegno intagliato erano perfetti così come apparivano anche senza lente. Passò la lente sulla prima paperella. In questo caso i dettagli ingranditi dell'oggetto mostravano moltissimi difetti lungo gli spigoli delle lavorazioni, bordi sbreccati e solchi con profondità variabile.

-La prima è difettosa - disse Ardeha senza pensarci su.

-E per fortuna lo è - rispose Tokho.
Ardeha lo guardò senza capire.
-L'ho fatta io! No? - insistette lui.
Ardeha era sempre più confusa – Sei contento di aver fabbricato una papera di legno difettosa? -

-Ardeha, non 'difetto'... ne' imperfezione, bensì *particolarità*, questa è la parola da usare. Non qualcosa che 'manca' ma qualcosa in più rispetto a un oggetto fabbricato da un drone a calcolo numerico o una linea automatizzata -
Tokho gettò la paperella senza difetti nell'aspiratore e porse l'altra ad Ardeha. Abbassò la testa, intimidito, facendole capire che era un regalo per lei.

Ardeha si alzò la mattina dopo con la paperella di Tokho tra le mani. La luce del sole entrava dal similvetro senza inondarle direttamente il viso e la aveva svegliata dolcemente.
Era felice.
Tokho era strano ma lo amava tanto. La sera prima aveva continuato a parlare di 'particolarità', 'unicità', 'irripetibilità', 'creatività'...Ardeha capiva quello che voleva dire, ma ancora non capiva perché per ottenere tutto questo fosse necessario sottoporsi a pratiche pericolose come la '*lavorazione a mano del simillegno*'. Non si poteva essere creativi e

poi ordinare a un drone sagomatore di eseguire l'opera?

-Colazione! - esclamò. ARDO -006 accorse volando con i dosatori pronti. Ardeha aprì la bocca e il drone iniettò direttamente nel cavo orale una miscela ptia calibrata di zuccheri, proteine, vitamine, sali minerali e microalimenti essenziali. Subito dopo fu la volta dell'acqua naturalizzata, anch'essa introdotta direttamente nel cavo orale. Il sapore era molto diverso da quello dei piatti del 'Bei Tempi' e sempre uguale per qualsiasi dose di cibo...ma tutto quello spreco di posate, piatti, bicchieri, bottiglie, acqua e detersivi per lavare tutto quanto dopo il pasto. Quanta impronta ecologica generava un piatto di spaghetti al pomodoro?

Quella mattina voleva collegarsi tramite l'innesto neurale. La connessione avveniva tramite l'energia luminosa, li -fi, esattamente con lo stesso principio con cui funzionavano tutti i Flexi all'interno dell'ambiente domestico. Le abitazioni odierne erano costruite in modo che non vi fossero angoli bui, essendo il soffitto costituito da un'unica piastra illuminante, per cui si poteva essere collegati in qualsiasi punto dello spazio calpestabile. Ardeha sentì comunque il bisogno di mettersi esattamente al centro di essa e di sedersi. Si potevano ricevere dati di ogni tipo, test, audio, foto, video, come se si fosse diventati un flexi, ma non stimoli nervosi di realtà simulata, per questo c'erano le amache.

La procedura di accesso era più semplice di quella per l'Envirtualment, bastava eseguire un movimento predefinito con le mani o con qualsiasi parte del corpo. Il principio era simile a quello con cui si 'sbloccavano' gli antichi smartphone disegnando una figura sullo schermo. Il 'disegno' di Ardeha consisteva nell'appoggiare il dito indice, medio e mignolo della mano destra nell'incavo del gomito sinistro e nel trascinare le dita lungo l'avambraccio fino al palmo della mano. Non era facile, aveva dovuto provare più volte per imparare, ma era meglio essere sicuri che il gesto non fosse troppo semplice per non correre il rischio di compierlo accidentalmente, sperimentando connessioni e disconnessioni multiple al giorno.

Ardeha si mise in posizione ed eseguì la procedura. Percepì un trillo che segnalava l'accesso in rete, dopodiché seppe esattamente che la temperatura esterna era di ventitré virgola nove gradi centigradi, che si prevedeva bel tempo per almeno settantadue ore e che il sole sarebbe tramontato alle diciannove e dodici. ARDO -006 si rese disponibile per un collegamento diretto, così scoprì che la temperatura interna dell'abitazione era di venticinque virgola cinque gradi centigradi, umidità cinquantadue virgola quattro per cento consumo energetico istantaneo di zero virgola sessantasei kilowattora. Acquisì inoltre coscienza che le riserve nutrizionali erano quasi terminate e che proprio in quel momento ARDO -006 stava predisponendone il reintegro. Scoprì anche che ARDO -007 aveva eseguito l'ultima pulizia di casa durante la scorsa notte e che il livello di polveri nell'ambiente dove si trovava era di zero virgola zero quattro microgrammi per metro cubo.

-Ardeha, ben collegata! - la salutò ARDO - 006.

"Buongiorno" subvocalizzò Ardeha.

Il drone propose alla ragazza un estratto delle notizie del giorno. I file apparirono davanti agli occhi di Ardeha come se lei fosse davanti e allo stesso tempo dentro un Flexi...non sapeva spiegarlo. Ardeha non era però interessata alle vicende del mondo quel giorno; comandò – posta! - e si aprirono i messaggi più recenti. Non avevano ancora risposto dal centro di reclutamento dell'Envirtualment.

Decise di prendere contatto con sua madre, che non aveva un innesto neurale, per cui avrebbe raggiunto il suo Flexi e le avrebbe inoltrato una chiamata. Semplicemente 'pensò' al nome di sua madre, Praha, e subito le fu proposta una lista di contatti con quel nome. La serie di nomi si trovava davanti ai suoi occhi...riusciva a vedere la sala davanti a sé ed anche la lista, senza nessuno sforzo di concentrazione o sdoppiamento dell'attenzione. Semplicemente il piano immaginario, su cui appariva l'elenco dei nominativi e che passava attraverso il mobilio, e la stanza costituivano, insieme, la 'realtà'...

"contatta Praha Doorkey" subvocalizzò. Davanti a sé l'icona di sua madre s'illuminò e si espanse fino a divenire una sorta di finestra nel soggiorno di casa dei suoi. L'immagine era restituita da un drone (PRADO-002). Praha apparve nel campo visivo del robot mentre ARDO-007 entrava nel salotto di Ardeha e si posizionava davanti a lei restituendo la stessa immagine alla madre della ragazza. Ardeha osservò sua madre prendere in mano il suo Flexi e guardarvi sopra per vedere il viso di sua figlia.

"Tesoro, come stai?" esclamò Praha. "Temevo di non sentirti più...Aspetta, che contatto tuo padre". La donna premette un punto del Flexi e Ardeha sentì il segnale di chiamata in corso. Suo padre, Abeche Doorkey, rispose subito.

"Praha, dimmi!" rispose gentilmente. La voce dell'uomo giunse ad Ardeha comunque come subvocalizzazione. Ardeha ebbe la strana sensazione, fugace, quanto passeggera, che la voce di suo padre fosse diversa da quella che ricordava, come se la ricezione attraverso l'innesto neurale in qualche modo la modificasse. La cosa strana era che non provava la stessa sensazione per sua madre. “Mi abituerò a queste stranezze...” pensò senza subvocalizzare.

“C’è Ardeha sul Flexi, vieni!”. Da un fianco dell’immagine proiettata nella mente di Ardeha, si avvicinò un uomo sulla cinquantina, sovrappeso, con un bel sorriso e un modo di muoversi buffo. Ardeha identificò i tratti e i modi di fare di suo padre e dimenticò l’episodio, poi l’immagine scomparve un attimo mentre Praha apriva un ripiegamento del Flexi per permettere al padre di vedere meglio Ardeha sedendosi accanto alla madre.

“Amore! Come stai? Raccontaci qualcosa, è un po’ che non ci sentiamo”.

Ardeha non sapeva da dove cominciare. “ Allora, nell’ordine...ho fatto l’innesto neurale ed ho ottenuto la mia amaca” Si voltò verso la stanza accanto guardando proprio verso l’amaca “Vi sto contattando attraverso l’innesto neurale. E’ possibile proiettare l’immagine retinica sul vostro Flexi, devo solo...ecco!”

L’immagine sul Flexi dei genitori cambiò da quella proiettata dal drone a quella che l’innesto prelevava direttamente dalla retina di Ardeha. Ora sul loro Flexi appariva l’amaca.

“Amore, ma è...comoda?!” chiese preoccupata Praha.

"Si si, e poi, quando sono sopra, anche se fosse scomoda, mi trovo in una specie di stato di trance indotto, non mi accorgo di niente di quello che avviene mentre sono...*via*".

Ardeha vide dall'espressione trasmessa dal Flexi che la sua ultima affermazione aveva messo la madre in ansia. Cambiò discorso.

" Papà, come va la schiena?"

"Bene!" replicò l'uomo "Queste nuove vertebre in Elastene anti rigetto sono miracolose e l'operazione avviene in day hospital" Abeche fece un gesto come a dire di scordarsi dell'argomento "la sera ero già a cena con mamma, senza più un dolore. Da non credere che queste operazioni in passato si facessero in anestesia totale e che ci volesse un mese di convalescenza. E..."

"Dobbiamo organizzare una cena!" esordì Praha interrompendone quella che temeva potesse diventare una dissertazione interminabile per un'operazione banale come una ricostruzione vertebrale.

"Si, dai!" rispose entusiasta Ardeha.

"Tokho deve venire..." disse la madre assumendo un'espressione tra il severo e il divertito.

"Sì, certo...anche se lo sai che Tokho ha delle abitudini particolari" rispose Ardeha senza aggiungere che stava cominciando ad apprezzarle...

"Starà bene, ad esempio potremmo...stringerci la mano! Che ne dici?" mormorò.

Ardeha provò un moto di tenerezza per gli sforzi della madre.

"Si...proviamo. Allora organizzo! A proposito, ho fatto domanda per un posto nell'Envirtualment...!"

L'espressione dei genitori s'illuminò e presero a dimenarsi nel campo visivo del Flexi, abbracciandosi e lanciando baci verso lo schermo.

"Siamo orgogliosi di te!" disse Abeche con gli occhi umidi.

"Davvero!" aggiunse Praha commossa.

"Grazie..." mormorò Ardeha all'immagine dei due genitori, deliziata dalla dimostrazione d'affetto ricevuta.

5 -cena in famiglia

Finalmente la sera della cena arrivò. Tokho passò da Ardeha e insieme andarono in bicicletta a casa dei genitori di lei. Lungo la strada, all'interno della corsia individuata dalle paratie di similvetro, lei con il suo modello a tre ruote della prima parte del XXI secolo e lui con la sua "dueruote" della seconda metà del XX, secolo costituivano una bella coppia. Poche altre biciclette di fattura moderna, con ruote piene in plastica paramagnetica, sellino trasversale, stabilizzazione verticale magnetica e batterie a recupero che supportavano la pedalata in salita, sfrecciavano molto più velocemente di loro oltre le pareti di cristallo polimerico. Il copione era il solito, pensò Ardeha. Alcuni abitanti della città, dopo aver lavorato tutto il giorno all'interno delle proprie case, uscivano la sera per raggiungere amici e parenti, pochi e sempre i medesimi fin dall'infanzia, con indosso mascherine filtranti che venivano solitamente lasciate indosso una volta entrati negli ambienti domestici di destinazione. I gruppi omogenei viaggiavano in fila indiana lungo i tracciati, con le biciclette sostenute in posizione verticale artificialmente, ne' sguardi ne' saluti venivano scambiate tra chi si incrociava. Le persone più anziane potevano richiedere un extra d'impronta ecologica pre-caricando le batterie delle biciclette a casa. In questo caso i sellini avevano anche uno schienale d'appoggio con imbracature e non era necessario un manubrio, perché la bicicletta poteva essere guidata fino a destinazione in automatico o in manuale da remoto grazie alle tracce magnetizzate a terra. In fondo, però, dove poteva andare un anziano la sera? Una volta che gli amici d'infanzia e i genitori erano deceduti, se i figli non mostravano interesse nella loro compagnia, cosa rimaneva? Il problema sembrava non esistere, perché l'anziano aveva pur sempre accesso a tutto il mondo direttamente da casa e il suicidio era un diritto garantito dal Decreto sulla Salubrità, a qualsiasi età. Era una pratica con cui il Patriota (era un termine antico che era diventato appannaggio di chi sceglieva di lasciare questo mondo con l'aiuto della collettività) donava il residuo della propria impronta ecologica al resto del mondo. Ogni anno si celebrava la Festa del Patriota, online su tutti i Flexi e innesti neurali del pianeta, per celebrare il coraggio di chi sceglieva questa strada. A nessuno che non avesse il coraggio di farlo era chiesto di averlo. D'altra parte, recentemente taluni anziani avevano ottenuto l'innesto neurale una volta mancati tutti gli affetti e la ricostruzione di una o più personalità significative della loro vita con cui continuare un'esistenza virtuale. Era un ramo dell'Envirtualment nuovo e che poteva dare importantissimi sviluppi...

Il viaggio si completò senza particolare sforzo, poiché la casa dei genitori di Ardeha era in una zona pianeggiante dell'abitato, con un ampio collegamento dalla pista ciclabile all'ingresso. Lasciarono le biciclette davanti all'edificio e subito arrivarono i droni da guardia che riconobbero Ardeha e Tokho.

-PRADO-086, PRADO-087, Buonasera - li salutò Ardeha da dietro la mascherina.

-Buonasera Ardeha. PRADO -085 sta provvedendo a preparare la cena. Buonasera, Tokho! -

Tokho trovava ridicolo parlare con una macchina, ma per Ardeha avrebbe fatto questo e altro...

-Buonasera, PRADO -000... -si perse nei numeri mentre si grattava sotto la mascherina che Ardeha lo aveva costretto a indossare,

-Ma perché si chiamano con il nome di un museo antico? - chiese sottovoce ad Ardeha?

-Il nostro nome generico si compone delle sillabe iniziali del nome e del cognome del gestore a cui siamo assegnati. In questo caso

PRAha DOorkey. La corrispondenza con il nome di una località è puramente casuale -

Tokho trasalì, era convinto di aver parlato piano...

-Ti sentono comunque. Sono sistemi di servizio e sorveglianza, percepiscono suoni tra cinque Hz e cinquantamila Hz, fino a un limite inferiore di un singolo dB. -

-ed allora come si fa ad avere una conversazione privata?! - le chiese Tokho con sguardo accigliato -

-Modalità privacy! - esclamò Ardeha. Una luce intermittente sotto i due droni si spense.

-Ora puoi dire quel che vuoi -

Tokho la guardò sconsolato – non ho più niente da dire... - e proseguirono verso la casa.

I genitori di Ardeha aspettavano i due al sicuro dietro i bioscanner e i purificatori ad arco. Prima passò Ardeha togliendosi la mascherina. Il bioscanner dette responso negativo su afflizioni virali e microbiche ed i purificatori ad arco ebbero un lavoro facile da fare sulla pelle di Ardeha. La bioscansione di Tokho, che si tolse la mascherina sospirando di sollievo, richiese qualche secondo in più ma dette egualmente esito negativo. Tokho aveva lavorato quel giorno, e non aveva avuto tempo di farsi una doccia, per cui il purificatore ebbe da fare un lavoro leggermente più impegnativo con lui. La sua epidermide fu raggiunta dappertutto da ultrasuoni che eliminarono i depositi lasciati da sudore e polvere sul corpo mentre un aspiratore eliminava dall'ambiente gli inquinanti asportati. Tokho, odiava i purificatori ad arco; un giorno sarebbe entrato in risonanza e sarebbe scoppiato dentro uno di quei così, lo sapeva.

Una volta terminata la preparazione per l'ingresso nell'ambiente domestico, i due ragazzi si trovarono di fronte ai genitori di Ardeha. Lei sapeva fin dall'inizio che la promessa di sua madre di dare la mano a Tokho non si sarebbe realizzata, per cui ci fu uno scambio di saluti il quale, secondo le usanze, avvenne mantenendosi a circa due metri di distanza e agitando le dita e la mano destra simulando il movimento di un'onda. Tokho notò che i genitori di Ardeha avevano ancora la mascherina e la indossò di nuovo anche lui perché non farlo sarebbe stato offensivo. Ardeha fece lo stesso, dopodiché le due coppie si allontanarono e si diressero verso la sala dove si trovavano due coppie di poltrone rivolte di spalle e distanziate di circa tre metri. I ragazzi si sederono su una coppia, i genitori di Ardeha sull'altra, in modo da potersi comodamente non guardare in viso. In caso d'incontro ravvicinato tra gruppi di esseri umani senza una compatibilità biologica certificata e autorizzata, l'etichetta prevedeva di non sedere mai uno di fronte all'altro, per non facilitare lo scambio di batteri, virus e materiale biologico. Ardeha fino a due anni prima, quando aveva scelto di vivere sola e frequentare Tokho, sarebbe potuta sedere tranquillamente allo stesso tavolo con i genitori, allo stato attuale questo non era più considerato accettabile. Ardeha aveva formato con Tokho un gruppo autorizzato ma non più compatibile con quello formato dai genitori. L'etichetta lasciava comunque spazio a incontri tra individui legati da affetto reciproco, perché uniti prima in gruppi omogenei, ma predisponeva che fosse seguita tutta una serie di regole per preservare la salubrità di Villaggio 110011.

Non vi erano tavoli di fronte alle due coppie di sedute e, in effetti, non servivano. Le quattro persone attendevano ora, in silenzio, l'intervento dei droni. Dopo una manciata di secondi PRADO -085 e PRADO -086 raggiunsero i due lati del gruppo di 'commensali' . Si disposero prima davanti alla parte femminile delle due coppie. Un sottofondo musicale si diffuse nella sala, segnale dell'inizio del pasto. Praha e Ardeha aprirono la bocca dopo essersi tolte le mascherine e un drone iniettò nel cavo orale di ciascuna di loro una dose di oloalimento pre-peptinizzato. Una volta ingoiata la poltiglia, le due donne riaprirono la bocca per una dose di acqua naturalizzata per poi porre di nuovo le mascherine sul viso. I due droni passarono poi a Tokho e Abeche e la scena si ripeté uguale, eccezion fatta per il volto perplesso del primo. A questo punto, dopo circa due minuti, la cena era finita e l'etichetta, che prevedeva di rimanere in totale silenzio durante il pasto, era soddisfatta. Le due coppie quindi rimasero una di spalle all'altra e presero a conversare, mascherine in posizione.

- Allora, Ardeha, dicci tutto! - esordì Praha – com'è stato l'orientamento? -

-E' stato...interessante - rispose Ardeha – La simulazione ha riprodotto un'aula vuota, dove ognuno di noi incontrava l'insegnante singolarmente. La visione laterale e le sensazioni corporee erano ridotte al minimo in modo da rimanere concentrati su di lei – Ardeha muoveva le mani per rafforzare le proprie parole, ma la cosa buffa e che sua madre e suo padre non potevano vederla.

-Ci ha spiegato l'Equazione dello spazio virtuale...Una cosa strana, che porta a dedurre che il tempo percepito nell'Envirtualment non corrisponde a quello che il corpo sperimenta nella realtà. Io...non l'ho capito bene, però... -

- ...potresti anche non svegliarti più, presa dalla tua simulazione! - lo interruppe Tokho.

-Che dici, l'Algoritmo non lo permetterebbe mai! - replicò la ragazza.

-Tokho – Abeche accorse in aiuto della figlia – l'Envirtualment è la nuova frontiera, la vera novità di questi tempi. Produrrà lavoro a non finire riducendo a zero la necessità di spostarsi attraverso la città e il mondo. Dobbiamo accoglierlo per quello che è, un folgorante passo avanti nel progresso umano -

-Signor Abeche, vorrei darle ragione - il ragazzo con fatica rimase voltato –ma ho paura che possano esservi delle conseguenze incontrollabili... -

-Suvvia – s'inserì Praha – il progresso può essere solo positivo, altrimenti che progresso è?! Per altro, io e tuo padre, Ardeha...stavamo pensando di farci quell'innesto...come si chiama?! -

-L'innesto neurale. Mamma, papà, avete già fatto i test biometrici? Non è possibile per tutti ottenere l'innesto -

-E' solo un'idea. Vedremo -

-a proposito- cominciò poi Ardeha –come sapete ho fatto la mia prima domanda di lavoro... - disse, attendendo la reazione dei propri genitori.

-*che bello!* -esclamarono all'unisono – una notizia veramente stupenda -continuò Abeche – Dai! Dicci di più -

-Ho fatto domanda...come maschera! -

-E...sarebbe? -chiese la madre

-si tratta di simulare nell'Envirtualment quelle figure professionali che fino alla prima metà del XXI secolo accompagnavano gli ospiti al loro posto dentro i teatri. E poi li aiutavano...se avevano bisogno di qualcosa! -

-Mi pare veramente un bel mestiere! C'è molto da imparare -rafforzò il padre.

-E come farai a sapere se la tua domanda è stata accettata? - chiese Praha.

-Credo che mi arrivi un messaggio via innesto neurale, non ci avevo pensato - Ardeha ridacchiò mentre pronunciava queste parole. L'emozione dei genitori la contagiava.

-E allora che aspetti...collegati! Non ci tenere sulle spine. Potrebbero averti già risposto. Avanti! - la esortò Abeche.

-No...non ho voglia ora - Ardeha non voleva mettere in imbarazzo Tokho.

-Avanti!! -il padre quasi gridava.

Tokho la guardò con un cenno di assenso, facendo spallucce.

-Ok- Ardeha eseguì la procedura di collegamento. Immediatamente ricevette informazioni sullo stato dell'ambiente domestico da PRADO -085 e PRADO -086. Prado -086 era di fronte ai suoi genitori, i quali poté quindi vedere in volto. In contemporanea le arrivarono gli aggiornamenti di stato di ARDO - 006 e ARDO -007. Nella casa non si muoveva una foglia. Ardeha accedette alla posta e a un primo controllo trovò alcuni messaggi pubblicitari, tutti riguardanti l'Envirtualment. Inviti a spettacoli, sessioni di formazione, una notizia riguardo allo scambio di personalità...ed eccolo lì! Un messaggio dal Centro di Selezione per l'Envirtualment.

-Eccolo! Dice...'re: domanda di lavoro per inserzione JUH -002' - disse trepidante Ardeha mentre in contemporanea vedeva il messaggio, la parte della sala che stava davanti a lei, il volto dei genitori dalla parte opposta della sala e, con la coda dell'occhio, Tokho con un'espressione indefinibile -

-Che aspetti?! - la incitò la madre.

Ardeha aprì il messaggio e per poco non saltò sulla seggiola e si voltò verso i genitori rompendo l'etichetta.

-Dice così...'a seguito della vostra pregiata richiesta, il Coordinamento dell'Envirtualment le comunica la propria soddisfazione nell'ammetterla al Programma di Formazione per il ruolo di Maschera – ricostruzione storica della prima metà del XXI secolo' -

Ardeha uscì dalla connessione e ritornò totalmente nella realtà. Ruppe l'etichetta e porse una mano a Tokho, che la raccolse stringendola forte. Sentiva singhiozzare la madre dietro di se, e con la coda dell'occhio poté vedere il padre che altrettanto rompeva l'etichetta carezzando con la mano la testa della moglie. Quella giornata si concluse così, in maniera felice. Ardeha salutò i genitori più tardi, mantenendo la distanza considerata opportuna dall'etichetta e passando dal bioscanner per evidenziare eventuali patologie acquisite in casa dei suoi. Ardeha e Tokho tornarono verso la casa di lei. Quella sera Tokho sarebbe rimasto e avrebbero fatto l'amore. A tutto questo pensava Ardeha mentre pedalava, ignorando quello che la aspettava.

6 -la caduta continua

La caduta continuava. Aveva perso il conto del tempo, e, mentre pensava a questo, si rese conto di non sapere cosa fosse il tempo. Cadeva nell'oscurità, senza sentire ne' caldo ne' freddo, ne' fame ne' sete, ne' ansia ne' noia. Esisteva? E mentre si poneva questa domanda si rese conto di non aver ben chiaro cosa volesse dire esistere.

La sua mente era vuota, non aveva più alcuna memoria di un qualsiasi passato, eppure gli rimaneva la consapevolezza di aver avuto memorie. Cerco di concentrarsi, di richiamare immagini, suoni, colori, luci...profumi, nomi. C'era un nome, forse, un nome da ricordare. Il nome di un...luogo? Che cosa voleva dire quella parola? No! Un nome che s'identificava con un volto. Un nome di persona.

Un nome

Ardeha

7 -colloquio di lavoro

Ardeha quella mattina si sveglio entusiasta. Tolse la testa dell'incavo dell'ipnosonno nella testata del letto. Tokho era ancora addormentato, nudo accanto a lei, supino con la testa anch'egli nell'arco d'induzione. Scese dal letto, nuda anche lei, ed entrò direttamente nel nebulizzatore.

-Doccia - ordinò, e si trovò all'interno di una nuvola di micro gocce di acqua addolcita. Il sapone fu distribuito all'interno della stessa acqua nebulizzata per dieci secondi, terminati i quali l'acqua passò da addolcita a osmotizzata, subito dopo l'interruzione del dosaggio di sapone. Un campo di microonde la asciugò poi in pochi secondi, si vestì con una tuta aderente di liquifibra e decise che, quella sera, una volta uscita dall'Envirtualment, avrebbe fabbricato una tuta di colore diverso.

Quello era il primo giorno del Programma di Formazione per il ruolo di Maschera e lei era pronta come non mai. Si avvicinò all'Amaca, poi si fermò. Tokho si sarebbe alzato fra poco e l'avrebbe trovata già connessa, non avrebbe potuto salutarla...Si allontanò dall'amaca e si avvicinò al letto. Dormiva così profondamente, come poteva svegliarlo...?

Cinque minuti dopo Tokho era ben sveglio, contento che l'Etichetta non fosse più un problema fra lui e Ardeha...La ragazza aveva tirato fuori un recipiente sigillato, preparato appositamente per lui e contenente dei preparati alimentari chiamati *cruassàn* o almeno così le sembrava. Aveva fatto la richiesta durante l'ultimo Collegamento, ed era facile fare delle sorprese a una persona come Tokho che quasi si rifiutava di utilizzare il proprio Flexi. Aveva ottenuto i preparati dal Ristorante 'Bei Tempi'. Il titolare le aveva spiegato che il nome originale era da scriversi Crossan, Croisan...qualcosa di simile e veniva dal Francese, una delle lingue scomparse dopo il Disastro di Praha. Lo stesso aveva spiegato che i preparati erano ottenuti alternando strati di carboidrati ad altri lipidici, aggiungendo zucchero e scaldando il tutto in un forno. L'impatto ambientale e fisiologico di un tale alimento generava un'impronta ecologica elevatissima, per cui non sapeva quando sarebbe stato in grado di procurarne degli altri...

Tokho trovò una bottiglia di liquido bianco Dentro il medesimo recipiente.

-E' un preparato proteico e lipidico emulsionato in acqua. Non è *latte...* -si affrettò a spiegare Ardeha.

Tokho sorseggiò il liquido direttamente dalla bottiglia. Fece schioccare la lingua ed espirò soddisfatto –Gli somiglia...anche se non vero, questo similatte. Quando saremo tutti collegati all'Envirtualment, ci immagineremo di mangiare e bere, non dovremo più neanche scomodarci a vivere, dopo poco, neanche a nascere e morire. Non è vero? -

-Tokhoooo... - iniziò Ardeha canzonandolo. Tokho, si fece improvvisamente serio.

-La formazione che devi fare...ti devono spiegare come si viveva nella prima metà del XXI secolo. Giusto? -

-Si, quindi? - Ardeha rimase in attesa delle conclusioni di Tokho.

-Ardeha, ascolta quello che ti viene spiegato ed interpretalo con intelligenza. Non passarlo attraverso la griglia culturale di questa povera epoca.. -

-Che dici?! - Ardeha saltò sul letto. Tokho fece a tempo a spostarsi prima che gli piombasse addosso. Poi si avvinghiarono e simularono una lotta.

-forse - riuscì a dire Ardeha ansimando, appena terminarono la colluttazione – hai bisogno di un altro risveglio come quello che ti ho fatto prima. Forse potrei 'succhiare' fuori dalla tua testa queste strane idee -

Tokho, si fermò sopra di lei, tenendole per le braccia; poi la lasciò andare e le tolse i capelli biondi dal viso.

-Queste strane idee sono già dentro di te, non lo vedi? -

Ardeha sbuffò –E' tardi, devo collegarmi! Spostati, alzati! ARDO -007, sistemare i letti, pulire il tavolo, riciclare gli imballaggi abbandonati dal criminale ambientale Tokho! - mentre ordinava i lavori, la ragazza saltò giù dal letto. Correndo verso l'amaca ebbe il tempo di ricordargli che si sarebbero incontrati lì la sera stessa, verso le 17 ora reale locale. Ardeha si tolse la tuta e si mise seduta sull'amaca, dove poté sentire i farmaci bioregolatori entrare in circolo attraverso la pelle nuda delle gambe. Si rilassò immediatamente e lentamente andò indietro con la schiena fino a far coincidere l'innesto neurale con il connettore terminale. Riuscì a capire che il connettore si era perfettamente innestato dalla consueta sensazione di avere tante 'formichine' che correvano lungo le braccia. Cominciò la sequenza di connessione pronunciando il comando 'Sequenza di Ingresso'. Subito si trovò nel buio totale, in totale mancanza di sensi e percezione della realtà corporea. Ardeha sapeva di aver perso il controllo del proprio corpo da quel momento. L'amaca avrebbe provveduto a mantenerla idratata, nutrita ed elettrostimolata fino al momento del risveglio.

"ristornare" Subvocalizzò. L'universo oscuro s'illuminò completamente e si convertì in un'unica grande sfera bianca omogenea, uguale in ogni direzione. Ardeha la chiamava la 'nuvola'.

"paramecio". La 'nuvola' si diradò trasformandosi nello schizzo senza prospettiva di un ambiente circolare.

"cloròma". La prospettiva emerse come se la 'realtà' si fosse gonfiata a mo' di palloncino, trasformandosi da una proiezione ortogonale mal fatta a un volume entro cui si delineò più chiaramente una sala circolare con vari accessi lungo la circonferenza. Sul pavimento era disegnato il logo dell'Ente Centrale per la Gestione dell'Envirtualment, due cerchi dorati che si intersecavano quale rappresentazione dell'interconnessione tra Envirtualment e realtà. Curiosamente, pensò Ardeha, non si capiva quale dei due cerchi fosse la realtà e quale la virtualità...

"Denocciolato". Alla sua sinistra si delineò una figura femminile vestita con l'uniforme dell'Ente Centrale, bloccata nel gesto di venire verso di lei a passo svelto. Il soffitto della sala era invece una specie di caleidoscopio di colori che, s'immaginò Ardeha, una volta terminato l'accesso sarebbe divenuta una volta cangiante e di folgorante bellezza.

"grufolìo" con questa ultima subvocalizzazione Ardeha terminò la procedura di accesso. Aveva ragione, la volta divenne uno spettacolo di luci e colori come non era possibile vederne nella realtà.

-Bella, vero? L'ha progettata il nostro Primo Architetto, Delhi Newton - sentì dire alla sua sinistra. Si voltò e vide la 'bella statuina' di alcuni secondi porgerle la mano.

-Nephi Giuliani, piacere! - la salutò sorridente, mantenendosi a distanza e muovendo solo la mano come normale, pur se nell'Envirtualment tutto questo non aveva importanza.

-Ardeha Doorkey, piacere mio! -

-Mi segua, per favore -la invitò Nephi – l'orientamento sta per cominciare -

-Ah, certo - Ardeha fece come per scendere dall'amaca ma...era già in piedi in mezzo alla sala vestita con la tuta dorata che aveva scelto come indumento standard.

Nephi s'incamminò verso una delle uscite dalla sala, la quale si era illuminata di verde appena un secondo prima. Ardeha seguì la ragazza e insieme imboccarono un lungo corridoio che sfociò in una sala dove si trovavano due poltrone. Mentre camminavano, passarono davanti alla simulazione di uno specchio. “Vestita così, sembro una banana” pensò.

-Si accomodi! L’orientatrice arriverà a momenti. A presto... e in bocca al lupo! Anche se...dubito che nessuno qui abbia mai visto un lupo!- e scoppiò in una fragorosa risata mentre si allontanava.

-Crepi... - Ardeha fece come le era stato suggerito e si sedette.

La poltrona era comoda, morbida, alla temperatura perfetta, esattamente com’era perfetta quella della stanza. Ardeha sapeva che tutti i suoi neuro -recettori in questo momento erano ingannati da un complicato sistema di controllo basato sulla sinergia tra stimolazione elettriche e farmaci attivi. In sostanza, in quel momento il suo corpo avrebbe potuto essere nudo abbandonato sulla neve o dentro una camera per la cremazione e non avrebbe sentito assolutamente niente.

Dopo neanche un paio di minuti, dal medesimo corridoio da cui era passata lei, giunse nella sala la simulazione di una donna sulla quarantina, di bell’aspetto e in forma. Indossava una camicia e dei pantaloni del tutto fuori moda, in particolare i secondi erano quelli che Ardeha si ricordava come ‘Jeans’.

-Benvenuta, mi chiamo Roberta Lodovichi. Ardeha? -

-Si... -Ardeha era sorpresa per il nome della persona che le stava davanti, così diverso...si alzò in piedi nel rispondere e rimase a guardare la nuova conoscenza forse più a lungo del dovuto.

-Il nome? - chiese in maniera molto diretta.

-Ah...non mi fraintenda, è molto bello. Solo che è...che imbarazzo, mi perdoni! -

-Non ha ragione di imbarazzarsi. Si sieda! - Roberta indicò una delle due poltrone con la mano. Ardeha si accomodò per la seconda volta.

-I miei genitori hanno rispettato la tradizione, mi sono chiamata Doha Lodovichi fino a 16 anni. Poi mi sono convinta che continuare a chiamarsi con nomi con la 'h' in penultima posizione può aiutare sicuramente a non dimenticare il Disastro di Praha...ma ci sono così tante cose da ricordare, come le peculiarità e la cultura dei luoghi dove i superstiti del genere umano si sono redistribuiti. Ad esempio, il distretto dove si trovano i nostri corpi in questo momento coincide con la parte centrale dell'Italia. Lo sapeva? -

-Si, più o meno - rispose incerta Ardeha

-E Roberta è un nome italiano. Lo sa che l'Italia ha avuto una storia millenaria prima del disastro? Perché non attingere a questa ricchezza quando si sceglie il proprio nome? -

-Già...perché no? - rispose cauta Ardeha, pensando che Roberta sarebbe andata d'accordo con Tokho; o forse no, era pur sempre una virtunauta professionista...

-L'ultimo messaggio di Taroušek Novak da Praha - continuò Roberta – si è interrotto mentre il medico pronunciava la parola 'Praha', subito dopo la prima 'a'. Se si fosse interrotto dopo la 'r', avremmo tutti nomi con la 'a' in terza posizione? E perché nessuno ha mai deciso di chiamarsi Jaroušek? O Novak? Si tratta solo di mode, contro cui non ho mai avuto niente di particolare perché sono solo, appunto, mode. E poi, come può capire...a proposito, ci diamo del tu? -

-Si, certo -rispose Ardeha, aspettando che quella breve lezione di antroponomastica terminasse.

-...Ardeha, dicevo, come capisci dal mio cognome, la mia famiglia è di origine italiana, quindi non abbiamo subito redistribuzione e viviamo in questo distretto da centinaia di anni. Perché non restituire un po' di vita al nostro passato utilizzando nomi propri altrimenti scomparsi? Ad esempio, la famiglia Doorkey da dove proviene? -

Ardeha fece mente locale per un attimo sui racconti ricevuti in passato, in particolar modo dal padre Abeche – dagli antichi Stati Uniti, credo -

-Ecco, e allora perché non chiamarsi Jane, o Skyler, o...Emily! Emily Doorkey, suona bene. Lo sai che puoi cambiare nome quando vuoi -

-Si, certo, lo so....mi sembrerebbe così strano, però... -

-Ne riparleremo, se vorrai. Ora veniamo a noi. Allora, Ardeha, hai fatto domanda per il mestiere di Maschera all'interno di una Ricostruzione Storica della prima parte del XXI secolo. Cosa ti aspetti? Pensi che sia un mestiere...facile? - chiese Roberta allargando le mani come a dire: ora la palla è tua!

Ardeha rimase alcuni secondi in silenzio, meditò sulla risposta e poi scelse quella che le sembrava più appropriata. – No - disse con voce ferma.

-No, non lo è, esatto. E ora provvedo a spiegarti perché non lo è -

Roberta fece un gesto con la mano e in mezzo alla sala apparve una specie di olocubo, in realtà una proiezione di simulazione nella simulazione, in cui si vedeva chiaramente una sala di teatro con delle poltrone rosse disposte una accanto all'altra in file regolari. Ardeha vide tra le duecento e le trecento persone accedere alla sala, alcune ragazze giovani le accompagnavano verso le poltrone, oppure fornivano loro indicazioni di qualche tipo o addirittura li aiutavano a togliersi i soprabiti. Ardeha poté vedere chiaramente il numero di contatti che avveniva tra le centinaia di mani che si trovavano in quell'ambiente, mani che avevano in precedenza toccato altre mani, visi, altro...

Roberta fece un ulteriore gesto ed improvvisamente la sala fu invasa dai suoni del teatro. Ardeha fu investita dall'onda sonora di centinaia di voci che si sovrapponevano fra loro e con starnuti, colpi di tosse, suole di scarpe che strusciavano sul pavimento, scricchiolio di legno...

-Mantieni bene il controllo! - commentò Roberta.

-Come...? - Ardeha rimase sorpresa da quel commento. Roberta si spiegò meglio.

-Ci siamo ormai privati da decine di generazioni di luoghi pubblici e socialità...probabilmente tu non sai neanche cosa significhi esattamente quest'ultima parola eppure reagisci molto bene alla simulazione di una serata di teatro nel primo XXI secolo. Brava! - Roberta la guardava sorridendo – Già a questo punto decido se indirizzare un candidato su altre simulazioni.

-Quindi, sto andando bene?! - chiese Ardeha che cominciava a rilassarsi.

-Si, decisamente! Facciamo un passo avanti. Ardeha, alzati in piedi -

Ardeha ubbidì, Roberta fece altrettanto.

-Ora vieni verso di me. Lentamente, se vuoi, riduci la distanza di cortesia fino a toccarmi, come se fossi un appartenente del tuo Gruppo Omogeneo. Hai un ragazzo? -

-Si, si chiama Tokho - Ardeha fece un passo verso Roberta, poi un altro. La distanza da superare sembrava enorme.

-Che tipo è? -chiese Roberta, che, apparentemente, cercava di distrarla –Vieni avanti - la esortò subito dopo.

-Tokho qui sarebbe perfettamente a suo agio. Lui lavora per lo MBH! - aggiunse Ardeha, che intanto era arrivata a circa un metro da Roberta.

-Ah! Tutti pazzi. Quelli dello MBH vogliono fare nella *realtà* quello che noi facciamo nell'Envirtualment. Fermati pure - Ardeha si arrestò a circa sessanta centimetri da Roberta.

-Ardeha, ti trovi ora a una distanza da me considerata normale nell'ambito dei rapporti sociali tra estranei nella prima metà del XXI secolo. Ti senti bene? -

Ardeha inspirò ed espirò lentamente – Sì, è più facile di quanto pensassi -ammise.

-Bene, ora ti porgerò la mano e tu la stringerai. Ok? -

-Ok, pronta -

Roberta le porse la mano, che a questo punto si trovava a meno di trenta centimetri dal corpo di Ardeha. La ragazza s'immaginò di avere

Tokho davanti, chiuse gli occhi e allontanò la propria mano dal corpo fino a farla quasi arrivare a quella di Roberta. Riaprì gli occhi vedendo che quasi si sfioravano le dita.

-Ecco!- disse ed afferrò la mano dell'orientatrice mentre continuava la confusione della sala del teatro. La sensazione era piacevole, come quella di una mano vera, come poteva essere quella di Tokho, o quella dei suoi genitori, che non toccava ormai da cinque anni.

-Il prossimo passo è scuotersi a vicenda le mani - le propose Roberta.

-Come? - e qui Ardeha si sentì confusa, troppe cose, tutte insieme. Se quel colloquio di orientamento si fosse svolto nella realtà sarebbe stata completamente sudata -

-Così! - Roberta mosse velocemente su e giù la propria mano trascinando quella di Ardeha.

-Questa, Ardeha, si chiama 'stretta di mano'. Fino alla prima metà del XXI secolo era impiegata come mezzo di primo saluto e congedo oppure per suggellare il raggiungimento di un punto importante in una conversazione, una trattativa o per evidenziare un successo. In questo caso, Ardeha, con questa 'stretta di mano' ti do il benvenuto nel gruppo Simulazione XXI Secolo. Tu, ragazza, sarai una grande Virtunauta Simulatrice, una grande Maschera di Teatro! -

8 -le tre 'C'

La formazione iniziò di lì a poco. Il virtunauta incaricato di fare da tutore ad Ardeha fu proprio Roberta, cosa che la novella Maschera trovò di grande aiuto, avendo già superato proprio con lei l'ostacolo del Primo Contatto.

Roberta impiegava lo schema teorico della tre 'C' per spiegare le caratteristiche sociali fondamentali della fine del XX secolo e inizio del XXI ai nuovi addetti.

Contatto
Condivisione
Contraddizione

'Contatto': in quell'epoca il contatto fisico non era un'esclusiva dei soli gruppi autorizzati ma era perfettamente tollerato anche tra perfetti sconosciuti. Un esempio era la 'stretta di mano', sperimentata da Ardeha nel suo primo incontro con Roberta, che dominava in quasi ogni ambiente e situazione; altro comportamento molto diffuso era 'l'abbraccio', anche se questo aveva già cominciato a scomparire nella prima metà del XXI secolo. Ve ne erano altri, come la 'pacca sulle spalle' o il 'tenersi per mano'. In merito a questi due comportamenti, le avevano mostrato delle simulazioni, ma potevano anche essere dei 'filmati' dell'epoca, dove si vedeva un allenatore sportivo che dava una 'pacca' sulla schiena *sudata* di un atleta, un comportamento ormai fuoriuscito dalla liceità, e due giovani che camminavano tendendosi per mano in 'pubblico'. Il contatto al di fuori degli ambienti domestici era considerato all'epoca del tutto normale, salvo il contatto di natura sessuale. Era inoltre del tutto consueto avere una conversazione a distanza ravvicinata stando l'uno di fronte all'altro anche fra perfetti estranei; anzi, darsi le spalle era considerato un gesto di palese maleducazione.

'Condivisione': fino a prima del disastro di Praha, ed ancora per un certo periodo negli anni successivi, per ovvie ragioni, la condivisione di spazi ristretti era consueta anche tra perfetti estranei. Il tipico esempio erano i cosiddetti 'luoghi di lavoro', ambienti entro cui potevano concentrarsi da poche fino a molte migliaia di persone. Negli ambienti domestici era del tutto normale consumare i pasti condividendo le portate dai medesimi contenitori, oppure utilizzare le medesime posate e piatti senza una precisa assegnazione per persona. Questa parte non fu difficile da comprendere per Ardeha grazie alla passione di Tokho per il 'Bei Tempi' e la cucina e le ambientazioni stile XXI secolo, mentre era sicura che qualche altro candidato in questo momento stava sdraiato immobile nella sua amaca mentre imparava cos'erano e a cosa servivano 'forchette', 'coltelli' e via così.

Un caso specifico di condivisione che la interessava da vicino era il 'bar' del teatro o 'foyer'. Non ebbe difficoltà a capire che, fra gli utilizzatori della simulazione, fosse consuetudine sfruttare il tempo delle pause per spostarvisi dalla sala del teatro. La cosa più singolare era che alcuni personaggi, denominati 'baristi', passavano la loro giornata lasciandosi avvicinare *a faccia a faccia* da centinaia di perfetti estranei, ai quali somministravano comunemente bevande in bicchieri e recipienti che porgevano agli utenti (all'epoca si parlava di 'clienti') sorreggendoli con le *mani nude*. Ardeha cercava di immaginarsi quale potenzialità avessero potuto offrire, nella realtà del passato, questi luoghi per lo scambio di materiale biologico contaminante. Quello per cui Ardeha non riusciva letteralmente a trovare un benché minimo moto di comprensione era invece l'uso condiviso di luoghi destinati alle raccolta delle feci e delle urine detti 'toilette'. Eppure, le avevano spiegato, tra i suoi compiti, quello di indicare dove era situato quel luogo occupava un ruolo precipuo...

Un altro punto importante era che la condivisione dei beni e dei servizi nel XXI secolo avveniva ancora tramite il denaro, il quale veniva usato per definire il così detto 'prezzo' con un metodo basato sulla scarsità o abbondanza dell'oggetto o materiale venduto. Ardeha aveva già potuto studiare durante l'orientamento gli assurdi di quell'epoca. Ad esempio, l'oro, le cui applicazioni, già a quel tempo, erano rimaste relegate alla creazione di sole decorazioni ed oggetti di scopo artistico, aveva un prezzo elevato, mentre l'acqua veniva resa disponibile a prezzi ridicoli, già pura e potabile, nonostante fosse il mezzo di trasporto dei nutrienti necessari ad una produzione agricola compromessa ed alimento fondamentale per ogni forma di vita presente sul pianeta!

'Contraddizione' : il cittadino tipico della prima metà del XXI secolo conduceva la propria vita attraverso una serie di contraddizioni. Faceva uso di sostanze letali (tabacco, alcool, droghe leggere e pesanti) per 'migliorare' la qualità della propria vita; seguiva diete completamente sbilanciate per ottenere un 'piacere' che conduceva a sofferenze determinate da molte malattie che la moderna scienza nutrizionale rendeva antiche memorie; si legava con un'altra persona a tempo indeterminato per poi entrare a far parte di coppie effimere più volte nella propria vita. L'aspetto che però colpiva in maniera particolare chi approcciava lo studio della cultura del primo XXI secolo era il concetto di 'lavoro'. L'etimologia stessa del termine recava la sostanza della sua stessa natura contraddittoria. Il lavoro, nel suo significato di fatica, usura, ammaloramento, era divenuto il leit motiv di quella società, per cui miliardi di persone si sottoponevano ogni giorno ad attività stancanti, pericolose a livello fisico e psicologico, secondo una morale che descriveva quelle stesse attività come salutari, benefiche e importanti per l'autostima e il benessere psicofisico del 'lavoratore'. In effetti, Ardeha conosceva già la totale incoerenza logica del concetto di 'lavoro' da Tokho, per cui non si stupì più di tanto dei concetti che stava assimilando. Si trovo più volte ad ammettere che senza di lui le sarebbe stato molto più difficile far propria l'essenza di quella simulazione.

Il permanere di credo religiosi, nonostante i risultati permessi già dall'epoca dallo sviluppo di scienza e tecnologia, era ancora più incomprensibile. Era stata proprio la tendenza a credere che la 'verità' fosse altra ed altrove e a non fidarsi delle capacità del genere umano avrebbe contribuito successivamente al

Disastro, favorendo la convinzione che si potesse rinunciare a tecnologie e ritrovati chimici e farmacologici nonostante le prove evidenti della loro efficacia e totale necessità.

9 -luce

Ardeha…

La caduta continuava, ma c'era qualcosa di diverso. Un lucore, un albeggiare lontano…si astrasse dall'interminabile sensazione di precipitare e volse lo sguardo in quella direzione. Non aveva occhi per vedere, quindi cosa stava guardando? Non aveva orecchi per sentire, eppure…percepiva dei suoni che non riusciva a identificare. Com'era la…? Non aveva braccia ma le protese verso la luce che non poteva vedere. E si accorse che non poteva vedere, sentire, toccare, respirare, vivere…ma poteva volere.

Volle.

La timida luce gli si avvicinò, o lui si fece più vicino, e divenne una piccola stella, prima tiepida, poi fiera, un abbagliante faro di speranza che lo attirava come una falena.

Poi entrò dentro e scivolò giù, stretto tra pareti di luce.

Ardeha…

10 -primitivo

-Insomma...questo XXI secolo non lo capisco proprio, però...la pasta al pomodoro è buona! - disse Ardeha cercando di arrotolare due o tre spaghetti, non di più, sulla forchetta.

-Vuoi una mano? Ti posso imboccare se vuoi! - propose Tokho, premuroso.

-Noooo, ci riesco- rispose la ragazza, tenendo ferma davanti a sé la forchetta con un paio di fili penzolanti. Per fortuna i 'Bei Tempi' non rifiutava completamente la tecnologia moderna, e un campo di microonde modulanti teneva riscaldata la pasta mentre Ardeha si cimentava nelle sue acrobazie da tavola.

Alla fine mise gli spaghetti in bocca, si macchiò tutta la faccia e Tokho le fece cenno di prendere un tovagliolo. Lei allungò la mano per prenderlo e poi si fermò.

-Tokho...so a cosa serve, nelle simulazioni l'ho visto usare nel Foyer, ma qui siamo nella vita reale e quella è una superficie in tessuto che può raccogliere ogni tipo di germe e contaminante -

Tokho sospirò e guardò verso il cielo – Al giorno d'oggi, cara mia, credo proprio che su questo pianeta di germi non se ne trovino più.

Sono tutti emigrati su un altro pianeta per cercare un posto meno noioso dove vivere. Che cosa posso fare per te? - concesse.

-...un drone pulitore? forse? ... - chiese lei facendo gli occhioni.

Tokho alzò le mani per significare la propria 'resa' e poi svolazzò la mano in aria, nel gesto usato per indicare la necessità di un drone. Il cameriere annuì da dietro al similvetro e aprì il flexi che nascondeva in una tasca dei pantaloni. Inviò un comando e subito calò dall'alto un drone pulitore che si diresse verso Ardeha. Lei si protese con il viso verso l'alto e attese che il robot si avvicinasse a sufficienza da poter lanciare micro gocce di solvente ionico universale dermocompatibile sul suo viso e sui suoi vestiti per poi aspirare via prontamente i residui. L'operazione durò due o tre secondi, poi l'automa volò via silenzioso oltre la parete di cristallo, a parte per il leggero fruscio delle microturbine.

Ardeha si produsse in uno 'Aahh...!!!' pieno di soddisfazione.

-Devi ammettere -continuò - che non tutte le 'diavolerie' della modernità sono così inutili -

-Certo che non tutte lo sono - rispose Tokho –solo che...abbiamo perso il controllo. E' diventato normale rinunciare anche a pulirsi la bocca da soli, addirittura essere imboccati da droni svolazzanti, tutto in nome di una 'salubrità' portata a modello di vita. Ardeha, ti sei accorta che ormai non si ammala più nessuno? Da cosa ci difendiamo, esattamente? -

-Tokho - Ardeha divenne seria -non ti dimenticare del passato. Non ti dimenticare di Praha...e del resto del mondo! -

Tokho abbassò gli occhi improvvisamente e rispose a voce bassa

–Non dimentico il passato, non *voglio* dimenticarlo. Solo che quello che è successo non ha a che vedere con la mancanza di 'salubrità' ma con la mancanza di consapevolezza. Oggi siamo consapevoli ... - Ardeha lo interruppe.

-Si, siamo consapevoli - riprese -che la prevenzione è la prima tutela del bene comune -

Tokho la guardò un po' sconsolato, un po' rassegnato, poi riprese.

– Ardeha, ti piace venire qua, oppure lo fai solo per me? -

Ardeha lo guardò meditando un attimo.

–Devo confessare che gli 'spaghetti al pomodoro' sono molto più buoni degli alimenti prepeptinizzati, però un po' lo faccio anche per te... - e sorrise.

-Allora, per me potresti fare anche un'altra cosa - e subito dopo fece gesto al cameriere di avvicinarsi al similvetro e Tokho gli fece cenno con il pollice alzato e muovendo la testa su e giù. Il ragazzo lasciò intendere che aveva capitò, si allontanò e dopo poco fece ritorno all'ingresso della saletta dalle pareti trasparenti con un recipiente di vetro contenente un liquido di colore rosso. Tokho si alzò per prenderlo e lo pose in mezzo alla tavola.

-Tu sei...completamente pazzo! –

Ardeha fece per alzarsi dalla sedia. Tokho le fece gesto di riprendersi.

-Ardeha, aspetta, lasciami spiegare. Ovviamente non è vino da spremitura di uve, oggi non se ne trova più. Si tratta di un preparato alcolico ottenuto miscelando una base di acqua, alcool e zucchero con i principi attivi necessari per riprodurre un vino del XXI secolo. Abbiamo disponibili tutti i gas - cromatogramma dell'epoca e possiamo portare in tavola, in totale sicurezza, un bicchiere di 'nettare degli dei', sicuri che abbia lo stesso sapore di quello che veniva prodotto centinaia di anni fa -

-Nettare de...! - Ardeha buttò gli occhi al cielo interrompendo la frase, poi li ripose su Tokho – Cosa vorresti da me? -

-E' semplice – Tokho la guardò dritto negli occhi – assaggia! -

Ardeha volse la testa da un lato, come a significare riprovazione, poi guardò verso il suo strambo fidanzato e si ricordò che per lei lui era importante e che gli spaghetti al pomodoro erano buoni...in fondo, e che inizialmente non aveva voluto assaggiare nemmeno quelli.

-E cosa...starei assaggiando? - chiese mantenendo la calma.

-Una copia esatta, riprodotta su gas - cromatogramma del'epoca, di un Primitivo di Manduria barricato, sedici gradi alcolici. Ardeha, devi provare...-.

Tokho la guardava, speranzosa. Il cameriere intanto attendeva dietro la parete di similvetro. Ardeha annuì e questi entrò nella saletta, appoggiò la bottiglia sul tavolo ed estrasse da essa quello che Ardeha indovinò essere un tappo utilizzando una specie di misteriosa spirale, poi uscì di nuovo. Tokho la anticipò – il tappo è in polimero a cessione nulla, la bottiglia è in policarbonato, sempre a cessione nulla -.

Ardeha si tranquillizzò un poco, poi vide che il cameriere stava in piedi dietro il similvetro, aspettando.

-Che fa? - chiese a Tokho perplessa.

-Ci lascia decidere quanto vogliamo far 'respirare' il vino - rispose amabile Tokho

-Il vino non è un essere vivente, non 'respira' - rispose lei seria strizzando gli occhi.

Tokho fece finta di non sentirla e indicò al cameriere di somministrare il contenuto della bottiglia ad Ardeha. La ragazza vide l'uomo entrare nella saletta e inclinare pericolosamente la bottiglia verso il proprio bicchiere. Il liquido uscire gorgogliando dalla bottiglia e il fondo del bicchiere si riempì di ‘nettare’.

–Fai come me - le disse Tokho mentre il cameriere terminava la *mescita* (Tokho aveva usato quella parola appartenente a qualche lingua scomparsa). Ardeha imitò i gesti del ragazzo mettendo la mano alla base del calice e facendo roteare il bicchiere con il liquido all’interno. Lui pose quindi il naso sopra il calice mentre lo roteava. Lei lo imitò e un odore molto forte le investì il naso. La prima impressione fu terribile, ma dopo alcuni secondi Ardeha riuscì a capire che l’odore era in realtà la miscela di più aromi. Ardeha si rese conto di poter apprezzare i singoli odori ma di non riuscire ad attribuire un nome ad alcuno di essi. Tokho interruppe l’agitazione e sollevò il bicchiere in direzione della propria bocca.

“ecco ci siamo” -pensò Ardeha -“è il momento”. Tokho appoggiò il bordo del calice sulle labbra socchiuse e alzò la base del bicchiere in alto. Ardeha fece lo stesso. Il liquido entrò nella sua bocca e...era buono...o almeno credeva mentre il bruciore sulla lingua e nella bocca passava. Ardeha sentì che il sapore iniziale si divideva in una componente che rimaneva a livello della bocca e un’altra che si ‘innalzava’ verso il naso. Si accorse che gli occhi le bruciavano leggermente e che sapori e aromi continuavano a dividersi sopra e sotto il palato. Appoggiò il calice sul tavolo e sorrise al cameriere. Questi versò una quantità importante di vino nel calice di Tokho e fece per aggiungere liquido in quello di Ardeha. Lei fece gesto che era sufficiente quello che aveva e si apprestò a conoscere le reazioni di Tokho al 'primitivo'.

11 -riunione

-Era proprio necessario avere questa riunione di persona? - l'uomo che parlava era evidentemente affaticato, sudava ed aveva tremore alle mani.

-James, lo sai benissimo che non possiamo fare altrimenti. Lo ONEIROS ci troverebbe subito. Sei vecchio, pigro e passi troppo tempo dietro una scrivania; è normale che tu ansimi se devi uscire da casa-

La donna che gli rispose, molto più giovane, stava seduta in terra nella posizione del loto.

-Per il Governo, Roberta, come fai a stare così calma? Potrebbe essere la fine del progetto! Una fine disastrosa -

-No, se manteniamo la calma -

-Sono d'accordo con Doha! - una figura alta e magra emerse dalla penombra entro cui si era ammantata sino a ora –Roberta, vuoi spiegare a tutti cosa abbiamo in mente? -

-Certo, Xarhu... - rispose e fece un giro su stessa, guardando in direzione di tutte le persone che si trovavano nella stanza, nascosti nella semi oscurità, come lo era stato Xarhu sino a quel momento -

-Ho trovato una persona, una giovane donna...credo che potrà fare da tramite tra l'Envirtualment e lo ONEIROS. Ha ottimi requisiti; Xarhu ha confermato che i parametri biometrici sono perfetti. Lei lo potrà 'vedere', 'sentire' e pensò che potrà anche *mandargli dei messaggi* -

-Potrà parlare con lo ONEIROS?!- emerse una voce incredula dalla penombra, una voce molto più anziana di quella di Doha.

-Si, sono convinta di questo, però credo che le si debba fornire un valido motivo per affrontare quello che avverrà dopo. Anche in questo caso...ho un'idea -

-Credo che si sia arrivati a un punto di non -ritorno. Che cosa hai in mente? - a parlare era ora una voce di donna.

-Vlatka - replicò Roberta –dobbiamo creare una situazione per cui non possa, principalmente non voglia, evitare quello che l'aspetta. In questo caso penso si possa sfruttare un'altra unicità della nostra candidata -

Tutti pendevano dalle labbra della donna, il silenzio più totale riempiva la sala.

-E' innamorata- a queste parole alcuni dei presenti ridacchiarono.

-Non sottovalutate il potere dell'amore. Oggi è un sentimento raro, e lei e il cittadino con cui vive forse possiedono quasi tutto quello che è rimasto su questo pianeta -

A poco a poco tutti capirono cosa aveva in mente e rimasero silenziosi, i volti rigidi nella penombra. Roberta abbandonò la posizione del loto e si alzò in piedi. Gli altri rimasero tutti immobili.

-Siamo nelle tue mani - sussurrò James

Senza dire niente, la donna si voltò e andò verso un lato della stanza entrando anche lei nella penombra. Si vide una fioca luce entrare nella sala quando una porta si aprì per lasciarla passare. La imboccò, poi si fermò sull'uscita e tornò indietro.

-Quasi dimenticavo - disse rivolta a tutti gli altri –Lei si chiama Ardeha ed ho verificato che non ha ricordi, anche se non posso garantire che dopo già il primo contatto con lo ONEIROS non possa averne -

-Un effetto secondario che non possiamo evitare - disse una voce cupa dal gruppo.

-Certo... -Roberta quasi pronunciò quella parole quasi sospirando. - Un'altra cosa: l'ultima rimozione non è stata molto pulita, ve ne siete accorti? Abbiamo dovuto lavorare di cesello durante l'ipnosonno, e poi, per pura coincidenza, oppure no, siamo arrivati molto vicini proprio ad Ardeha. E poi vorrei sapere chi è la mente perversa che ha concepito il mix di aromi di quelli alimenti 'ptia' ed anche del 'Bei

Tempi'! Ho dovuto visitarlo per portare avanti il piano, e ovviamente ho dovuto assaggiare per non destare sospetti. Lo scopo è stato raggiunto ma siete fortunati che la dentro nessuno abbia idea di che schifezze stiano mangiando, altrimenti avremmo in breve una rivoluzione! -

12 - Livio e Marilena

- Scopa! - esclamò Marilena. Il vento le agitava i capelli biondi e spostava le carte sul tavolo, rischiando di rovesciarle svelando la 'strategia' dei giocatori.

-Alla fine lo sai, che vincerò io... - sussurrò Livio, calando un tre a fiori che Marilena raccolse subito con un tre a mattoni.

-Altra scopa e un'altra carta di mattoni! Sei finito!! - gridò la ragazza. E aveva ragione. Livio fece spallucce e si alzò dal tavolo.

-Tra poco è ora di cena - disse lui mentre andava verso casa -Abbiamo ancora di quel ragù di ieri sera? E quel vinello rosso? Cos'è? Un Chianti! Vado a scaldare l'acqua -

-Io mi occupo dell'insalata. La faccio bella ricca...lattuga, carote, mais, pomodorini, parmigiano, mela, olio di oliva e aceto balsamico! - e corse a prendere la verdura dal frigo.

Livio si sentiva felice. Era stata una bella giornata, quella passata con Marilena, nonostante il pensiero della notte...Cerco di non pensarci, ora le cose andavano bene e voleva rilassarsi e godersela.

Il pasto andò perfettamente, una vera delizia e dopo i due ragazzi finirono sul divano a guardare la televisione. Era bello stare in panciolle, con le finestre aperte mentre la brezza serale li carezzava al termine di quella giornata estiva non troppo calda. In televisione davano uno di quei giochi a quiz. Livio non riusciva a mai a ricordare le risposte.

"Sono un povero ignorante" pensava fra sé "ma a Marilena non importa". Cambiò canale. Passavano delle gare di canottaggio. Che bello sport! Marilena gli dette un lieve pizzicotto, poi accettò il cambio di programma. Stavano gareggiando i Quattro di Coppia. Due squadre di giovani atleti se la battevano per i primi posti, una con uniformi gialle e nere, gli altri bianca e rossa con una specie di bandiera triangolare sul petto. Vinsero questi ultimi, dopodiché cedettero riversi all'interno della barca.

-Come ti senti in questi ultimi giorni? - chiese lei a sorpresa, distogliendolo dalla gara. Livio fu leggermente seccato da quella domanda posta in un momento di totale relax. Se ne immaginava lo scopo ultimo e non aveva gran voglia di andare in quella direzione, almeno non quella sera, ma doveva anche rassicurare Marilena.

- Va bene - disse mentendo – non sono più tornati..gli incubi, dico -

-Meno male - fusò lei rannicchiandosi contro di lui –l'ultima volta è stata veramente brutta. Non riuscivo a svegliarti e quasi temevo che smettessi di respirare... -

Livio le fece gesto di smettere di parlare, un gesto che poi trasformò in una carezza sui capelli di lei. Tornarono a guardare la gara, era il momento delle batterie dei singoli. Livio si concentrò sulla competizione, cercando di allontanare l'ansia che lo prendeva ogni volta che si avvicinava l'ora di andare a letto...

13 - apertura della stagione teatrale

-Grazie mille - disse il signore elegante davanti a lei, dopodiché le porse la mano. Ardeha la prese senza stringere troppo. Era tiepida ed anche leggermente sudata, riuscì comunque a vincere il senso di repulsione e non ritrasse la mano di scatto. La capacità di simulazione del sistema era notevole, ma una maschera doveva essere sempre educata sorridente.... L'ospite passò quindi a sedersi nel posto assegnato, dopo che Ardeha lo aveva accompagnato.

La sala era gremita quella sera e Ardeha ringraziava che il suo corpo fosse sdraiato in un'amaca e il suo metabolismo regolato secondo per secondo da microiniezioni di farmaci distribuite su tutto il corpo. Infatti, la mattina dopo la cena al 'Bei Tempi' sia lei che Tokho erano stati malissimo, probabilmente per via del vino, ed il suo stomaco era ancora del tutto in subbuglio prima di collegarsi.

Si trattava della cerimonia d'inaugurazione dell'anno teatrale ed era tradizione dedicare l'apertura dell'anno a una rievocazione del disastro di Praha e ai tragici avvenimenti che avevano devastato il pianeta in quei tempi.

Ardeha, per l'occasione si era andata a ripassare un po' della storia acquisita nell'ipnosonno, giusto per non essere del tutto impreparata o, almeno, per non sembrare tale. Quella sera lei e altre nove virtunaute avrebbero simulato dieci maschere con il compito di assistere circa cinquecento utilizzatori dell'Envirtualment, rappresentati da altrettante simulazioni riunite tra la sala del teatro e il foyer. Alcuni di essi erano esperti conoscitori di quegli ambienti simulati e si muovevano in essi come veri abitanti del XXI secolo, stringendo mani, conversando a faccia a faccia, assumendo rappresentazioni di alimenti e bevande alcoliche e non presso il Foyer. Altri fruitori dell'Envirtualment che si avvicinavano per la prima volta alle simulazioni, o che semplicemente non avevano alcun desiderio di essere sottoposti alla totalità degli stimoli sensoriali tattili e, visivi e auditivi, richiedevano la sospensione sensoriale parziale all'interno della simulazione. Ardeha riuscì facilmente a individuare alcuni utenti che potevano udire solo la voce delle persone più vicine a loro, probabilmente altri appartenenti al loro gruppo omogeneo, e i suoni che sarebbero stati diffusi durante lo spettacolo. Nel caso della simulazione corrente, l'unico obbligo che vigeva era quello di ricevere segnali sonori dalle maschere.

Gli ospiti si erano quasi tutti già accomodati. La sala era molto bella, con alti loggioni e un'ampia platea di poltrone rosse. Si abbassarono le luci. Ardeha sapeva che era un segnale, il primo di una serie di tre, che lo spettacolo stava per cominciare. Si volse verso una delle sue colleghe e le fece ciao con la mano. Lei replicò con un pollice alzato molto vecchi 'Stati Uniti' mentre lo scambio di saluti continuava tra il gruppo delle maschere. La Simulazione, come ormai avevano imparato nel training, incominciava in uno stanzino adibito a spogliatoio. Una volta connesse all'amaca nelle loro case, comparivano nella Simulazione già con indosso l'abito da lavoro ed uscivano ordinatamente andando verso il Foyer e poi l'ingresso. Lì, accoglievano i primi ospiti conducendoli verso i posti assegnati.

Un secondo abbassamento di luci; la cerimonia di apertura si avvicinava. Gli ospiti si affrettarono ai loro posti, altri arrivarono dalla toilette e dal foyer con fare concitato. Ad Ardeha non rimaneva ora che passeggiare a bordo della platea, rilassandosi per quanto quelle calzature con tacco a spillo dell'epoca glielo potessero permettere. Il sistema simulava perfettamente il senso di mancanza di equilibrio che determinavano, con conseguente tensione di tutta la muscolatura delle gambe e della schiena. In questo modo, le avevano spiegato, il corpo degli individui femminili assumeva una postura considerata 'elegante' pur se erano noti gli effetti deleteri sull'ortopedia generale del corpo. Un altro caso di ampia contraddizione e mancato primato della salute sulla socialità, la stessa che poteva osservare nel comportamento simulato delle persone che riempivano la sala da fumo antistante al foyer e che stavano spengendo i 'mozziconi' per accorrere nella sala. Ardeha, che in quel momento aveva appena cominciato ad andare verso il palco, pensò che fosse una fortuna che solo le stimolazioni sensoriali visive, uditive e tattili potessero essere percepite all'interno dell'Envirtualment e intanto osservava gli spettatori comporsi sulle poltrone rosse, disposte in file regolari. Gli uomini erano immancabilmente costretti dentro abiti complicati e portavano un nastro di tessuto (aveva imparato che si chiamava "cravatta") che tenevano stretto attorno al collo. Le donne invece avevano abiti molto più ampi e aperti in vari punti, gambe, petto ed anche schiena talvolta. Ardeha pensò che il XXI secolo dovesse essere stato un periodo difficile per il genere maschile, molto più che per il genere femminile, a giudicare da questi dettagli.

Il terzo smorzamento di luci; si cominciava...

La sala piombò nel buio più completo. Il vociare degli ospiti scemò lentamente fino a spegnersi in un silenzio assoluto, che in breve fu interrotto da una melodia pacata che Ardeha sapeva essere stata scritta addirittura prima del XX secolo per scopi spirituali. La ragazza si soffermò a pensare come l'uso di motivi musicali d'ispirazione religiosa per suscitare emozioni non era mai passato di moda, neanche in quell'epoca di sostanziale materialismo. Lei stessa poteva sentire chiaramente la propria pelle accapponarsi, il respiro farsi più profondo seguendo il battito accelerato del cuore. Ardeha s'immaginò sdraiata nell'amaca mentre il suo corpo provava realmente quelle sensazioni. Che esperienza straordinaria...Seguendo la dolcezza del motivo, lingue di luce rossa, porpora e blu s'intrecciarono sul palcoscenico creando una sorta di superficie marina multicolore in lento movimento. Da questa lentamente cominciarono ad apparire delle sagome, prima indefinite poi sempre più stagliate. Erano delle cifre, e in esse Ardeha riconobbe la Cifra...

....77.012.345...

Gli occhi di Ardeha s'inumidirono mentre leggeva le cifre del numero più triste e più importante di tutti. Il numero fu riassorbito dal mare di colori, lentamente come ne era stato generato, dopodiché l'intensità delle lingue policrome diminuì fino a che non furono scomparse del tutto. Dal fondo del palcoscenico venne avanti, prima piccolissima, poi sempre più vicino alla grandezza naturale, l'ologramma di una donna dai tratti orientali intenta a guardare concentrata dentro l'oculare di un microscopio. Il contesto sonoro passò ora ad un motivo sempre molto delicato ma più coinvolgente mentre quasi nessuno nella sala riuscì a trattenere almeno un gemito e a evitare di compiere qualche movimento sulla sedia. Ardeha sentì distintamente dei nasi che venivano soffiati e singhiozzi.

La donna nell'ologramma era Yume Abe, la virologa che aveva scoperto i primi segni della MV. Tutti i presenti poterono vedere la dottoressa alzare lo sguardo preoccupato dal microscopio e volgerlo verso alcuni incartamenti lì a fianco. Yume alzò poi lo sguardo verso l'alto e chiuse gli occhi per un momento recitando qualcosa a voce bassa...forse una di quelle composizioni verbali che all'epoca erano chiamate 'preghiere'. Riaprì gli occhi, lo sguardo determinato, si alzò e si diresse verso la porta che conduceva fuori dal laboratorio, veloce come il vento, verso le corsie dell'ospedale dove lavorava nella città di Fukuoka, nel sud del Giappone. Gli spettatori la videro uscire, rientrare, sempre di corsa, per prendere gli incartamenti e correre di nuovo verso la porta mentre l'inquadratura dell'ologramma la seguiva attraverso il corridoio. Arrestò la sua corsa davanti ad un finestrone che dava su una corsia isolata e da cui si poteva vedere una bambina sdraiata a letto sofferente. La piccola Cho, di soli quattro anni, la prima vittima della MV, giaceva collegata all'attrezzatura di monitoraggio, con l'ossigeno al nasino e una flebo che entrava nel braccino sinistro.

Il padre e la madre erano prostrati al bordo del letto, lui che incombeva su lei la quale a sua volta teneva una mano vicina a quella della piccolina, definendo un'immagine che avrebbe poi attraversato i secoli come simbolo del legame indissolubile e totale che legava tutti gli esseri umani. Ardeha sapeva che all'epoca il marito avrebbe abbracciato forte la moglie e questa avrebbe tenuto stretta la mano della bambina; ovviamente la scena era stata adattata alla morale dell'epoca. Yume si portò la mano al viso per contenere le lacrime; fece per aprire la porta. Nella sala del teatro si sentirono molti mormorare –No! non lo fare..., chiudi quella porta- La donna ritrasse la mano dalla maniglia, la spostò sulla chiave e la girò. I genitori della piccola, ormai condannata, non si accorsero di nulla...

Yume corse, all'interno dell'ologramma che si sviluppava sul palcoscenico e fuori di esso. Raggiunse la Direzione Centrale dell'Ospedale ed entrò, sbattendo la porta, all'interno dell'ufficio del direttore generale, mentre l'ologramma sfumava su di lei che parlava con foga con l'uomo che si alzava in piedi, inizialmente risentito per l'intrusione, poi sempre più attento alle parole del medico. Il pubblico, rimasto in perfetto silenzio, sapeva cosa stava succedendo. Yume stava informando il Direttore dell'ospedale di aver scoperto, nel sangue di una bambina ammalata, una variante di Meningite Virale, passata alla storia come MV, con una letalità pressoché totale.

L'ologramma passò poi nelle strade della città, mostrando pattuglie di poliziotti che irrompevano in alcune abitazioni, mettendo delle mascherine chirurgiche sul volto di tutti coloro che si trovavano all'interno per poi trasportarli subito dopo in centri di raccolta...lager sanitari.

Ancora un cambio di scena; alcuni militari all'interno di una discoteca di Tokyo, una ragazza stesa a terra con la schiuma alla bocca, sudata, tremante. Il volto di un militare con tratti chiaramente asiatici che si gira intorno, guardando le centinaia di giovani che rimangono nei pressi della ragazza morente mentre lui urla di allontanarsi.

Alla base dell'ologramma apparve un numero....

8.579.812.998

...Il numero cominciò lentamente a scendere...

8.579.012.996...

8.579.012.993...

8.579.012.988...

...In contemporanea l'ologramma salì in altezza e mostrò strade affollate, traffico bloccato, militari che intimavano l'alt ad intere famiglie in fuga, cadaveri a terra accanto a malati adagiati su letti nella fase terminale o abbandonati per strada, ospedali ricolmi, l'immagine di un medico che si toglieva la mascherina con le mani già rigide, bagnandosi la faccia cercando sollievo dalla febbre e dal mal di testa...

8.579.012.980...

8.579.012.967...

8.579.012.946...

...Zoom in alto; le isole del Giappone apparvero sopra gli spettatori della sala, volando sul soffitto del teatro per poi scendere sulla platea...

8.579.012.912...

8.579.012.857...

8.579.012.768...

...Si vide chiaramente il punto rosso della città di Fukuoka allagarsi e diventare un'ampia area che copriva tutta l'isola...
8.579.012.624...

8.579.012.391...

8.579.012.014...

poche immagini rapidissime di politici e medici giapponesi che discutevano, urlavano, piangevano, poi la macchia rossa che copriva tutto il Giappone.

8.579.011.404...

8.579.010.417...

8.579.008.820...

...Un'ampia sciabola di luce tagliò la scena in due e i lembi dell'ologramma si aprirono come le due parti di un libro, rivelando immagini multiple, sovrapposte prima, affiancate dopo, di riunioni che avvenivano in varie entità nazionali dell'epoca...

8.579.006.236...

8.579.002.055...

8.578.995.290...

...Ardeha seguiva lo spettacolo a bocca aperta. Era stata preparata su tutto lo svolgimento da Roberta, si era documentata sui dolorosi eventi storici che trattava, eppure mai si sarebbe immaginata lo spettacolo che stava prendendo vita davanti ai suoi occhi. L'ologramma mostrava ora in contemporanea i consessi che si svolgevano nei centri di potere mondiali, Washington, Tel Aviv, Mosca, Toronto, Pechino, Nairobi ed altri, mentre una rinnovata alleanza mondiale si creava per lottare contro il terrore della MV...

8.578.984.344...

8.578.966.633...

8.578.937.976...

...L'ologramma fu attraversato dalle immagini della tristemente nota Conferenza di Toronto, dove il presidente della WHO, Eduard Van De Mortelle, annunciava che la diffusione del virus avveniva per via aerea, con una letalità pressoché totale e che le ricerche procedevano molto più lentamente di quanto il virus si diffondesse all'interno del Giappone...

8.578.891.608...

8.578.816.583...

8.578.695.190...

...Van De Mortelle proseguiva spiegando che il rischio della diffusione fuori dal Giappone era ormai altissimo, che se il virus avesse raggiunto le coste della Cina, stremata da oltre venti anni di carestia causata dalla guerra civile tra liberalsocialisti e indipendentisti, poteva attraversare facilmente le ampie lande desolate di quel paese, uccidendo tutti coloro che avesse incontrato per poi dirigersi verso il Regno di Russia e la disgraziata enclave europea...

...Van De Mortelle concludeva abbassando la testa e proferendo delle parole che nessuno avrebbe mai più dimenticato

"...l'unica soluzione è il fuoco..."

Nella sala risuonarono, in quel momento, singhiozzi e lamenti...

8.578.498.772...

8.578.180.961...

8.577.666.732...

Frenetici preparativi. Si decise di concentrare tutte le attività necessarie nelle ampie pianure ormai disabitate della Germania. I governi locali, una volta crollata l'unione europea, impoveriti e ormai ridotti a gestire cittadini affamati ed economie collassate, non opposero alcuna resistenza e, anzi, fecero del loro meglio per difendere il progetto dagli estremisti del Partito Populista Unitario Europeo. Gli infiltrati dei servizi segreti riportavano, infatti, che nelle frange più esterne dei Populisti si parlava già del complotto ordito per distruggere il Giappone, costruito grazie alle false notizie di un'epidemia inesistente. Secondo le fonti d'informazione del Populismo Unito il Giappone stava bene, la sua economia era florida e i suoi cittadini godevano di ottima salute.

“Come era stato possibile tutto ciò” pensava Ardeha. Prendere la decisione di bombardare il Giappone era stato terribile per i governi mondiali, eppure, se fosse stata effettivamente attuata, avrebbe ridotto la perdita di vite umane a poche decine di milioni...

8.576.834.692...

8.575.488.423...

8.573.310.114...

...L’ologramma continuò. Una cornice rosso sangue circondava ora l’immagine di Pedro ‘Che’ Wallace, il capo indiscusso del movimento populista, che si apprestava a diffondere una dichiarazione dal suo quartier generale di New London, nel Ducato di Inghilterra appena costituito.

-Cane Bastardo! - si sentì urlare dalla sala del teatro. Un cliente si alzò, inferocito.

-Assassino, hai condannato il mondo!! - Una signora accanto all’uomo si alzò cercando di calmarlo e di riportarlo a sedere. Altre persone presero ad alzarsi in piedi e Ardeha e colleghe ebbero il loro bel da fare per convincerli ad accomodarsi di nuovo.

-Signori! Vi prego di mantenere la calma! Vi ricordo che si tratta di una rappresentazione teatrale, per quanto penosa. Vi prego di ricomporvi! - disse Ardeha a voce alta mentre lei e le altre maschere riuscivano a far tornare seduti i partecipanti alla serata, pur rendendosi conto esse stesse che le corde emotive toccate dalla rappresentazione erano potentissime...

8.569.785.536...

8.564.082.649...

8.554.855.184...

Intanto Pedro Wallace era uscito dall'ologramma e aveva preso a camminare sul palcoscenico, realistico fino al minimo dettaglio. Ardeha sapeva che da quel momento, un attore che si era appena collegato dalla sua amaca avrebbe dato vita al personaggio. L'ologramma attorno al personaggio si dissolse. Pedro prese a camminare sul palcoscenico guardando negli occhi i clienti del teatro, vestito della sua camicia rossa, pantaloni stracciati, scarpe consumate e basco. Ardeha riusciva a malapena a distogliere lo sguardo da quella simulazione così realistica, solo per vedere gli sguardi di odio che provenivano dalla sala.

A un certo punto la scena si sviluppò, mentre davanti a Pedro appariva un microfono e attorno a lui un gruppo di persone, forse delle guardie del corpo, acquisendo prospettiva. Pedro affondò improvvisamente in distanza e la sala del teatro fu riempita da migliaia di persone riunite in una grande sala, seminude e urlanti, mentre nel teatro improvvisamente echeggiava un boato di ovazioni e grida. Pedro prese dunque a parlare.

- *Amici!! Si tratta di un complotto ordito dai mangiatori di carne e adoratori dell'atomo per uccidere altri mangiatori di carne e adoratori dell'atomo. E' vero, il Giappone vive nell'errore...–*

Pausa; si sentì gridare dalla folla dei Populisti "lasciamo che si uccidano tra loro!"

–...ma abbiamo il dovere morale di impedire il massacro di cento milioni d'individui pur se lontani dalle nostre idee. Dobbiamo farlo, anche per convertire una fetta sempre più ampia di pianeta ai principi della devoluzione felice, di cui ormai l'Europa è un fulgido simbolo!!!'

Ancora grida, ancora gioia, alcune persone tra la folla presero a spogliarsi.

-In Europa abbiamo fatto ormai passi da gigante!! I governi centrali sono sotto assedio da parte dei nostri attivisti; gli aerei, tramite cui essi spargevano i loro veleni e le loro droghe, e i…vaccini!!…, con cui decidevano quanto e come dovevamo vivere e di quali malattie volevano che ci ammalassimo, sono ormai un ricordo lontano. I centri in cui essi venivano somministrati, gli ospedali, hanno cessato di avvelenarci e non sono più una minaccia. L'Europa vive al centro per cento di energie rinnovabili!!! Gli organismi entro cui la dottrina veniva inculcata nei giovani cervelli, i cosiddetti 'luoghi di studio' sono stati smantellati!!! L'obbligo di costituire aziende con un numero massimo di dieci dipendenti è anch'essa una realtà!!! –

Ovazione

8.539.924.832…

8.515.767.015…

8.476.678.846…

-Ma non basta!! Fonti sicure indicano che i Carnivori progettano di bombardare il Giappone; per poterlo fare hanno inventato proditoriamente la bugia secondo cui questa sarebbe l'unico modo per evitare il propagarsi di un'epidemia

mondiale di meningite virale per cui non si conosco cure. Ebbene, vi dico, la meningite non esiste!! Non esistono i Virus!! Esistono solo gli interessi delle mega-aggregazioni di schiavi chiamate multinazionali. Contro tutto questo dobbiamo prontamente allestire la nostra reazione!!! Membri del partito populista, amici degli animali, della devoluzione, della destrutturazione...è la nostra occasione per dimostrare che l'essere umano può vivere in felicità, secondo il modello europeo!!! -

L'immagine cominciò a sfumare. Ardeha, che era rimasta rapita dalla rievocazione storica, riportò l'attenzione sulla platea. Molte persone stavano singhiozzando disperatamente. La rappresentazione, a quel punto, compì un'evoluzione spettacolare. Le folle ovanti d'individui nudi e rapiti dalle parole del presidente Pedro si capovolsero attorno ad un asse di rotazione che passava attraverso la platea, facendo emergere nuove immagini della città di Tokyo. Strade deserte, edifici vuoti, pioggia, montagne di cadaveri per le strade, soldati, anch'essi condannati a morte, che sparavano ai malati che cercavano di fuggire dalle coste verso la Cina, comunque destinati a morte certa nel viaggio. Pochi sopravvissuti, immuni, raccolti in centri governativi sotterranei, dove il loro sangue veniva raccolto ed analizzato invano, alla ricerca di in fattore che spiegasse l'immunità. La scena si rivolse su se stessa ancora una volta, mostrando le portaerei dell'Unione Amerocanadese e della Federazione Sudamericana che approdavano ai porti di Trieste e Danzica e i convogli di terra che da essi prelevavano le armi nucleari per poi iniziare il loro viaggio verso la città di Praha. La Federazione russa e il Daesh convergevano anch'essi con le loro dotazioni verso la medesima località, i primi dalla regione Ucraina e gli altri due congiuntamente dalle repubbliche islamiche balcaniche, da cui transitavano anche gli squadroni di schiavi israeliani che i musulmani mandavano in avanscoperta in qualsiasi azione militare. Praha era stata prescelta come sede delle operazioni perché all'incirca equidistante dai centri di potere del pianeta, e perché lo stato ungherese era ormai, di fatto, allo stremo e vedeva nell'evento l'occasione per riportare almeno nella capitale i servizi essenziali, elettricità, acqua potabile, resi inaccessibili dalla guerra civile. Gli Amerocanadesi furono gli unici a trovare opposizione, non appena attraccano a Danzica. Tra le rovine degli scali e delle dogane dei porti una volta più importanti d'Europa si nascondeva, infatti, una forza di reazione di soldati scelti del partito populista. I fucili e le pistole in parte non funzionanti, l'esiguo numero delle truppe e la natura puramente vegana del rancho dei Populisti non ressero il confronto con i superiori mezzi degli Amerocanadesi. I morti furono migliaia, esclusivamente tra i Populisti. Per ordine diretto della Nuova NATO, la Dichiarazione dei Diritti Universali dell'Uomo fu sospesa e tutti i sopravvissuti furono giustiziati in diretta mondiale tramite annegamento. La speranza era che le immagini della barbarie raggiungessero tutti i sedicenti Populisti, facendogli capire che la Nuova NATO era pronta a fare qualsiasi cosa pur di raggiungere il proprio obiettivo.

Le armi raggiunsero Praha, le basi di lancio furono allestite a tempo di record. Non si poteva aspettare oltre perché era stato appurato che nell'arco di pochi giorni le condizioni meteorologiche sarebbero state tali da permettere il trasferimento del virus a una velocità sufficiente ad arrivare ancora aggressivo in Cina. Erano passati solo diciotto giorni dall'inizio della crisi ed erano già morte oltre 100.000.000 di persone nel solo Giappone, trasformando il paese con la densità di popolazione più alta del pianeta in una fossa comune a cielo aperto entro cui pochi sopravvissuti, comunque condannati, vagavano senza speranza. La Nuova Nato decise l'attacco per il giorno di Natale, 25 Dicembre 2065. Una voce narrante dette lettura del comunicato breve, chiaro e terribile promulgato per informare il pianeta dalla Nuova NATO, formata da Amerocanadesi, Federazione Sudamericana, Repubblica Islamica del Daesh e Regno di Russia.

-*La Nuova NATO riconosce nel bombardamento del Giappone l'unica soluzione per contenere l'epidemia del Virus incurabile e letale di Meningite Virale, noto a tutti come MV, che ha sterminato quasi completamente la popolazione di quel paese. Il nostro servizio scientifico ritiene che l'eliminazione di ogni forma di vita dal territorio del Giappone e la conseguente contaminazione radioattiva porranno fine ad ogni rischio di migrazione del virus sulla terra ferma. Che i nostri figli e nipoti possano perdonarci e, guardando indietro da un futuro che speriamo felice, possano darci ragione. La Nuova NATO, con il conforto significativo della repubblica islamica del Daesh, non ritiene di fare nessun riferimento a Dio in questo comunicato. In effetti, gli eventi che stiamo vivendo ne dimostrano o la non esistenza o il disinteresse totale nella specie che ha creato. Siamo soli in questo momento, facciamo quello che dobbiamo, e subito!!* -

La sala del teatro era precipitata nel silenzio più totale, tutti sapevano quello che stava per succedere. Ardeha aveva un groppo in gola. Tutto questo era successo secoli prima, lo sapeva, ma la rappresentazione era così reale che i fatti sembravano svolgersi in quel momento. L'ologramma mostrava ora la città di Praha e le installazioni militari a sud dell'abitato. La voce di Jaroušek Novak risuonò nella sala, così come era risuonata all'epoca nei supporti multimediali dell'epoca in tutto il mondo, descrivendo il procedere delle operazioni militari.

-*Qui è l'ufficiale Jaroušek Novak dell'Esercito Unico della Nuova NATO che trasmette dal poligono nucleare di Praha. Se mi state ascoltando, sappiate che lo state facendo assieme ad altri sette miliardi di persone. A nome della Nuova NATO, vi informo che oggi si consumerà la più grande delle tragedie della storia umana, l'uccisione dei superstiti confinati nelle isole del Giappone per salvare il resto del pianeta da un virus terribile che minaccia di estinguere l'intera razza umana. Una parte di quei pochi potrebbe sopravvivere, infatti, prima dell'interruzione delle comunicazioni, è arrivata la notizia dell'individuazione di alcuni soggetti immuni. Purtroppo, il solo cercare di localizzare e prelevare questi soggetti richiederebbe mesi e il rischio di esportazione della contaminazione nel resto del mondo. Non possiamo permettercelo. Non abbiamo scelta. Per gli altri, non c'è più niente da fare, morirebbero comunque.*

Riguardo alla posizione della Nuova NATO su Dio, devo dire che non sono d'accordo. So che esiste, e spero che muoia in Giappone assieme ai suoi figli dimenticati. Dio, se mi senti, Crepa!!!!.

Un attimo di silenzio.

Ecco, m'informano dalle basi di lancio che è iniziato il conto alla rovescia. ...dieci, nove, otto, sette, sei, cinque quattro...Mah...che succede?! Vi sono delle esplosioni in prossimità dei silos di lancio!!....arrivano informazioni confuse!!...ancora esplosioni!!...sono i Populisti!! I Populisti sono riusciti a mettere delle bombe in prossimità dei silos di lancio. Le testate sono armate, ma il conto alla rovescia è sospeso. Ancora esplosioni!! Sono in corso degli scontri a fuoco. Sono spie!! Infiltrati nelle file dell'esercito; ma com'è stato possibile. Qui è l'ufficiale Jaroušek Novak dell'Esercito Unico della Nuova NATO che trasmette dal poligono nucleare di Pra..."

La sala del teatro fu pervasa dal silenzio doloroso della statica. Tutti sapevano cosa era successo. Gli infiltrati in missione suicida del Partito Populista erano riusciti a far detonare una testata tra le molte nei silos. La prima detonazione aveva innescato la altre, in una reazione a catena che aveva determinato il più grande disastro nucleare della storia dell'Umanità. I ventimila uomini dell'Esercito Unico e parecchie decine di migliaia di

Ungheresi furono spazzati via in un colpo solo assieme a Jaroušek Novak e a ogni speranza di fermare la propagazione del virus al resto del pianeta. L'ultima comunicazione di Jaroušek era terminata subito prima che potesse pronunciare la 'h' di Praha, la 'h' in penultima posizione. Nel mondo iper -regolato in cui Ardeha viveva, era diventata un'usanza tipica chiamarsi con nomi di località del Mondo Passato con un 'h' in penultima posizione.

L'immagine di un'esplosione composta di più funghi atomici offuscò le bellissime decorazioni del soffitto del teatro. Le nubi di fall -out si allargano sull'enclave europea e sulla Russia, avvolgendo la sala in una fitta oscurità. Le popolazioni europee cercarono rifugio mentre il Partito Populista emanava una comunicazione dove trasferiva la responsabilità degli eventi a frange che non rispondevano più al direttorio centrale. Fu appurato in seguito che l'intenzione degli infiltrati era stata quella di far esplodere le linee elettriche che alimentavano il movimento delle testate nei silos, ed erano riusciti nel loro intento; infatti, le testate erano state armate prima che si fermassero gli azionamenti. Erano rimaste bloccate mentre raggiungevano i silos di lancio, ed erano poi detonate a seguito delle stesse esplosioni che dovevano neutralizzarle.

E ancora...l'ologramma mostrava a seguire l'esecuzione di Pedro 'Che' Williamson, dissolto vivo nell'acido solforico da parte dei suoi stessi seguaci di pochi giorni prima. Dopo la scena cruenta, una mappa del Giappone volteggiò sul soffitto del teatro. La mappa era completamente rossa, a significare la diffusione del virus a tutto il territorio dello stato. Le coste della Cina, prima pulite, presero lentamente a colorarsi di rosso, poi, sempre più velocemente, il colore della morte guadagnò l'interno del continente per poi dirigersi verso la Russia e la Repubblica Islamica del Daesh. I primi si organizzarono cercando di proteggere la maggior parte della popolazione in rifugi sotterranei, così come fecero in seguito tutti gli altri paesi investiti dall'epidemia. I secondi furono molto più lenti a organizzare la reazione e, secondo le ricostruzioni storiche, perirono tutti. In effetti, secoli dopo i tratti arabi, medio -orientali e africani erano pressoché scomparsi dal genere umano...

8.413.432.860...

8.311.098.705...

8.145.518.564...

...La prontezza della Federazione russa fu fondamentale anche per il resto della razza umana. I ricercatori dell'istituto di Fisica e Tecnologia di Mosca ebbero il tempo di confermare che la maggior parte dei sistemi di filtraggio dell'aria ormai disponibili in ospedali, centri commerciali, parcheggi sotterranei, scuole, università, molti altri edifici pubblici ed anche abitazioni private erano in grado di eliminare in gran parte il virus. Se si aveva accesso a un ambiente, equipaggiato con un sistema di condizionamento e filtraggio dell'aria, in cui rifugiarsi con scorte di acqua e viveri sigillando porte e finestre, era in teoria possibile sopravvivere...almeno per un po'... Quelle informazioni permisero a una parte della popolazione umana di superare la catastrofe. Purtroppo quando il' rosso letale' giunse sui territori dell'enclave Europea, abitate da popolazioni indebolite prima dalla stupidità umana e poi dal fuoco atomico, entrò in esse come un coltello scaldato sul fuoco sarebbe penetrato nel burro. La concatenazione di eventi che veniva rappresentata nello spazio di quel teatro virtuale descriveva la fine della civiltà europea come tale ed una tragedia immane per l'intero pianeta. I pochi immuni al virus, rimasti lontani da ogni forma di aggregazione, esposti a radiazioni dirette e da fall out e agli stenti, morirono anch'essi...

7.877.604.268...

7.444.109.831...

6.742.701.098...

...L'interruzione di ogni comunicazione aerea o navale tra continenti, e il fatto che due oceani si trovassero tra l'Europa da un lato e l'Asia dall'altro, permisero all'Amerocanada e alla Confederazione sud americana di approntare un piano di emergenza, trasferendo quanta più popolazione possibile, comunque una piccolissima percentuale, in rifugi sotterranei sigillati e attrezzati con sistemi di filtrazione dell'aria.

5.607.797.928...

3.771.486.025...

800.270.952...

...Parcheggi sotterranei, piani interrati di ospedali, centri commerciali, scantinati, basi militari sotterranee, acceleratori di particelle, tunnel autostradali prontamente sigillati, sottomarini che risalivano a livello del mare come delfini per scaricare solo anidride carbonica e reintegrare nuova aria filtrata, tutte queste furono le nuove dimore dell'umanità per anni. Furono in molti tra gli spettatori dell'ologramma a emettere esclamazioni e a singhiozzare sonoramente vedendo una scena in cui un bambino veniva dato alla luce e cresceva, imparando a camminare, recluso nel parcheggio sotterraneo di un centro commerciale, le auto ormai inutilizzabili impiegate come stanze di una casa.

Un destino ben diverso toccò agli abitanti delle stazioni spaziali internazionali. Infatti, non era possibile pensare a un rientro a terra, sia perché il virus avrebbe ucciso gli astronauti al rientro, con l'unica eccezione degli eventuali fortunati immuni, e comunque perché non esistevano più voli shuttle. La maggior parte delle stazioni accettò la propria sorte, continuando a operare come ponte radio tra i continenti e monitorando la superficie del pianeta. Questo fino a che non si esaurirono i moduli energetici e cibo e acqua. Tutte le stazioni, nessuna esclusa, impiegarono le ultime riserve energetiche per innescare l'autodistruzione, in modo da ridurre se stesse e il proprio 'contenuto' a detriti di piccole dimensioni che, cadendo sulla Terra, non avrebbero prodotto niente di più che una spettacolare cascata di meteoriti. L'ologramma rappresentò anche il peculiare destino della stazione spaziale italiana 'Cristoforetti'. Gli occupanti, in un tentativo estremo di aiutare i connazionali, riempirono e lanciarono due moduli di salvataggio con tutte le loro provviste e con il combustibile nucleare. I due moduli atterrarono alla base dei Laboratori del Gran Sasso, dove circa 5000 persone avevano trovato rifugio, con il contenuto quasi intatto. Subito dopo la 'Cristoforetti' si fece esplodere. A tutti coloro che si sacrificarono in questo modo fu dato il nome di 'Patrioti'...

654.525.366...
484.966.107...
254.739.168...

Fu l'unità anti-MV dell'ospedale di Boston la prima ad appurare la scomparsa quasi totale del virus dall'atmosfera terrestre a quasi tre anni dal primo contagio. Subito si pose il problema di come diffondere la notizia a livello mondiale, ora che buona parte del pianeta era reclusa in rifugi sotterranei sigillati e che le comunicazioni a lungo raggio erano impossibili. Le comunicazioni telefoniche erano ormai impossibili, internet era scomparsa, tutte le stazioni orbitanti erano andate perdute e solo i satelliti rimanevano attivi.

Fu elaborato un piano degno di un libro di fantascienza...I satelliti erano in numero elevato e potevano essere sacrificati in parte, molti altri sarebbero rimasti disponibili per controllare la superficie e individuare eventuali sopravvissuti presenti in superficie. L'idea consisteva nel far precipitare gruppi di satelliti innescandone l'autodistruzione in modo tale da regolare la lunghezza della scia lasciata durante il rientro. In questo modo sarebbe stato possibile produrre una serie di scie tutte "lunghe" circa alla stessa maniera e una serie di scie "corte" egualmente in maniera simile, utilizzando quindi il cielo come un'enorme lavagna su cui dettare frasi in codice morse.

La frase prescelta fu : "MV OVER", in lingua Inglese.

M	V	O	V	E	R
- -	... -	- - -	... -	.	. -.

Sarebbero quindi stati necessari diciotto satelliti per messaggio. Quello che i ricercatori di Boston non sapevano era se tutto questo si potesse veramente fare, l'unico modo per scoprirlo era quello di uscire dal rifugio e cercare aiuto qualificato... Gli spettatori del teatro poterono contemplare in un silenzio denso i virologi di Boston uscire dai loro sotterranei pressurizzati. In tre tornarono sul suolo della città, passando attraverso una grata fognaria, in mezzo ad una strada che passava dietro l'ospedale. Li videro attraversare la città devastata, tra distese di cadaveri ormai rinsecchiti o già ridotti a ossa. Gli animali, sopravvissuti alla catastrofe, avevano preso possesso delle strade di Boston. Là fuori nessuno era apparentemente più in vita e i ricercatori, armati di soli coltelli e bisturi, magri, sporchi e disorientati da tre anni di totale isolamento, dovevano muoversi con estrema cautela.

Raggiunsero la destinazione che si erano prefissi, il dipartimento di Fisica della stessa città, sperando che qualcuno all'interno fosse rimasto vivo. Presero a battere nelle porte e nelle feritoie, giù in basso sul livello della strada. A un certo punto, alto sopra il palcoscenico del teatro, si vide un volto apparire da una finestrella subito sopra il marciapiede. Era un uomo, con la barba lunga, il volto magro, che guardava i ricercatori dell'ospedale di Boston con una mano tremante davanti alla bocca. Dopo un minuto, alcune persone apparvero dall'ingresso principale del dipartimento. L'incontro fra i due gruppi di persone dopo tre anni di completo isolamento fu commovente. Inizialmente si mantenevano a distanza come se volessero evitare il contatto, per la paura residua di un contagio o semplicemente perché non riuscivano ad accettare l'altro di fronte a sé.

Poi si avvicinarono ma senza toccarsi in alcun modo, tanto era il condizionamento degli anni passati ad evitare il contagio.

Nell'oscurità totale nella sala, dal fondo del palcoscenico, cominciarono ad apparire delle cifre che si fecero sempre più grandi mentre avanzavano verso la platea.

....77.012.345...

Si trattava del numero di nominativi iscritti nella Lista (dei sopravvissuti). La strage atomica, la MV, la fame, la sete, le avversità climatiche e la stupidità umana erano riuscite a uccidere oltre il 99% della popolazione umana nell'arco di due anni. La scena ritornò quindi sul dipartimento di Fisica di Boston, i fisici al lavoro per calcolare le finestre per la caduta e la detonazione dei satelliti, in modo da creare una 'configurazione' chiara e visibile per le varie aree del mondo.

Avrebbe funzionato? Il 'codice' sarebbe stato visibile? Le persone avrebbero capito? E inoltre, molti dei rifugiati si trovavano chiusi all'interno di rifugi sotterranei. Qual era la probabilità che stessero osservando il cielo proprio in quel momento reclusi nel sottosuolo? Forse, ipotizzavano fra loro gli scienziati, molto più alta di quanto si potesse immaginare. Infatti, era possibile che ogni giorno qualcuno rimanesse in osservazione attraverso telecamere esterne per aspettare soccorsi aerei o di terra. Era anche possibile che alcuni rifugiati si fossero scarificati e fossero usciti all'esterno per verificare se la MV era sempre attiva o no. C'era da aspettarsi che una parte di loro fosse rimasta in vita, ma che questo, in assenza di strumentazione e reattivi adatti, non avrebbe costituito una prova sufficiente per poterli far rientrare subito nel sottosuolo. Potevano, infatti, essere dei fortunati immuni invece che costituire la prova che il virus si era inattivato; qualcun altro sarebbe dovuto uscire per confermare questa supposizione. Non sarebbe stato facile raccogliere altri volontari, almeno fino a che fossero bastate provviste ed energia. E allora gli 'sfortunati' sopravvissuti avrebbero preso a girovagare per le città distrutte, vivendo in ricoveri di fortuna o case abbandonate, aspettando di incontrare altri come loro per creare un minimo di comunità o per scannarsi e derubarsi a vicenda spinti dalla fame...Questo scenario era poco plausibile per l'Europa, dove eventuali sopravvissuti in superficie avrebbero subito gli effetti del fallout radioattivo, a parte per il lato mediterraneo della penisola italiana. Infatti, essendo le esplosioni atomiche avvenute in Repubblica Ceca, le Alpi a Nord, i Balcani a Est e gli Appennini successivamente a Ovest avrebbero potuto fornire una barriera naturale, almeno parziale, al fallout sulla costa tirrenica.

L'ologramma aveva sorvolato tutte le aree geografiche menzionate nei dialoghi ricostruiti all'interno del dipartimento di Fisica di Boston, mentre scorrevano immagini olografiche virtuali a volte prive di supporto sonoro, a volte accompagnate da una colonna sonora basata su motivi famosi del passato che comunque lasciavano ascoltare le voci degli scienziati, coinvolti in animate conversazioni. Il gruppo decise finalmente di aver elaborato un piano che poteva funzionare. Ora...bisognava solo trovare un sistema per *farlo* funzionare...

Per qualche ragione, persa nel passato, una buona parte dei dipartimenti di fisica, chimica e ingegneria del paese erano collegati tramite una linea diretta, e protetta, con il NORAD, il comando di difesa aerospaziale del nord-america. In quei tre anni di segregazione molte delle linee dirette avevano cessato di funzionare, ma quella tra il centro di difesa e Boston aveva resistito. I militari appresero con felicità, chiusi nei loro bunker, che la MV si era inattivata, e, tra mille perplessità, accettarono di dare seguito al piano. Fu preso contatto con la NASA e la prima sorpresa, in altre parole che i sistemi dell'agenzia astronautica erano tutti funzionanti, lasciò dopo spazio all'amara consapevolezza che il personale, pur avendo accesso a bunker sotterranei entro cui avrebbero potuto rifugiarsi tutti, aveva scelto di rimanere ai propri posti incuranti del rischio della MV. Erano morti tutti per mantenere fino all'ultimo il contatto con le stazioni spaziali orbitanti, forse nella speranza di poter diffondere in tempo buone notizie. Il NORAD ricevette risposta solo dal sistema d'intelligenza artificiale rimasto attivo fino ad ora. Per fortuna i militari avevano tutte le autorizzazioni per prendere il controllo dei satelliti.

Il primo tentativo fu fatto con l'Amerocanada. Fu calcolato che per coprire l'area che andava dagli stati americani del sud al nord del Canada sarebbero state necessarie sei configurazioni, equivalenti a 108 satelliti da scarificare, da coordinare sopra i centri urbani principali. Ardeha trovò affascinante la visione tridimensionale dei quei congegni orbitanti che entravano nell'atmosfera e lasciavano scie di lunghezza predefinita. Le scie attraversavano la platea e si estendevano fino ai loggioni. Molti degli spettatori si alzavano in piedi, addirittura sporgendosi da questi ultimi cercando di afferrare le scie olografiche.

Funzionò. I satelliti restanti sull'area amerocanadese restituirono al NORAD immagini di singoli individui che uscivano dai loro rifugi, poi di piccoli gruppi poi sempre più grandi che cominciavano a incontrarsi tra loro.

Settanta persone, che erano rimaste rinchiuse dentro un supermercato attrezzato con un sistema di ventilazione a filtri assoluti e pre - trattamento UV uscirono all'aperto in prossimità dell'ospedale di Boston ed incontrarono il gruppo di ricercatori che aveva appurato l'inattivazione della MV. Si unirono e andarono a cercare altri superstiti. La visuale dell'ologramma prese a salire verso l'alto, mostrando che sempre più gruppi uscivano all'aperto e si riunivano in comunità sempre più grandi. Si scoprì ben presto che nessuno aveva neanche vagamente intravisto il messaggio in codice MORSE nelle scie. Semplicemente, era stato chiaro che le scie si susseguivano in maniera organizzata, per cui l'ordine di caduta ed esplosione dei satelliti doveva significare qualcosa. L'ingegno aveva creato l'opportunità, la speranza aveva fatto il resto.

Fu la volta della Federazione Sud Americana. Il risultato fu identico. La scoperta più spettacolare fu di un gruppo di persone che era riuscita a proteggersi all'interno di una cavità naturale posta dietro le cascate dell'Iguaçu in Brasile...L'immagine e il rombo delle cascate avvolse gli spettatori della sala mentre l'immagine tornava in alto, sulle scie dei satelliti scarificati per l'area sud americana.

Seguirono esplosioni di satelliti sopra l'Asia e la Russia (ne furono necessari quasi 1000 in questo caso). Europa e Africa furono lasciate per ultime, perché considerate pressoché spopolate a causa della sciagurata politica dei partiti populisti e della Repubblica Islamica. L'ologramma a questo punto mostrò le mani di due persone che stavano vicine l'una all'altra. Non si toccavano ma si tendevano l'una verso l'altra in segno di vicinanza. L'ologramma allargò su due giovani con le mani tese e ravvicinate e continuò ad allargare, mostrando sempre più persone che mostravano il loro legame nello stesso modo formando una catena umana disunita, ovviamente una licenza artistica, che avvolgeva tutto il pianeta. Attorno alla catena girava in senso orario, il senso del tempo, il numero 77.012.345, il numero dei sopravvissuti al virus MV.

Occorsero anni per riattivare le fonti di energia e creare un governo centrale, con sede a New York, negli Stati Uniti. La vita riprese, la popolazione prese a ricrescere ma, non appena superò di poco gli 80.000.000, riapparvero dei focolai di MV. Questi furono prontamente arginati, e il fuoco, ancora una volta, fu l'unica soluzione. Il giorno 19 ottobre 2074 il Governo Centrale Mondiale (GCM) emise il celebre *Decreto di Emergenza Demografica* che stabiliva che la popolazione del pianeta dovesse rimanere attorno alla cifra di 77.000.000, tramite un controllo attento delle nascite, e che le comunità più grandi fossero divise lungo il pianeta in modo che non si avessero mai più gruppi superiori alle mille persone. Lo spazio e le risorse, una volta disponibili per oltre quasi nove miliardi di persone, erano ormai fruibili in maniera virtualmente illimitata, per cui il progetto non avrebbe incontrato ostacoli a livello della fornitura di cibo, acqua e servizi a livello locale. Solo il tempo giocava contro, giacché ci sarebbero voluti anni per realizzare le strutture e lo spostamento di tutta la popolazione che si trovava principalmente concentrata nelle Americhe, in Asia, Russia e Australia.

La soluzione fu trovata nell'ancor più celebre *Decreto sulla Salubrità* del GCM. Esso stabiliva molte preziose indicazioni per prevenire la propagazione dei patogeni negli ambienti cittadini. Si parlava di 'linee guida' e non di obblighi, che ognuno rimaneva libero di non seguire accettando però la conseguente segregazione dal resto della società. Il *Decreto* istituiva il concetto di 'gruppo compatibile a livello di genotipo e fenotipo'. Gli appartenenti a un singolo gruppo potevano avere fra loro ogni tipo di contatto fisico, ed era infatti in questo contesto che avveniva la procreazione assistita e che venivano alla luce nuovi individui. Appartenenti a gruppi diversi avevano il diritto -dovere di astenersi dal contatto fisico reciproco che prevaleva anche su qualsiasi situazione di emergenza. Chiunque poteva richiedere di formare un nuovo gruppo compatibile, quello che nel passato si sarebbe definito 'farsi una famiglia propria', ma era molto improbabile che il nuovo gruppo fosse compatibile con quelli di provenienza dei nuovi componenti. Questo significava che per gli appartenenti al nuovo gruppo era del tutto consigliabile interrompere ogni forma di contatto fisico e convivenza con i gruppi di provenienza, in altre parole con i propri genitori e fratelli.

La formazione dei nuovi gruppi compatibili doveva essere preceduta da una valutazione genetica preliminare. Una volta ottenuta l'autorizzazione sarebbe stato possibile per i membri trasferirsi in un nuovo alloggio e, in caso il gruppo fosse eterogeneo a livello di genere sessuale, chiedere di avviare la procedura di procreazione. La gestazione era di fatto resa impossibile perché comportava la dispersione volontaria di fluidi e tessuti organici con il conseguente rischio intrinseco di pericolose contaminazioni, anche se il travaglio fosse stato gestito da droni. Era fatto diritto - dovere alle componenti femminili dei gruppi compatibili di consegnare i propri ovociti fecondati al servizio sanitario per condurre lo sviluppo dei feti in ambienti specializzati e segregati. L'eventuale insorgenza di malformazioni e la terminazione dei feti sarebbe stata comunicata dal servizio stesso, il quale avrebbe rilasciato inoltre l'autorizzazione alla consegna di nuovi ovociti fecondati o alla loro distruzione. I nuovi cittadini sarebbero poi stati consegnati ai gruppi compatibili di provenienza una volta terminata la gestazione artificiale.

Era costituito diritto -dovere non partecipare a qualsiasi attività che rendesse necessaria una qualsiasi forma di aggregazione e spostamento, come il lavoro fuori casa, attività sportiva e scolastica. Queste ultime andavano sostituite con comportamenti che prevenissero la formazione di gruppi numerosi di persone. Le attività produttive sarebbero state concentrate in siti distanti dai villaggi residenziali. Era altresì costituito diritto -dovere astenersi da attività di preparazione di cibi da fonti dirette, ovvero animali, vegetazione, acqua superficiale. Queste non erano autorizzate dal Governo Centrale Mondiale, il quale appoggiava invece caldamente l'assunzione di alimenti preptializzati. Per rendere possibile tutto questo, sarebbe stato approntato un sistema di trasporto costituito da droni che avrebbero consegnato direttamente negli ambienti domestici le dosi alimentari raccomandate.

Il metodo con cui sarebbe stato valutato l'impatto sulle risorse disponibili era il calcolo dell'impronta ecologica. Ciascun componente del villaggio di riferimento avrebbe acquisito alla nascita un livello di metri quadri, indicativo della superficie del pianeta necessaria a sostenerne le necessità per tutta la durata della propria vita se condotta esattamente entro i limiti del Decreto sulla Salubrità. Rimanere entro di essi per tutta la vita equivaleva a non uscire mai dalla propria abitazione, assumere unicamente alimenti preptializzati e avere unicamente incontri indiretti con qualsiasi persona che non fosse parte del proprio gruppo compatibile. Rimaneva la libertà per ciascuno di muoversi liberamente fuori dalle proprie abitazioni, ma questo generava un aggravio d'impronta ecologica, così come l'utilizzo di droni per operazioni puramente a vantaggio del singolo generavano un costo ecologico. Una volta terminata l'impronta ecologica a propria disposizione il singolo individuo in pratica, era obbligato a non uscire dalla propria abitazione, oppure ad abbandonare il villaggio in cui aveva sempre vissuto.

Il decreto sulla salubrità sarebbe andato in vigore da lì a due anni, quello di emergenza avrebbe invece trovato piena applicazione solo nell'arco di cinque anni. Di quest'ultimo andava però in vigore subito l'obbligo di sottoporre ogni richiesta di procreazione al GCM, il quale avrebbe dato una risposta affermativa o negativa, inappellabile, entro sei mesi dalla richiesta. I coniugi avevano poi a disposizione altri sei mesi per consegnare i propri ovuli fecondati al servizio sanitario, terminati i quali sarebbero scaduti i sei mesi di attesa di un'altra coppia richiedente.

Alla fine del 2077 furono interrotte tutte le attività di autoproduzione di cibo e di lavoro, istruzione e vita pubblica non resi necessari da situazioni di emergenza, e per la fine del 2080 era stata completata la suddivisione di settantasette milioni circa d'individui in comunità di massimo mille persone. In quel momento l'ologramma mostrò il pianeta terra dal punto di vista di un satellite. Il pianeta si presentava come coperto da una miriade di puntini equamente separati l'uno dall'altro che s'interrompeva solo nelle zone dove le condizioni climatiche rendevano improponibile l'esistenza d'insediamenti. In alcune parti del globo, la distribuzione veniva modificata per garantire una distanza adeguata tra i villaggi e i siti produttivi. La specie umana, ridotta all'1% della popolazione di meno di dieci anni prima, non più gravata dalla necessità di ottimizzare risorse perennemente scarseggianti formando enormi agglomerati urbani, beata del dono di una semplificazione drastica della geopolitica del pianeta a seguito della scomparsa pressoché totale dei governi europei e della repubblica islamica del Daesh, si trovò all'inizio dell'ultimo ventennio del XXI secolo ad avere davanti una vera e propria età dell'oro, l'età in cui, gli spettatori di quel teatro virtuale sapevano di vivere ancora, in quel momento, secoli dopo.

14 - incubi

-Chi è Ardeha? - Marilena forse lo prese un po' troppo di sorpresa.

-"Ardeha"...come fai a conoscere questo nome...?-

Livio era perplesso; non le aveva mai detto cosa sognava negli incubi che lo tormentavano.

-Lo hai ripetuto, anche stanotte...Ho trovato i farmaci che prendi per bloccare i movimenti del corpo durante la notte e per dormire. Tu stai continuando a fare quegli incubi, hai solo cercato di non farmene accorgere. Amore, Livio, non ti devi nascondere da me-.

Stavano passeggiando nella strada che da casa loro portava, attraverso la pineta, al mare. Avevano appena lasciato, a destra, uno stupendo campo di girasoli quando una famiglia di cinghiali passò davanti a loro. Era una bella giornata di Maggio, i pollini nell'aria.

-Nel mio incubo io cado e penso a questa Ardeha...ma non so chi sia! -

-Cadi? In che senso? -

-Cado e mi accorgo che il mio corpo non esiste. Continuo a cadere, senza vedere il fondo, senza sentire il mio corpo, senza sapere chi sono. Dopo un tempo indefinito e lungo una luce mi risucchia e...mi sveglio -

-Tutte le notti? Amore? Tutte le notti è così?-

-Si, tutte le notti-

Livio si fermò con Marilena nel mezzo del bosco e si prese la testa tra le mani. Marilena lo abbracciò e rimasero così, in silenzio, mentre il vento agitava le fronde degli alberi.

15 -il patto

- Sei sicura che verrà? - chiese Tokho.

-Si certo, perché non dovrebbe? - replicò Ardeha.

-Perché...è una di quelle che la realtà la vive sdraiata sopra un'amaca... - Ardeha lo guardò strano.

-Voglio dire...tu no...insomma, sei qui con me...Ah! Lascia stare... -

In quel momento lo sguardo di Ardeha fu catturato da qualcosa all'ingresso e Tokho fu salvo. Roberta era appena entrata e aspettava che qualcuno la accompagnasse al tavolo dove sedevano i due ragazzi. Ardeha si alzò e attese che Roberta li raggiungesse nella saletta di similvetro. Quando Roberta entrò nell'ambiente, Ardeha mantenne i convenzionali due metri di distanza, alzando la mano in segno di saluto, mentre Tokho si avvicinò molto di più, in pratica a distanza di 'stretta di mano'. I due rimasero fermi l'uno davanti all'altro per alcuni secondi, mentre Roberta lo guardava con un'espressione a metà tra l'imbarazzato ed il divertito. Poi si diressero tutti verso il tavolo scortati dal cameriere. Decisero di sedere l'uno di fronte all'altro, invece che darsi le spalle come conveniva tra persone non appartenenti allo stesso gruppo familiare, poiché il tavolo all'interno della saletta era abbastanza grande da permettere questa disposizione. Ovviamente questo non era un aspetto dell'etichetta che potesse interessare alla coppia Ardeha -Tokho, si trattava comunque di una forma di riguardo verso Roberta.

-Allora - iniziò a dire Roberta -finalmente ti conosco Tokho! -

-Il piacere... è mio – incespicò Tokho – mi dispiace per prima. Io... -

-Ma Dai! Certi dettagli d'etichetta secondo me cominciano a essere fuori moda e non più necessari. E' solo che...dobbiamo...o dovremmo disabituarci a certe limitazioni che avevano, forse, senso qualche centinaio di anni fa! – Roberta rise sonoramente.

-Ad esempio, oggi userò questi attrezzi antichi per consumare del cibo, cucinato secondo metodi antichi e non asettici, giusto? Sono convinta che sopravvivrò e avrò sperimentato i sapori del passato - terminò sbattendo la mano sul tavolo.

-Giusto - si inserì Tokho –perché, se ho capito bene, nell'Envirtualment non potete simulare ne' sapori ne' odori -

-Esatto - rispose Ardeha –si tratta di un'elaborazione troppo pesante per i sistemi esistenti. Chissà, forse in futuro esisterà un upgrade che permetterà di annusare i fiori, per ora non si può fare -

-Credo sia terribile, tanto quanto l'esistenza dell'Envirtualment... - commentò Tokho.

Roberta guardò Tokho sorridendo mentre teneva la testa inclinata

– Tu appartieni al Made By Humans, se ho capito bene -

-Si, è esatto -

-Ne vorrei parlare, se non sono impertinente - chiese Roberta strizzando gli occhi.

-Certo! -rispose Tokho -Ma...prima ordiniamo? -

-Certo...quindi...ho simulato questo tipo di eventi già molte volte nell'Envirtualment. Credo che a questo punto io ti debba chiedere "Cosa mi consigli?!" - disse Roberta alzando le mani verso l'alto.

Tokho passò i successivi dieci minuti a spiegare i piatti nel Menù. Si inerpicò fra ragù e amatriciane, polli arrosto e sformati di melanzane, grigliate di mare e carciofi fritti, sulla ricchezza degli abbinamenti con vini rossi e vini bianchi, ed i caffè ed i liquori...

- spaghetti al pomodoro, acqua vitalizzata! - ordinarono quasi all'unisono le due donne. Tokho si rivolse verso il cameriere, sconsolato, facendo spallucce, poi ordinò una zuppa di fagioli, bistecca ai ferri, un calice di vino rosso, acqua naturale.

-Dicevamo.. - riprese Roberta – parlami dello MBH-

Ardeha si sorprese a pensare che quel ‘ristorante’ con i suoi tempi di attesa e facendo sedere vicine le persone, era un luogo che dava l’occasione di parlare...

-Che dire... -iniziò Tokho – MBH nasce da un gruppo di persone che vuole riscoprire il modo di vivere dell’umanità prima dell’Epidemia e Praha. Riteniamo che la modifica del nostro modo di vivere sia stata necessaria, ma ci abbia anche fatto perdere anche la ...“cultura della felicità” -

-“Cultura della felicità”... spiegami meglio -

-Siamo sereni, soddisfatti, sani, equilibrati...ma non siamo felici. Non sappiamo più come essere felici. Abbiamo dimenticato come ci si fa a svegliarsi la mattina con la voglia di affrontare il nuovo giorno... -

-I giorni non vanno affrontati, vanno vissuti al meglio delle nostre possibilità, in equilibrio con l’ambiente che ci circonda - replicò Roberta.

-No, invece vanno *affrontati* -rispose netto Tokho.

-Per essere felici dobbiamo avere delle sfide da superare. Oggi non abbiamo più sfide con cui misurarci e in assenza di esse non riusciamo più a conoscere i nostri limiti e viviamo con la continua sensazione di poter fare ‘qualcosa di più’ senza sapere cosa sia questo ‘qualcosa’.

-Questa è la filosofia delle epoche precedenti all'Epidemia. Oggi la maggior parte del pianeta ritiene che sia il modo di pensare che ha distrutto la civiltà precedente a questa. Voi dello MBH, come pensate di poterla riportare nel mondo di oggi senza produrre i disastri di quei tempi? -

-Roberta – Tokho si avvicinò di pochi centimetri all'interlocutrice, senza però ridurre la distanza sotto il livello socialmente accettabile, mentre Ardeha li guardava divertita e incuriosita dalla piega che stava prendendo la conversazione – pensiamo di poterlo fare perché la popolazione umana è rimasta l'uno per cento di quella dell'epoca pre -epidemia. Non mancano ne' risorse ne' spazio su questo pianeta. Crediamo che la popolazione possa e debba rimanere divisa in piccole comunità, ma che ci debbano essere di nuovo possibilità di aggregazione di un grande numero di persone in spazi aperti. Crediamo anche che il contatto umano tra estranei debba ritornare a essere una pratica comune -

-Intendi…il contatto fisico? - chiese Roberta strizzando gli occhi.

-Esatto. Secondo MBH è un requisito fondamentale per la felicità umana - Tokho rafforzò la sua affermazione con un gesto risoluto della mano, ma sorrideva. Ardeha amava quell'uomo all'antica, appassionato, felice, sempre sereno....e si scoprì a pensare a vari momenti della sua vita nella famiglia di origine, e a cercare felicità in essi...e...riusciva a trovarla?

-Amore! - esordì Ardeha zittendo entrambi – ti faccio una proposta: io tenterò una visita alla sede dello MBH. Cercherò di capirvi e di ambientarmi, perché questa realtà è importantissima per te-

Tokho guardò Ardeha dritto negli occhi sorridendo, pronto ad un gesto di esultanza, ma aveva capito che Ardeha stava per chiedere una contropartita e rimase in attesa.

-E tu...in cambio proverai l'Envirtualment! - esordì Ardeha.

-Ma come...dovrei farmi uno dei quei buchi nel collo?! -Tokho era sinceramente preoccupato.

-No, non è necessario - Roberta accorse in appoggio ad Ardeha –potresti provare un simulatore ottico. La tecnologia è vecchia e l'esperienza è meno coinvolgente di quella per via neurale, ma non si pratica nessun tipo d'innesto -

Tokho rimase in silenzio.

-Le nostre simulazioni del XX e XXI secolo sono perfette fino al minimo dettaglio; non si possono riprodurre sapori ed odori ma si può visitare una tipica piazza aperta con un mercato, affollata da un migliaio di persone, oppure assistere ad una messa cattolica o a una lezione di chimica in un liceo. O, ancora, si può prendere parte a una rappresentazione teatrale, proprio dove Ardeha lavora come maschera. Altrimenti vi è la navigazione libera...dove puoi creare il tuo mondo -

-Cosa vuol dire...creare il tuo mondo? - Tokho ora pareva interessato.

-Esattamente questo; puoi decidere di creare una serie di oggetti virtuali di complessità crescente, da una semplice linea retta tracciata in uno spazio vuoto fino a un paesaggio astratto. Puoi creare addirittura personalità con cui puoi interagire...ma qui sconfiniamo nelle capacità degli utenti esperti ed oltre, nella simulazione di frontiera... - Roberta fece una pausa ad effetto, qualche secondo per lasciare che le sue parole facessero effetto. Poi ripartì.

-Ti può interessare...? -

Tokho sorrise e guardò Ardeha.

–Come rifiutare...? Affare fatto! Ma tu...cominci prima tu! Domattina verrai con me allo MBH. Preparati! -

Nel mentre che lo storico accordo veniva sancito, il cameriere arrivò al di là del similvetro portando i piatti ordinati.

Fu una bella cena, tutti avevano la sensazione che qualcosa di emozionante fosse appena avvenuto, mentre le due donne litigavano con gli spaghetti e Tokho divorava il suo pasto prelibato.

16 -MBH

-Ammettilo, eravate d'accordo! - disse Tokho, a metà tra l'arrabbiato e il divertito, con la faccia nascosta dietro la mascherina da esterni.

-No - Ardeha gli rispose mentre le biciclette correvano lungo la traiettoria loro consentita tra le paratie di similvetro. Era una giornata fresca, l'autunno si stava avvicinando. L'Algoritmo aveva diffuso un comunicato, dove invitava tutti i cittadini delle zone climaticamente sfavorite a rimanere all'interno degli ambienti domestici climatizzati per evitare aggravi inutili al sistema sanitario automatizzato. Ardeha aveva accettato il rischio di un extra addebito d'impronta ecologica per malattia, che poteva recuperare uscendo da casa qualche volta in meno in futuro. Oppure...aveva accettato il rischio perché, sotto sotto, sentiva una voce che diceva "fregatene!". Per quell'uscita, aveva scelto una tuta nera a chiusura lampo posteriore abbastanza calda. Tokho, ogni volta che la indossava, la chiamava "la mia susina" (doveva essere un tipo di frutto scomparso...) in particolare quando calava quella lampo...

Lo MBH, dall'esterno, era un'unità domestica simile a tutte le altre che Ardeha conosceva. I locali che davano sulla strada dovevano essere a norma di legge obbligatoriamente, per cui erano attrezzati con un bioscanner. I due ragazzi lasciarono le biciclette a fianco dell'ingresso ed entrarono nella sala dopo aver subito la scansione. Dopodiché due droni aerei si avvicinarono a Tokho e Ardeha, impedendo il passaggio nei locali dello MBH.

-E questi? - fece Ardeha con tono quasi canzonatorio.

-Sono obbligatori, Ardeha, come quelli che hai in casa tua. Il problema è che quando obbedisci a tutto quello che ti viene detto di fare da troppo tempo non riesci più a capire cosa è obbligatorio e cosa no -

Tokho si accorse che Ardeha non aveva apprezzato quelle parole – Scusa - disse – Io...non volevo -

-Aaah - lascia stare. Andiamo dentro, dai! - tagliò corto lei.

-Ok - MBH -1 ed MBH -2, oggi Ardeha Doorkey entra negli ambienti MBH. Ardeha accetta il rischio di entrare in contatto con agenti patogeni, particolato atmosferico, rumori, ed in genere sostanze organiche ed inorganiche dannose alla salute, prodotte o disperse a seguito delle attività svolte nel centro. Ardeha dichiara altresì di accettare i rischi connessi al contatto fisico diretto con gli individui non geneticamente compatibili presenti all'interno del centro MBH. Infine... -

MBH -1 si avvicinò a Tokho mentre MBH -2 rimaneva di guardia all'ingresso.

-Tokho, buongiorno, scusa l'interruzione. La dichiarazione è esatta, ma deve essere pronunciata da Ardeha Doorkey per essere acquisita come prova dell'accettazione del rischio -

Tokho sospirò, poi si svolse verso Ardeha mentre MBH -1 si spostava davanti a lei.

-Ardeha Doorkey, rilevato innesto neurale. Prepararsi al trasferimento della dichiarazione in memoria -

-Per l'Algoritmo! - disse Ardeha - ed io che io che mi aspettavo un tuffo con lo 'splash' nel passato. Ricezione abilitata - Il testo da pronunciare apparve ad Ardeha come scritto in trasparenza nello spazio vuoto davanti a lei.

-Io, Ardeha Doorkey, accetto il rischio di entrare in contatto con agenti patogeni, particolato atmosferico, rumori, e in genere sostanze organiche e inorganiche dannose alla salute, prodotte o disperse a seguito delle attività svolte nel centro. Dichiaro altresì di accettare i rischi connessi al contatto fisico diretto con gli individui non geneticamente compatibili presenti all'interno del centro MBH. Inoltre accetto che l'impatto ambientale prodotto dal centro MBH sia invece ripartito come debito sulla mia impronta ecologica in proporzione alla durata della mia presenza all'interno del centro come visitatore. In caso dovessi decidere di partecipare alle attività del centro MBH, accetto sin da ora che il debito ecologico sia ripartito sulla mia impronta in parti uguali con tutti gli altri partecipanti -

-Registrazione effettuata. Ardeha Doorkey, benvenuta allo MBH - ronzò MBH -1 mentre si allontanava nell'aria. Subito dopo MBH -2 si avvicinò porgendo a lei e Tokho, su una piccola piattaforma prensile, quattro oggetti simili a piccoli tappi.

-Sono filtri per le narici - le spiegò Tokho – per evitare di inalare il particolato. Impediscono anche di sentire qualsiasi odore. Se metti questi, la mascherina è inutile, fidati -

Tokho e Ardeha tolsero le mascherine e inserirono i filtri nelle narici, dopodiché passarono insieme sotto lo scanner tendendosi per mano. Una volta superato l'arco, si trovarono in una sala di attesa e decontaminazione (procedura che sarebbe avvenuta, ovviamente, solo all'uscita). Dopo pochi secondi una porta automatica si chiuse dietro di loro, isolando l'arco del bioscanner, e un'altra si aprì di fronte. Ardeha entrò con Tokho in una grande sala, illuminata dall'alto da un lucernario molto ampio. Ai lati si vedevano una serie di grossi tavoli, banconi, su cui si potevano vedere una serie di oggetti di forma e colore disparato, di cui Ardeha non riusciva neanche lontanamente a immaginare la funzione. Parecchie persone si affaccendavano attorno ai banconi. Tutte interruppero la loro attività non appena i due ragazzi si affacciarono nella stanza. Ardeha fece per ritrarre la mano istintivamente da quella di Tokho che invece la trattenne; infatti, stavano per accedere a un ambiente dove il contatto fisico era tollerato anche in pubblico.

La prima cosa che Ardeha notò fu l'atmosfera polverosa che aleggiava dappertutto. Alcuni piccoli bicchieri contenenti un liquido fumante, e appoggiati al centro della sala su un piccolo tavolo, attrassero poi la sua attenzione.

-Caffè - le spiego Tokho.

-Per l'algoritmo! - esclamò Ardeha – direttamente dal passato. Se non mi ricordo male, è una bevanda che agisce sulla pressione arteriosa, nociva per la dentatura e blandamente psicotropa -

-Si, ed è veramente buona! - esclamò un uomo sulla sessantina che si era avvicinato ai due da un lato della sala. Ardeha, pur essendo con Tokho, era tesa e non aveva ancora osato girarsi in torno per esplorare l'ambente. Istintivamente lasciò la mano di Tokho e si allontanò dall'uomo, questo mentre Tokho avvolgeva il nuovo arrivato con tutte e due le braccia.

"Un abbraccio" pensò Ardeha "Questo si che non lo avevo mai visto, nemmeno nell'Envirtualment".

-Grande Taihe!! - disse Tokho mentre l'abbraccio continuava per una decina di secondi – Ti voglio presentare una persona molto importante per me - Si volse verso Ardeha tendendo una mano sulla spalla dell'uomo.

-Taihe, ti presento Ardeha. Ardeha, ti presento Taihe, l'uomo che mi ha insegnato a lavorare il legno e molto altro -

Taihe allungò istintivamente la mano verso Ardeha. Lei rimase impietrita e Tokho le venne in soccorso.

-Ardeha ha accettato di visitare lo MBH solo come semplice visitatore -

-OK, OK, OK! Benvenuta, Ardeha -disse ritirando la mano –avrei piacere di essere il tuo anfitrione nel nostro piccolo "mondo" - e sorrise – Me lo permetti? -

-Certamente...sì. Ti seguo- proferì timidamente la ragazza.

Ardeha aveva visto un'espressione così felice sul volto di Tokho solo quando passavano del tempo da soli. La ragazza aveva lentamente cominciato a rilassarsi e a guardarsi intorno, scoprendo che lo MBH consisteva in un grande salone in cui trovavano spazio quelli che sembravano dei banchi da lavoro. Attorno ad essi si affaccendavano parecchie persone, anche se in realtà, in quel preciso momento, gli occupanti dello MBH avevano sospeso le loro attività aspettando che Ardeha si avvicinasse mentre molti di loro facevano "ciao" con la mano.

-Allora, cominciamo! - Taihe la invitò a seguirlo mentre si sfregava le mani.

–Questo è il banco di lavoro, dove facciamo la farina e il pane. Come vedi abbiamo un piccolo mulino alimentato da energia di rete - Taihe fece segno all'artigiano che seguiva quella sezione della MBH di alimentare il mulino per alcuni secondi per far vedere ad Ardeha come si muovevano le molazze. Poi l'uomo, vestito di camice e cappello bianco, sempre per mostrare il processo, prese della farina e la impastò con acqua e con una sostanza che prese da sotto il bancone, la quale trattava come qualcosa di molto prezioso.

-Il lievito madre -disse Taihe in direzione di Ardeha, che lo guardò sorridendo e non capendo. "Ho deciso" pensò fra se "d'ora in avanti meno capisco e più sorrido".

L'artigiano mostrò infine una forma di pane lievitata che introdusse nel forno e, infine, un croccante prodotto finito da cui tagliò una fetta che offrì ad Ardeha.

-No, grazie. Sono solo in visita... -

Proseguirono oltre e si avvicinarono a un altro bancone, dove un membro del MBH, vestito con una pettorina spessa e di colore scuro, guanti pesanti e una maschera protettiva che copriva tutto il visto fino sotto il mento, introduceva dei piccoli oggetti di colore giallo in un contenitore da cui pareva emanarsi un calore notevole.

-Benvenuta alla sezione dove lavoriamo l'oro - disse Taihe ancora più soddisfatto.

-Oro... - cominciò a dire Ardeha cercando di ricordare qualcosa sull'uso di quel materiale.

-Si tratta di un metallo molto raro in natura, utilizzato in passato per costruire oggetti con durata teoricamente eterna e per vari utilizzi di tecnologia fine. All'inizio del XXII è stato sostituito dai poliauroni, materiale organico ipernutrito e con il medesimo colore e proprietà. Oggi l'oro non ha più alcun valore, ma lo MBH rende onore, tramite la sua lavorazione, alla creatività del genere umano, così come rendiamo onore alla capacità che ha avuto la razza umana di auto sostenersi tramite l'agricoltura e la produzione di alimenti complessi come il pane -

-Agricoltura? Voi qui...coltivate, anche? - chiese Ardeha, a questo punto sinceramente incuriosita.

Taihe alzò spalle e mani in alto mentre schiacciava leggermente in basso il mento come a significare “ovvio!” – Seguimi - le disse. Si spostarono sul fondo dell’ampio salone, dove un gioco di specchi orientabili convogliava luce solare durante tutto l’arco del giorno. Ardeha vide una specie di recinto che circondava uno scavo nel pavimento riempito di terra di colore scuro e dall’aspetto leggermente umido. L’area era circondata da lampade dallo strano aspetto, che la circondavano sporgendo all’interno del recinto.

-Visto che possiamo coltivare solo qui dentro, ci siamo permessi di regolare la climatizzazione sulle condizioni di temperatura ed umidità tipiche della primavera. Se necessario integriamo la luce mancante l’inverno con degli illuminanti a luce diurna. Fortunatamente i codici genetici delle piante da orto più diffuse fino alla fine del XXI sono rimasti al sicuro nei database di mezzo mondo; e non solo quelli, anche un’ampia varietà di semi sotto vuoto conservati a bassa temperatura! - Taihe era emozionato.

-L’orto è la mia passione. Allora...qui abbiamo del Pomodoro a trapianto estivo tondo precocissimo, tipo Salomone. Guarda, è quasi maturo... - Ardeha si avvicinò alla recinzione, e per poco non vi appoggiò sopra le mani da tanto che si stava interessando al piccolo orticello.

-Ardeha, se vuoi tocca pure. La superficie del tuo corpo sarà completamente ripulita al momento che uscirai dalla sala - suggerì Taihe. La ragazza appoggiò la mano sulla recinzione e si sporse in avanti e in basso, raggiungendo con la punta delle dita dell'altra mano la superficie rossa e striata di verde del pomodoro.

-E' il primo che tocco in vita mia. Li avevo visti solo nell'ipnosonno! -

-E qua... -continuò Taihe -...abbiamo il cetriolo, e qua la lattuga e la melanzana - Taihe si spostò verso il fondo dell'orto, Ardeha lo seguì e vide che infilava le mani in un canestro da cui estraeva degli oggetti rotondi di colore arancione rossastro e rosso -viola.

-Albicocche Pisane e Susine Sangue di Drago...quando tornerai qui per prendere parte alle nostre attività ne potrai assaggiare quante vuoi -

-Non ci contare -replicò Ardeha sorridendo senza guardarlo direttamente negli occhi.

-Invece lo farò...A proposito, andrei avanti tutta la giornata a parlarti del mio piccolo mondo, ma qualcuno si prepara a farti vedere qualcosa di molto speciale... -

In quel momento Ardeha si accorse che Tokho si era allontanata da lei. Lo cercò con lo sguardo e lo individuò accanto al bancone successivo, vestito con una specie di camice con molte tasche e occhiali di sicurezza.

-Eccoci al bancone dedicato alla lavorazione del legno...Come sai, Ardeha, in questo caso, il nostro miglior artigiano è il tuo compagno, Tokho Della Croce! -

Tokho la stava aspettando con un pezzo di legno circolare in mano.

-mettiti seduta, ci vorrà un po'' e nel dire questo Taihe le porse una sedia. Ardeha si accomodò, subito dopo Tokho cominciò a lavorare la forma di legno. In non più di trenta minuti riuscì a creare un incavo all'interno del materiale. Una volta lisciatane la superficie, Tokho si avvicinò ad Ardeha e le porse l'oggetto.

-E' per te - disse – è una ciotola. Non è ancora pronta per essere utilizzata, deve essere resa impermeabile -

Ardeha prese l'oggetto nelle sue mani e cominciò a capire quello che, il giorno in cui lui le aveva regalato la paperella, non era riuscita ad afferrare. Davanti ai suoi occhi Tokho aveva creato qualcosa che proveniva dalla sua immaginazione, dal suo 'cuore' si sarebbe detto una volta con grande imprecisione anatomica. Il dono della propria creatività doveva essere qualcosa di profondamente gratificante, una sensazione che Ardeha e quasi tutti gli abitanti di 110011 non aveva mai provato. Ardeha prese l'oggetto nelle sue mani e sorrise, sfiorando le dita di Tokho.

17 -spettacolo multicolore

Incominciò come se del vapore colorato si alzasse dal palco. Volute multicolori gialle, rosse, verdi e cangianti che si miscelavano fra loro presero ad elevarsi sopra la sala del teatro. Gli spettatori stupiti, ed anche le maschere, erano tutti a naso in su. Le nuvole si addensarono, la tonalità del colore s'incupì, e poi la pioggia scese, ogni goccia di un colore diverso. Il palco si trasformò in un mare in tempesta, ogni onda di un colore diverso. Getti d'acqua policromi presero a cadere giù dal bordo del palco, così realisticamente che gli spettatori delle prime file saltarono sulle sedie. Una volta accortisi che il liquido multicolore non avrebbe bagnato nessuno, gli spettatori osservarono i flutti cangianti farsi spazio nella sala del teatro e lentamente allagarla. Il livello del colore fluido prese a salire. Ardeha vide prima le sue gambe scomparire, poi, il basso ventre. Si ricordò che doveva prendersi cura dei clienti del teatro e rialzò lo sguardo verso di loro che intanto rimanevano seduti con i flutti colorati di rosso ormai a livello del viso. Dalla superficie del 'mare' si alzavano sbuffi di giallo, turchese, cremisi, indaco che gli spettatori cercavano di afferrare. E in un attimo furono sommersi dal fluido. Ardeha si accorse che la consistenza del mezzo colorato era simile a quello di una densa nebbia; passando la mano davanti agli occhi poté vederla smuovere i flutti vaporosi, ora virati al verde azzurro. In quel momento vide un guizzo passarle davanti agli occhi. Si passò di nuovo la mano davanti alla faccia, convinta di essere stata lei stessa a creare inavvertitamente quella sensazione muovendosi. Poi calò le braccia giù lungo i fianchi ed attese. Dopo pochi secondi vide una figura che si avvicinava verso di lei camminando a passo prima spedito, poi più lento. Ardeha riusciva a distinguere con molta difficoltà il volto. Pensò che fosse per l'alternarsi dei colori che fluivano come flutti o nebbia sospinta dal vento e meglio non avrebbe saputo dire... Improvvisamente intravide un'corpo' formato da un intreccio indefinibile delle stesse lingue fluide multicolori che componevano lo spettacolo. Non si trattava di una simulazione che attraversava un ambiente ricolmo di colori, ma delle sfumature stesse che perdevano la loro libertà di movimento per coordinarsi in modo da sembrare un corpo umano in movimento...con un volto che fissava Ardeha con due occhi di smeraldo. Il 'corpo' era ora a mezzo metro da lei e sembrava fissarla. Vide avvicinarsi dal basso una mano, formata dall'avvilupparsi di nubi policrome, che si spostava verso la sua. Mentre pensava a quanto fosse incredibile lo spettacolo, e che avrebbe voluto fare di persona i complimenti all'autore di quella simulazione, sentì che la propria mano veniva toccata, poi presa, sempre mentre la configurazione di nubi, ora argentee, la guardava negli occhi. Per un attimo fu tentata di ritrarre la mano, poi decise di stare al gioco. L'autore, pensò Ardeha, aveva curato con incredibile perfezione il modo in cui la configurazione/simulazione stringeva la mano dello spettatore, dando la sensazione di grande delicatezza e, al contempo, di tensione, come se fosse il primo contatto fra due persone che non si vedevano da molto tempo o quello fra due che si stavano per lasciare dopo aver passato una vita insieme. Fu allora che quella festa di colori la prese anche per l'altra mano e cominciò a tirarla a sé. Ardeha si lasciò trascinare, curiosa di vedere cosa aveva in mente l'autore. In quel momento la stessa cosa stava sicuramente succedendo a tutti i presenti in sala e mentre pensava a che confusione si stava creando, e che avrebbe dovuto essere pronta a ricondurre tutti gli spettatori ai loro posti appena fosse calata la 'marea', sentì le sue mani che venivano tirate ancora più forte. Si trattava della simulazione che stava trasmettendo ai suoi nervi la sensazione della trazione sull'epidermide e per sospendere l'effetto sapeva che bastava distrarsene volontariamente. Fece quindi per lasciare le mani del suo strano compagno di ballo per spostarsi verso la platea e si accorse che non riusciva a liberarsi dalla presa. La 'stretta' non cessava e Ardeha cominciò a sentirsi trascinata. Si volse verso la simulazione e vide che dietro di essa si stava creando una specie di apertura nella nebbia colorata, come una specie di 'porta' che si fosse spalancata alle spalle della simulazione, la quale continuava ad attrarla. Lei si oppose con tutte le sue forze ma non riuscì a rallentare il trascinamento verso l'apertura nelle nebbie ora cremisi, poi rosso sempre più cupo.

A un tratto tutto cessò. Le nebbie colorate si diradarono improvvisamente e Ardeha si trovò piegata in avanti, nella posizione di una persona che cercava di non farsi trascinare. Si ricompose immediatamente e, volgendosi verso la sala, pronta ad aiutare i presenti a tornare ai propri posti si accorse, con suo grande stupore, che ogni altra persona nella sala era rimasta al proprio posto, anche le sue colleghe, mentre lei dall'essere sotto il palco si trovava ora quasi all'ingresso della sala. Aveva percorso quasi una decina di metri! Imbarazzata, tornò alla sua posizione iniziale mentre gli applausi cominciavano a scrosciare nella sala.

Il gruppo delle maschere si sarebbe trattenuto nel Foyer per 'bere' qualcosa dopo il lavoro. In realtà non era possibile riprodurre sapori e odori, questo lo sapevano, ma volevano comunque 'gustare l'atmosfera' della fine di una giornata di lavoro all'inizio del XXI secolo. Ardeha sedeva composta, senza parlare troppo, un po' preoccupata che le altre le chiedessero del suo strano comportamento.

"Come sono riuscita a rendermi ridicola a tal punto" pensava "speriamo che Roberta non decida che sono troppo influenzabile per questo lavoro". Intanto aveva davanti a se una tazza di caffè e aveva appena finito di sciogliere nel liquido nero e fumante un cucchiaino di zucchero. Si soffermò ad ascoltare il suono che faceva il metallo del cucchiaino quando lo scuoteva delicatamente sul bordo della tazzina. Perfetto...cristallino...come riuscivano a creare un'illusione così perfetta? Davanti a lei sedeva la sua collega Naha, vestita come lei in un tajer scuro, abbottonato in vita fino a pochi minuti fa, gonna scura, calze e cravatta rosse, scarpe nere col tacco alto. La ragazza stava seduta davanti a lei a gambe accavallate, con la tazzina in una mano mentre l'altra si spostava ora verso l'alto, ora verso il basso, ora rapidamente da destra a sinistra per rafforzare le proprie parole, in una perfetta imitazione del comportamento tipico delle popolazioni mediterranee inzio XXI secolo.

-E' stato fantastico! -stava esclamando - prima l'immersione in quel mare colorato di nuvole, nebbia, flutti...poi quelle specie di...animali...lunghi e stretti che ti giravano attorno spuntando dalle pieghe del colore improvvisamente! - Sorseggiò il caffè, impersonando una vera maschera di teatro di secoli prima, seduta con le amiche al bar al termine del pomeriggio.

"Animali...lunghi e stretti" Ardeha ascoltava "non ho visto niente di tutto ciò; solo...quella figura che mi trascinava"

-E tu, Ardeha ? - Naha si rivolse improvvisamente a lei – cosa hai visto per farti camminare per tutta la sala? - la ragazza ridacchiò e altre attorno la imitarono, guardando verso Ardeha.

"Menti!" pensò "non mettere in giro storie strane. E' successo una volta sola, la prossima volta, se succederà, saprai come comportarti"

-Beh...erano così carini quegli animaletti che ho cercato di agguantarli, e loro scappavano via! Non si facevano prendere!! - e si mise a ridere. Le altre la imitarono e Ardeha trasse un sospiro di sollievo. Meglio passare da 'sciocchina' che da 'svitata'...

La conversazione riprese, leggera e ricreativa e durò per un'altra mezz'oretta, dopodiché

Ardeha salutò tutte le colleghe e si accinse a eseguire la sequenza di disconnessione. Mentre pronunciava la prima parola del codice, e l'Envirtualment cominciava a ripiegarsi su di lei, continuava a pensare all'esperienza che aveva fatto quel giorno. Sapeva che le simulazioni teatrali potevano avere esiti differenti su persone diverse, questo però non spiegava come i 'pesci' colorati percepiti dalle altre fossero diventati per lei una sorta d'individuo, composto di lembi di flutti policromi continuamente ricombinati, che la trascinava verso una porta oscura. E mentre pronunciava il codice di uscita ed entrava nel 'grande bianco' continuava a pensare all'intensità con cui gli occhi abbozzati della simulazione la guardavano, l'intensità degna di una mente senziente e vigile, mentre una sorta di linea a forma di bocca sembrava aprirsi e chiudersi pronunciando sempre la medesima parola...

18 – il piano

- Ardeha ha avuto il primo contatto con l'ONEIROS -

- Come ha reagito? -

- Ne ha subito il fascino, l'attrazione. Ha sentito il richiamo -

- Preoccupante e affascinante nello stesso momento. E' la persona giusta ma tutto avviene troppo velocemente. Sei sicura che non ve ne siano altri con questa capacità? -

- No, ho eseguito molteplici verifiche incrociate. Sono sicura -

-Roberta, sei anche certa che nessuno ti stia ne' vedendo ne' ascoltando –

-Nessuno, Johan -

-Per Dio! Lo spero vivamente! Stai parlando in un telefono. Nessuno a 110011 sa che esistono ancora! -

-Johan, puoi venire a prendere il mio posto quando vuoi... -

-Ah...lascia stare. Dove sei? -

-Sono chiusa in casa. I droni sono disinseriti e sono barricata in bagno -

-Va bene. Speriamo per il meglio. E ora? Che cosa hai in mente? -

-Ho un piano, ma devo agire cautamente. Stavo cercando di creare le condizioni per un accesso spontaneo di Tokho all'Envirtualment ma non c'è più tempo per 'fini' macchinazioni. Devo muovermi rapidamente, senza destare sospetti ne' in Ardeha ne' in Tokho. E devo anche fare in modo che nessuno si accorga di niente, eventualmente state pronti con l'ipnosonno -

La voce dall'altro capo della linea tacque per alcuni secondi, sospirò, riprese a parlare.

-Scusami, mi fido di te, lo sai. Solo Dio sa come hai fatto a stare chiusa là dentro per tutto questo tempo -

-No, Dio non centra niente. Solo io so come sia stato possibile -

-Certo. Perdonami, mi esprimo come un vecchio, perché sono un vecchio -

Ci fu un altro attimo di silenzio. Dal telefono cellulare Roberta sentì solo una leggera statica arrivare dal nulla.

-Johan, sei ancora lì -

-Si, stavo pensando... Per me è stato più facile da qua, per te il senso di colpa deve essere stato terribile... -

Per un poco Roberta rimase in silenzio, guardandosi le unghie della mano sinistra.

-Lo facciamo per il bene di tutti, non è vero? -

19 – visioni

Quando Ardeha aprì gli occhi, quella mattina, decise di rimanere sdraiata a letto. Aveva appuntamento con Tokho fra tre ore e doveva lavorare solo nel pomeriggio, per cui poteva permetterselo. L'ipnosonno aveva registrato nella sua mente nuove e affascinanti teorie sull'origine delle comete all'interno del sistema solare. A volte aveva la sensazione, al risveglio, che l'ipnosonno avesse lavorato molto di più sulla sua mente in certe notti, molto meno in altre. Non si era mai data una spiegazione; doveva aver a che fare con la complessità degli argomenti, sicuramente. Rimase immobile a gustare il silenzio nella stanza, nel buio completo, assente qualsiasi rumore dall'esterno e all'interno dell'abitazione. Aveva imparato ad apprezzare quella sensazione solo da quando lavorava nell'Envirtualment e dopo aver conosciuto il complesso delle stimolazioni sonore che caratterizzavano la vita all'inizio del XXI secolo. Dopo una giornata nel 'teatro, il rientro nella realtà quieta della propria unità abitativa era un'esperienza piacevole e rigenerante. Era incredibile come non avesse saputo apprezzarlo in precedenza.

Si girò sul fianco sinistro.

-luce, 5% - ordinò. Il similvetro della finestra di fronte a lei acquisì una leggera trasparenza che fece passare una luce tenue e morbida dall'esterno. Ardeha richiuse gli occhi cercando di riprendere sonno. Un po' di luce la aiutava a non pensare e a riassopirsi, da sempre.

Chiuse gli occhi e vide l'oscurità dietro le palpebre. Il 'grande nero' che si attraversava andando verso l'Envirtualment le dava la stessa sensazione di pace, protezione e tranquillità. Le piaceva stare ferma così guardando il niente, ascoltando il niente...

Un guizzo.

Aprì gli occhi di colpo. Forse un drone era passato silenziosamente nella stanza e lei aveva percepito il leggero riflesso prodotto dalla sua superficie metallica. Si guardò intorno ma non vide nulla. Tornò ad appoggiare la testa sul cuscino e a rilassarsi. Richiuse gli occhi e calò nell'oscurità.

-luce, 0% - pronunciando queste parole la stanza ripiombò nel buio più completo. Si lasciò andare, sentendo il sonno tornare dentro di lei, ma non durò a lungo. Si scoprì a scrutare nell'oscurità, sotto le palpebre, come se ci fosse qualcosa da vedere. E...a poco a poco l'oscurità prese a incresparsi, creando piccole onde leggere di bianco e di colore, luci e ombre, linee e superfici sconnesse che apparvero dal nulla.

Sorprendentemente quelle immagini non la turbarono ma ancor più la rilassarono. E quindi si lasciò prendere da quel suo Envirtualment personale...Le forme abbozzate si definirono sempre più, dando vita ad un panorama, colline, nuvole, profili di edifici. Camminava in una strada, era circondata da persone molto più alte di lei, vestite in maniera strana, molto simile alla moda del primo XXI secolo. Una mano grande sorreggeva la sua, costringendola a tenere il braccio alzato.

Era diventata una bambina!

La scena cambiò. Si trovavano in un parco ed era una bella giornata. Stava mangiando un cibo cremoso di sapore dolce che non aveva mai visto prima, posto in cima a un supporto di forma conica. La persona accanto a lei utilizzò un formato di carta o similcarta per pulirle la bocca. Si sentiva molto bene e sicura. Non riusciva a identificare la persona adulta al suo fianco, ma sentiva che di lei poteva fidarsi. Improvvisamente la luce dal cielo cambiò, si sentì un rumore terribile e le persone attorno a loro presero a fuggire. La persona accanto a lei le strattonò la mano e la trascinò via facendole cadere la cosa buona che teneva in mano. Strillò e pianse ma la presa dell'adulto era salda e forte. Correvano, fuggivano verso la boscaglia, nella stessa direzione dove scappavano tutti. Davanti a se Ardeha vide una grande apertura nera, dentro di cui l'adulto la stava trascinando. Aveva la stessa forma e la densa oscurità della voragine nera dentro di cui la stava trascinando la strana simulazione che la aveva afferrata per le mani il giorno prima a teatro. A quel punto guardò in alto, vide due occhi azzurri in lacrime e udì una voce rotta dal pianto.

-Corri, Emily! Corri, salviamoci!! -

In quel momento si svegliò e saltò seduta sul letto. Era sudata e respirava affannata. Solo in quel momento si accorse di essersi addormentata di nuovo. Si passò le mani sul viso, si massaggiò gli occhi, la fronte, le tempie. Che cosa era successo? Era stato come entrare nell'Envirtualment, il buio, le immagini inizialmente poco definite, poi l'esperienza che diveniva vissuta in prima persona...si accorse che diveniva sempre più difficile ricordare quello che aveva visto. Era come guardare un mucchietto di sabbia scomparire leggero attraverso un colino a maglie strette.

Chi era quella donna? Dove si trovava mentre la teneva per mano? Tutto diveniva sempre più confuso...

Mise i piedi scalzi giù a terra.

–luce 50% - chiese. Il similvetro lasciò passare abbastanza luce da illuminare chiaramente la stanza. Il letto era completamente scomposto, come non le era mai successo di vederlo.

S'incamminò verso la cucina. –acqua - chiese. Subito ARDO-006 accorse preparandosi a spruzzargliene in bocca. Ardeha aprì la bocca e ricevette la sua dose.

-Ancora- disse. E ne chiese un'altra dose ancora. Era molto assetata.

In breve si riprese e venne l'ora in cui doveva incontrarsi con Tokho. Avevano deciso di uscire a piedi; lei si sarebbe incamminata da casa sua, lui dalla propria e si sarebbero incontrati al centro di 110011, dove si trovava un piccolo giardinetto con alcune panchine.

Ardeha uscì da casa e prese a camminare tranquillamente, la mascherina filtrante ben posta sul viso. Quando era l'ultima volta che si era spostata a piedi? Quasi non ricordava, forse una passeggiata con i suoi genitori quando ancora costituivano un gruppo omogeneo.

Era una giornata fresca e la pioggia degli ultimi giorni era passata, per cui l'Algoritmo aveva ritirato la raccomandazione di rimanere all'interno delle proprie abitazioni. Ardeha camminava lungo il marciapiede, mentre nella strada alla sua destra i cittadini di 110011 che avevano un motivo per uscire da casa si spostavano con le loro biciclette a movimentazione magnetica, incanalati tra le paratie di similvetro. Lei era sicuramente l'unica che stava 'deambulando' in tutta la cittadina ad eccezione di Tokho. Camminava mettendo i piedi uno davanti all'altro, quasi giocando con il proprio equilibrio. Prese a roteare le braccia mentre incedeva, a tempo. Cosa c'era meglio di un po' di ginnastica?

Rimanere a lungo all'aria aperta era considerato malsano, perché esponeva al rischio di venire a contatto con patogeni ed alterare il proprio stato di salute. La razza umana si era fatta strada attraverso i milioni di anni del passato combattendo con le intemperie, i virus, i batteri, la fame, la sete e tante altre cose spiacevoli. Ora si poteva 'rilassare' ma doveva stare attenta a mantenere lo stato di benessere raggiunto attraverso il sacrificio dei propri avi. Per far questo però era necessario privarsi in parte della propria libertà, ma i vantaggi che se ne ottenevano costituivano una ricompensa di gran lunga superiore alle limitazioni che gli abitanti di 110011 e di tutto il pianeta accettavano. Comunque, rimaneva la possibilità per tutti di avere delle deroghe, purché si accettasse di essere sottoposti a verifiche della propria salute e salubrità e a una più rapida consumazione della propria impronta ecologica, come per gli appartenenti allo MBH.

Ardeha poteva immaginarsi Tokho in quel momento, camminare per la cittadina, toccando la corteccia degli alberi e sfiorando l'erba nei prati *a mani nude*. Lui era così, aveva deciso di concedersi esperienze a cui la maggior parte delle persone aveva accettato di rinunciare. Gli effetti sulla sua Impronta si sarebbero visti più avanti negli anni, per ora rimaneva un ragazzo incosciente, fantasioso e adorabile.

E mentre camminava, Ardeha pensava alla paperella e alla ciotola in simillegno, al modo in cui lui le aveva create per lei e come gliele aveva donate. Così pensando era arrivata al giardino centrale. Tokho non era ancora arrivato per cui decise di accomodarsi su una panchina, posta a una distanza sufficiente dall'area verde per evitare ogni contatto accidentale con materiale biologico. Chiuse gli occhi e lasciò che il vento le carezzasse la pelle rilassandola. In realtà, era curiosa di vedere se altre immagini sarebbero apparse dietro le palpebre, ma niente succedeva. Cercò di concentrarsi ancora di più, rilassando le braccia e gambe, volgendo il palmo delle mani verso l'alto e respirando lentamente e silenziosamente. Non riusciva a vedere niente, ma forse....ecco apparire dei palazzi molto alti...così alti non ne esistevano a 110011, dove poteva averli visti se non era mai uscita dal villaggio? Forse era il potere della sua immaginazione, forse...

-Ardeha...- sentì mormorare e aprì gli occhi con un tuffo al cuore. Tokho stava davanti a lei e la guardava sorpreso da dietro la mascherina che aveva indossato unicamente per metterla a proprio agio.

-Che stavi facendo? - le chiese con un'espressione di curiosità.

-Mi rilassavo e cercavo di…Vieni qua! Siediti! -

Tokho si accomodò sulla stessa panchina ma a una distanza 'normale' perché si trovavano in pubblico.

-Bene, e ora? - chiese il ragazzo.

-Chiudi gli occhi - disse tranquilla la ragazza. Tokho obbedì.

-Ora rilassati e volgi il palmo delle mani verso l'alto - Tokho assunse una posizione conforme alle istruzioni ricevute.

-Bene! -disse lei.

-Bene - ripete lui, con appena un po' meno slancio.

-Ora - disse Ardeha abbassando la voce fino a bisbigliare –dimmi cosa vedi…-

Tokho aprì gli occhi e guardò verso di lei.

-ma sei del tutto… -

-Non ti deconcentrare! -lo esortò lei. Lui richiuse gli occhi e assunse di nuovo la posizione.

Passò un minuto, in cui Ardeha fissava Tokho con attenzione, cercando di cogliere un qualsiasi cambiamento nella sua espressione. Alla fine il ragazzo aggrottò la fronte.

-Cosa….cosa vedi? -

-Perché? Che cosa dovrei vedere? - chiese lui.

-Non lo so, hai aggrottato la fronte -

-Mi prude, proprio la fronte! Mi posso grattare? -

La tensione di Ardeha svanì improvvisamente –ma si...grattati -

Tokho portò la mano destra in alto, eseguì l'operazione, poi la riabbassò.

-Se vuoi rimango così un altro po'... -chiese ironico.

-Si, grazie - rispose lei.

Passarono due o tre minuti, Tokho fermo con gli occhi chiusi coperti dalle mani, Ardeha in vigile osservazione.

-Ardeha? - chiese timidamente lui – esattamente cosa dovrebbe succedere? -

La ragazza sbuffò.

-Dovresti vedere delle...cose! -

-Quali cose? -

-No so...cose! -

Tokho tolse le mani dal viso e aprì gli occhi.

-Mi sono stufato. Mi vuoi spiegare?-

-Ecco...stamattina è successa una stranezza - Ardeha non sapeva bene come spiegare quel che aveva visto e provava imbarazzo nel parlare dell'argomento, in particolar modo perché si era accorta di aver creato preoccupazione nel suo 'compagno di gruppo compatibile'.

-Stamattina dal buio dei miei occhi chiusi sono apparse delle immagini...delle visioni. La cosa più strana è che mi sembra di essermi addormentata e di averle continuate a vedere -

Tokho era perplesso.

–Ardeha, innanzitutto, stai bene? - chiese tendendo una mano verso di lei, poi ricordandosi che si trovavano in pubblico e che non poteva completare il gesto.

-Si, certo. Sei sicuro di non aver visto niente? - chiese ancora lei.

Tokho si alzò e non le rispose nemmeno.

-camminiamo, dai! - disse

Fecero due o tre giri della piazzetta. Sicuramente erano gli unici in tutta la città che non fossero sopra una bicicletta imbottigliati in budelli di similvetro o chiusi in casa.

-Dovremmo vivere insieme! - se ne uscì improvvisamente Tokho guardando verso il cielo.

Ardeha lo guardo, pensando -siamo già un gruppo compatibile, perché non farlo?-

-Non solo per quel motivo... -disse lui un po' deluso –dovremmo vivere nella stessa abitazione perché stiamo bene insieme e perché potremmo fare qualcosa d'importante. Potremmo fare domanda per avere un bambino -

Ardeha si fermò un attimo nel momento in cui Tokho pronunciava quelle parole. Rimase in silenzio, guardandosi le punte dei piedi, poi alzò la testa, lo fissò negli occhi con un'intensità particolare.

"Forse non ho trovato il modo giusto di dirlo" pensò lui "forse dovevo aspettare, o trovare un altro momento. Che stupido! Come reagirà, ora?".

Poi lei si allontanò un poco da lui, uno spostamento impercettibile per chi li avesse osservati in distanza, e, mentre lui temeva che lei continuasse ad allontanarsi, in maniera del tutto inaspettata e contravvenendo alle più basilari regole di comportamento di 110011, lei si avvicinò di nuovo, lo abbracciò e pose la testa sul suo petto. Tokho rispose all'abbraccio e lei, mentre ascoltava il cuore di lui battere, disse – sarebbe bellissimo...amore mio -

20 - l'incontro

Livio finì di chiudere lo zaino e fu pronto a uscire. Marilena lo aspettava già fuori, impaziente, anche lei provvista di scarpe da trekking.

-Andiamo, queste cose sono belle da fare la mattina presto! - lo incitò.

-Diamine, sono le sei, l'alba è passata da poco! - replicò lui sorridendo.

Si prospettava una bellissima giornata, nonostante l'irrequietezza di Marilena. Chiusero a chiave la porta e s'incamminarono.

A poche decine di metri da casa loro iniziava un bosco di parecchie decine di chilometri quadrati, principalmente pini e sottobosco lussureggiante. Per quanto ne sapeva Livio, erano decenni che nessuno recideva un ramo in quella pineta.

Appena entrati nel bosco verde, incontrarono un sentiero, con il fondo costituito da sassi e ghiaia, che utilizzarono per entrare alcune centinaia di metri nel bosco. I rami più alti dei pini formavano una sorta di volta appena dischiusa, dai bordi irregolari, sopra la quale si poteva vedere il cielo azzurro. Il vento muoveva le chiome, frusciandovi attraverso, e Livio pensò che quel suono era il canto del mare, non molto lontano, che per l'occasione si era profumato di sale. I piedi dei due ragazzi schiacciavano rami secchi che scricchiolavano piacevolmente sotto il loro peso. Marilena decise di entrare nel fitto del bosco, girando a destra in un sentiero più stretto. In pochi metri le chiome degli alberi s'infittirono, nascondendo alla vista il colore del cielo e il suono del vento che le agitava. Presto gli aghi di pino a terra furono più numerosi dei rami secchi, rendendo i loro passi silenziosi e umidi. La temperatura si ridusse di qualche grado, una volta che furono protetti dalla verzura.

Continuarono a camminare così per una mezz'ora, giungendo al limitare di una radura colorata di fiori gialli. Si trattava di girasoli, a perdita d'occhio. I due stavano ancora ammirando lo spettacolo quando Livio esclamò -Chi è laggiù? -

-Dove? - rispose Marilena. Lui notò nella voce di lei una certa preoccupazione.

-Laggiù, c'è una persona che cammina al limitare del campo di girasoli. Sta venendo verso di noi e sta facendo dei segni, vedi? Sembra...una donna -

-Andiamocene! - esclamò Marilena.

-Amore, che dici?! Probabilmente ha solo bisogno di un'informazione o di aiuto, non ci vorrà derubare, non credo proprio. Inoltre, quasi non mi ricordo quando è l'ultima volta che abbiamo visto qualcun altro. Dai, andiamo verso di lei! -

Marilena lo scrutò, poi abbassò lo sguardo come se stesse riflettendo.

-Si, hai ragione - disse - divento paranoica a starmene qua con te in questa 'fettina' di litorale. Andiamo a sentire di che ha bisogno - Marilena si mise in cammino verso la donna e Livio la seguì subito.

La donna, in distanza, sembrò alzare le braccia, forse in segno di esultanza per essersi accorta di aver ottenuto l'attenzione dei due. Sembrò accelerare il passo, poi si fermò, tornò indietro, si arrestò di nuovo e si rivolse verso di loro, camminando un po' più lentamente di prima. "Deve essere pazzerella" pensò Livio, poi volse l'attenzione verso Marilena e vide nei suoi occhi un'espressione seria che Livio non le conosceva.

"E' gelosa" pensò "E' gelosa di una donna che nemmeno conosce! Probabilmente quando saremo più vicini ci accorgeremo che è anche bruttacchiotta e grassottella"

In meno di un minuto furono a meno di cento metri dalla sconosciuta. Livio si accorse subito che era tutto meno che spiacevole, anzi...

-Grazie! -esclamò la sconosciuta quando furono a distanza di voce. Cominciò a correre verso di loro, in quel momento Livio notò i suoi capelli biondi che ondeggiavano come le chiome degli alberi e i suoi occhi azzurri come il cielo sopra di loro. Un bel seno oscillava sotto i vestiti e il resto era ben 'proporzionato'.

Livio fece appena a tempo ad accorgersi di quanto Marilena lo guardasse in cagnesco che arrivarono uno di fronte all'altro e lei porse la mano per salutarli entrambi.

-Buonasera, mi chiamo Emily -

-Emily, io sono Livio e lei è Marilena, la mia fidanzata -

-Per Dio, grazie di essere venuti verso di me. Non è facile trovare qualcuno in questo bosco...ecco, in effetti, ho visto solo voi due...sembra che non ci sia nessun altro nei dintorni -

-No - rispose Marilena –ci sono altre persone, ma sono poche e...riservate in genere -

-Ci credo. Siete i primi animali a due zampe che sono riuscita a incontrare - Emily rise e poi rimase con un bel sorriso aperto e solare. Livio si accorse che stava indugiando troppo sul suo viso. Distolse gli occhi prima che Marilena se ne accorgesse.

-Beh...mi sono persa! - disse Emily assumendo un'espressione da bambina innocente – voi potreste aiutarmi a uscire da qui? -

Livio guardò verso Marilena, che fece spallucce rimanendo seria.

-Ma certo! -disse il ragazzo -Da che parte sei venuta? -

-Ecco...questo è il problema - Emily si volse dietro di sé indicando con la mano – da là - disse, nel frattempo alzando l'altra mano per far capire che non aveva più idea di cosa volesse dire 'là'.

-Non saprei...forse potreste portarmi sulla strada principale. Potrei aspettare un autobus, fare l'autostop -

-Qui passa un solo autobus il giorno, e per quanto riguarda aspettare qualcuno che passi con l'auto...beh...potresti rimanere sola tutta la notte lungo la strada - Livio si voltò quindi verso Marilena.

-Allora potreste prestarmi il vostro cellulare? Il mio non prende ormai da ore -

-Il tuo come tutti gli altri. La zona in cui ti trovi è completamente priva di campo -

Emily cominciava a sembrare preoccupata. Marilena rimaneva a guardare completamente zitta.

-potesti rimanere a dormire con noi questa notte - propose Livio guardando verso Marilena –domattina possiamo accompagnarti sulla provinciale. Anche se ci fosse da aspettare sarà comunque giorno -

Emily parve imbarazzata, cominciò a scuotere la testa, al che Marilena ruppe il silenzio. -Non hai scelta. Vuoi dormire nel bosco stanotte? - E così dicendo si voltò e s'incamminò.

Livio ed Emily rimasero interdetti, poi s'incamminarono nella stessa direzione. Era evidente a entrambi che Marilena non gradiva l'ospite inatteso ma, come aveva detto lei, non c'era scelta.

Il gruppo lasciò la radura ed entrò nel fitto del bosco, rimanendo in silenzio. Fu Emily a parlare, interrompendo circa dieci minuti di quiete perfetta.

-Io...non so come ringraziarvi. Sono stata una vera stupida a entrare nel bosco senza un GPS, senza preoccuparmi di sapere prima se i cellulari funzionassero qui... - Marilena si volse verso Emily. Non parlò, ma la sua espressione lasciava intendere perfettamente che, per lei, sì, era stata sicuramente stupida.

Si stava facendo buio, e il gruppetto aveva appena raggiunto la strada bianca che improvvisamente risuonò l'ululato di un lupo nell'aria.

-Lupi! - tuonò Marilena in direzione di Emily, guardandola con un ghigno quasi malefico. Livio quasi non la riconosceva.

-Diamine- esclamò lui –di tutte le passeggiate che abbiamo fatto in questo bosco questa è la prima in cui mi accorgo che ci sono dei lupi in giro- ed accelerò il passo.

Emily prese a guardarsi attorno e allungò il passo per stare dietro a Livio. Marilena, per nulla preoccupata, mantenne il proprio passo e rimase indietro di qualche metro.

-Vigliacchi... - la sentì dire Livio, che si voltò e le fece gesto di smettere con quell'atteggiamento subito.

La strada bianca stava terminando e poco prima dell'uscita sulla strada asfaltata si trovava una grossa pozzanghera che i tre dovevano aggirare. Il modo migliore di farlo era passare sopra una sottile striscia d'erba che circondava il bozzo. Livio fu il primo a passare, Emily lo seguì, ma, quando pose i piedi nella stessa posizione in cui li aveva messi il ragazzo, le sue scarpe sprofondarono nel fango fino alla caviglia.

-Accidenti, che fango vischioso! - esclamò la ragazza.

-Come è possibile?! - esclamò Livio –io sono passato senza problemi e peso il doppio di te -

-Ah! Non mi faccio più domande. L'unica cosa buona che mi è successa oggi è stata di incontrare voi, per il resto non ne ho imbroccata una -

-Aspetta ti aiuto - le disse Livio mentre andava verso di lei per aiutarla a uscire dal fango. Marilena era rimasta ferma indietro a braccia incrociate. Livio decise che le avrebbe parlato dopo...Vide, stupefatto, che i polpacci di Emily erano entrati fino a metà nel fango.

-Non ho mai visto un fango del genere in questa pineta. Sembra quello di una giungla! - disse afferrandole le mani e tirandole forte a sé. Con un po' d'impegno la ragazza riuscì a uscire da quel 'mastice' naturale.

-Prometto...che prima di entrare in casa mi tolgo le scarpe - disse Emily.

Livio fece il segno del pollice rivolto alla ragazza, mentre vedeva Marilena passare per lo stesso punto da cui aveva estratto Emily senza sprofondare minimamente. "Probabilmente" pensò " abbiamo le suole delle scarpe più larghe...".

21 - il rapimento

Tokho stava rientrando verso casa. Lui e Ardeha avevano appena deciso di diventare una famiglia e non ricordava di aver mai provato una tale gioia prima di quel momento. Stava andando a prendere le sue cose per trasferirsi per sempre da Ardeha; solo quelle essenziali, ci sarebbe stato tempo per il resto. Appena era rimasto solo aveva contattato sua madre per dirle della decisione che avevano preso. Non si vedevano da molti anni ed era stata felicissima. Aveva augurato a entrambi il massimo della gioia e si era ritirata di nuovo nell'isolamento determinato dall'aver coperto tutta la sua impronta ecologica. Anche lei aveva vissuto producendo con le proprie mani, e aveva sempre saputo che questa sarebbe stata la conseguenza. Anche Tokho lo sapeva e sarebbe stato pronto ad accettare il medesimo destino, oppure...chissà...quel giorno tutto sembrava possibile.

Era finalmente uscito da casa, con uno zaino a spalle e una valigia, con le sue cose, che aveva caricato sul portapacchi della sua bicicletta mentre ogni altro abitante di 110011 avrebbe ordinato ai propri droni di eseguire il trasferimento. Era da sempre stupito che i robot dei siti produttivi fossero stati in grado di riprodurre un oggetto così antico, esattamente uguale a come veniva rappresentato sui Flexi. Una volta uscito di casa pensò di informare Ardeha per avvertirla che stava arrivando, poi si disse che sarebbe stato bello farle una sorpresa e partì.

Era sera, nessuno si stava spostando in bicicletta e i mezzi a quattro ruote ai lati delle strade erano ormai fermi. 110011 era come un paese fantasma e Tokho, invece che impegnare una corsia ciclabile tra due paratie di cristallo, decise di imboccare il marciapiede sul lato sinistro della strada. Stava andando forte, il vento in faccia, tra i capelli, nella giacca aperta, poi si ricordò che la borsa dal portapacchi poteva cascare e rallentò nel silenzio irreale del villaggio spopolato. Si fermò un attimo, sempre rimanendo nel centro della strada, tenendo un piede a terra e uno su un pedale, per asciugarsi la fronte con le mani. Fu in quel momento che si accorse di una bicicletta a trazione magnetica che procedeva dietro di lui. Rimase stupito dal fatto che un abitante di 110011 fosse fuori dal proprio 'recinto' domestico a quell'ora e lo fu ancora di più quando scoprì che era Roberta, la tutor di Ardeha, a condurla.

-Ciao, che sorpresa! - lo salutò scendendo dalla bicicletta, la quale rimase perfettamente in equilibrio sul posto. Anche lui scese dalla bicicletta, mise il cavaletto e le andò incontro.

-Anche tu ami le passeggiate serali, quando tutti gli altri vanno invece a risparmiare impronta ecologica? – disse lui.

-Eh sì! Che vita è quella passata sempre a 'risparmiare' impronta?- rispose lei facendo spallucce -tanto più che, detto fra noi, qui nessuno ci ha assicurato che vivremo fino a diventare vecchi... -

-Come- disse Tokho ironico –dubiti della perfezione della nostra vita? -

-La sorte se ne sbatte della nostra perfezione! Immaginati un meteorite fiammeggiante che ci cadesse addosso in questo esatto momento. Tutta questa impronta sprecata! -

-E' molto più facile immaginarsi di cascare da una bicicletta come quella che uso io, senza stabilizzazione magnetica. Un colpo alla testa ed è finita lì. Eppure non stasera! -

-Stasera no! E domani sera nemmeno! E dopo domani sera...nemmeno ancora! Ma...cosa ha di speciale questa sera? -

Tokho si era lasciato coinvolgere sino a quel momento da quella conversazione inusuale, la quale aveva un piglio che aveva sperimentato solo all'interno delle quattro mura 'autorizzate' dello MBH. Inoltre, Roberta si era posizionata ad una distanza appena un po' inferiore a quella consentita dalla pubblica etichetta ed era rivolta verso di lui, il che faceva apparire quello scambio ancora più simile ad uno di quelli che il ragazzo avrebbe potuto avere con i suoi strambi colleghi, o addirittura con Ardeha. Nonostante tutto questo, Tokho non provò la necessità di confidare a Roberta dove stava andando, e perché, quella sera.

-Questa sera, come ogni altra sera, si dovrà concludere bene. Un giretto in bicicletta e di filato a casa! - fu subito dopo aver dato questa risposta di circostanza che si accorse che a qualche decina di metri una persona stava passeggiando all'altro capo del marciapiede.

"Dentro 110011 vivono mille persone, una parte di esse non esce mai di casa, un'altra parte esce raramente e se lo fa evita accuratamente di avvicinarsi agli estranei e tantomeno di avere una conversazione" stava pensando "e stasera due sono fermi sul marciapiede, parlandosi faccia a faccia, mentre una terza passeggia poco distante. Deve essere veramente una serata speciale".

-Siamo veramente in tanti stasera - Roberta gli fece l'occhiolino, e proprio in quel momento Tokho vide una terza persona, solo che questa non si spostava passeggiando ma si avvicinava da dietro le spalle di Roberta camminando velocemente nella loro direzione. La situazione era del tutto inconsueta, in particolare perché l'uomo non indossava alcuna mascherina e si avvicinava ad un passo tale da raggiungere lui e Roberta in pochi secondi. Si volse verso l'altro, anche questi si stava avvicinando a passo svelto e si era tolto la mascherina.

"Per l'algoritmo! Ma che..." istintivamente si spostò verso Roberta. Rischiava di toccarla in pubblico, ma in quel momento francamente se ne infischiava. Allungò una mano pensando di incontrare il braccio di lei quando invece un dolore terribile, una scossa violentissima lo paralizzò e lo fece cadere a terra.

Tokho era terrorizzato, non riusciva a capire che stesse succedendo.

-Per Dio, un Taser! Mah... sei pazza!! Potrebbero sentire il rumore!! - aveva gridato uno dei due uomini.

-Comincia ad abbassare la voce te! Idiota! - era la voce di Roberta – avanti sollevatelo. Fate attenzione -

Tokho sentì due mani prenderlo sotto le ascelle e altre due per le caviglie, sollevarlo e portarlo verso il lato della strada.

-Pronti per il prelievo - era sempre la voce di Roberta. Con la coda dell'occhio Tokho vide Roberta che parlava all'interno di una specie di scatolina piatta che teneva appoggiata all'orecchio. Dalle corsie sotterranee poste a fianco del marciapiede, dove tutta la scena si era appena svolta, salì un veicolo elettrico nel quale fu adagiato, ancora incapace di muoversi.

Salirono poi tutti a bordo e il veicolo scese sotto il livello del terreno.

22 – l'ospite

-Pulisci bene i piedi - disse seccamente Marilena a Emily senza neanche guardarla in faccia. Livio aveva ormai digerito che quello sarebbe stato l'atteggiamento della sua dolce metà ancora per un po'. Forse la notte avrebbe portato consiglio e la mattina le avrebbe restituito una Marilena cordiale come sapeva essere di solito. Emily provò a pulirsi le scarpe ma il fango era troppo incrostato. Pensò bene di togliersele e scoprì che il fango aveva insozzato anche i calzini, per cui si tolse anche quelli e rimase scalza a terra.

-Ti porto delle ciabatte! - Livio scomparve dietro un angolo e tornò con delle pantofole, ovviamente sue, perché non osava pensare cosa sarebbe successo se avesse preso quelle di Marilena. Emily ringraziò e le calzò; ovviamente erano un po' abbondanti ma servivano allo scopo.

-Bene! Preparò qualcosa - disse rivoltò verso Marilena con un fare tra il dubbioso e l'interrogativo, la quale nel frattempo si era cambiata e messa in maglietta e pantaloncini ed aveva acceso la televisione. Lei si limitò ad alzare un sopracciglio, Livio prese dal mobile della cucina una pentola e cominciò a riempirla d'acqua.

-Pastasciutta per tutti? Al pomodoro? - chiese. Emily fece un gesto con le mani a significare che per lei andava benissimo. Livio si accorse di essere riuscito ad avere un accenno di 'si' dalla testa di Marilena. Questo lo rincuorò.

-Insomma, Emily -disse lui mentre faceva scaldare l'acqua e cominciava a rovistare nella credenza per cercare il sugo di pomodoro e un pacco di pasta adatta –Dicci! Da dove vieni? -

-Sono americana, di New York -

-Accidenti! - esclamò Livio –un bel viaggio per venire a perdersi in un bosco in Europa -

Emily sorrise. Livio notò che era carina quando sorrideva e per un attimo le parve di trovare qualcosa di familiare nella sua espressione.

-Sei sicura che non ci siamo già incontrati prima? - chiese Lui. Emily aveva appena cominciato a fare spallucce e 'no' con la testa che in quel momento Marilena si alzò di scatto.

-Emily! Non so cosa mi sia preso oggi - disse ad alta voce. Per poco Livio non lasciò cadere a terra il barattolo di pummarola, sorpreso dal repentino cambio di atteggiamento di lei.

-Sono stata così scorbutica! - e nel dire queste parole balzò verso Emily. Questa scattò sul divano, come se cercasse di salirvi sopra, ma

Marilena fu rapida e finì a sedere accanto a lei a gambe incrociate e prese a guardare fissa la nuova venuta.

-Devi dirmi tutto - chiese Marilena rivolta ad Emily.

-Tutto...cosa? - disse a voce bassa la ragazza, visibilmente imbarazzata da questa improvvisa vicinanza.

-Tutto di te, della tua voglia di viaggiare e venire fino quaggiù. Che cosa stai facendo? Stai scappando da qualcuno o da qualcosa? Oppure stai cercando qualcuno o qualcosa? -

Emily sembrò pensare un attimo a una risposta adeguata.

-Beh – rispose sorridendo – scappo dalla...noia e sono alla ricerca di...non so bene chi e cosa! -

Marilena rimase a guardare Emily, seduta nella posizione del loto, con un'espressione quasi beffarda.

-Mia cara - disse infine – la prima risposta è indubbiamente vera, ma sulla seconda nutro sinceri dubbi...E' troppo presto, non ci conosciamo, quando saremo diventate grandi amiche sarai pronta a dirmi tutto! - così dicendo allargò le gambe ad avvolse fra di esse Emily, le stampò un bacio su una guancia e la cinse anche con le braccia.

Livio stava ancora cercando di capire che fosse successo a Marinela quando questa lasciò libera Emily che nel frattempo era rimasta impietrita, probabilmente per non stimolare ulteriori 'effusioni', e corse verso di lui. Si avvicinò all'orecchio di lui, che aveva appena salato l'acqua bollente e buttato la pasta.

-Mi piace – gli sussurrò all'orecchio – ma non dobbiamo fidarci di lei -

Lui la guardò confuso, mentre prendeva i piatti fondi dal mobile della cucina, e lei gli restituì l'espressione che si riserva a chi non capisce qualcosa che sembra del tutto ovvio.

-E' evidente che non è vero che non sta cercando niente e nessuno. Lei sta cercando, e come! -

Livio le fece cenno di abbassare la voce e di non farsi sentire da Emily. Lei sbuffò e guardò verso la loro ospite.

-Ci divertiremo noi tre. Siatene sicuri - disse e andò verso la porta del bagno.

-Io mi faccio una doccia, Emily. Vuoi farla anche tu? -

Emily impiegò alcuni secondi per abituarsi alla nuova situazione, dopodiché riuscì a rispondere.

-Non ho niente per cambiarmi. Veramente, non importa, domattina tolgo il disturbo, raggiungo la città e posso farmi una doccia in albergo -

-Insisto - disse Marilena –posso prestarti le mie cose, se vuoi. Altrimenti...puoi girare nuda per casa, a Livio piacer...! -

E si sentì il rumore secco dello scolapasta sbattere nel lavabo, un po' più forte del dovuto.

– E' pronto! A tavola! - disse a voce alta Livio.

23 – catabasi

Ardeha stava fissando la volta del teatro quando si sentì toccare la spalla.

-Che fai? - le chiese Naalehu, una sua collega.

-Ecco...era diversa nella precedente rappresentazione. L'ultima volta c'era un lucernario centrale con il perimetro orlato di motivi floreali che si sviluppavano in decorazioni a forma si spada, ciascuna sorretta da figure mitologiche disegnate tutto lungo la volta. Lo sfondo era ocra. Ora il lucernario è sparito e su uno sfondo azzurro cielo si vedono delle decorazioni che rappresentano dei teatranti che danzano tenendosi per mano lungo il perimetro della volta...E' bellissimo, solo che mi stupisce ogni volta vederlo cambiare del tutto... -

-Lo sai bene - commentò la collega –se volessero potrebbero far apparire il cielo azzurro al posto della volta, il cielo stellato oppure una pioggia di fuoco. Dipende dalle decisioni che prende il centro di simulazione - e a quella frase Ardeha si scoprì a pensare "Cioè, chi?".

Quel giorno era in programma la rivisitazione virtuale di vari classici dell'antichità sul tema dei ‘miti’ e delle ‘creature gigantesche’ di qualsiasi epoca. La sala era gremita e il terzo abbassamento di luci già sopraggiungeva, mentre gli spettatori si erano accomodati nelle poltrone a loro assegnate. A un tratto il silenzio fu rotto dal rumore di acqua in movimento, e in una penombra interrotta dai riflessi che poteva creare la luna piena su uno specchio d’acqua. Con sorpresa di tutti il palco prese lentamente a incresparsi e a muoversi sotto l’azione di un vento in realtà non percepibile, trasformandosi tutto in un’ampia superficie acquosa. Il punto di vista, fino ad ora statico, divenne mobile. Gli spettatori furono trasportati sul pelo dell’acqua a una velocità sempre crescente, mentre questo si trasformava in un ‘mantello’ che si ripiegava e cominciava a rotolare giù dal palco verso la sala. La superficie marina si accumulò in pieghe davanti alle prime file e si dispiegò verso gli spettatori che la videro venire verso di sé come un’onda. Improvvisamente la sala si trovò immersa sotto il livello del mare, in movimento verso il basso, con gli spettatori che rimanevano seduti composti, come meravigliati ospiti di un elegante sottomarino. La platea con grazia scese sempre più in profondità fino a che dall’oscurità sottostante non apparve un misterioso fondale rischiarato da una luce spettrale. Ardeha in quel momento si trovava ferma in piedi sul fianco destro della sala e contemplava la sensazione incredibile del fluire dell'acqua, fresca sulla pelle, e nonostante questo di poter respirare senza sforzo rimanendo asciutta.

La platea si adagiò sul fondo del mare, davanti ad una radura sommersa su cui la luce fioca che proveniva dal soffitto della sala, molti metri più su, delineava delle costruzioni in rovina. Era possibile vedere alcuni palazzi abbandonati, con le scale che davano su una piazza centrale e gli ultimi scalini invisibili sotto le alghe che coprivano un'antica superficie in pietra. Al centro della piazza si scorgevano un tempio ed una statua che, pur parzialmente mutilata, si ergeva imperiosa sorreggendo un vessillo a forma di conchiglia. Tra le rovine si muovevano lentamente pesci azzurri e meduse eleganti e rilucenti, raccolte in branchi. Una di esse, più ardita, si stava avvicinando alla platea, facendo ritrarre alcuni degli spettatori delle prime file, mentre altri si alzavano camminando sul fondo marino, gli uomini vestiti in doppio petto e papillon e le donne in abito lungo e crinolina, per toccarla. Un'anziana signora si lasciò avvolgere dalle spire del leggiadro animale, ovviamente senza risentire in alcun modo del contatto che, nella realtà sarebbe stato terribilmente fastidioso. La gran parte degli spettatori si era alzata e ora camminava nella piazza che racchiudeva quelle rovine dimenticate da ere.

-Atlantide!- esclamò una signora dai capelli Ecompletamente bianchi, raccogliendo l'approvazione degli altri, mentre sembrava del tutto naturale che la sua voce potesse raggiungerli mentre si trovavano sul fondo marino.

Ardeha, intanto, si era spostata in direzione della simulazione, affascinata come tutti gli altri dalla realisticità delle costruzioni e dello spettacolo crepuscolare che aveva davanti. A un tratto ebbe la sensazione di essere a fianco di una persona molto più grande di lei e alzò istintivamente la mano per afferrare, più in alto, una grande mano che la cercava. Volse lo sguardo in quella direzione e vide solo una colonna che si stagliava contro la sommità della sala sommersa. Si era lasciata impressionare, anche se solo per pochi istanti, da quelle scene meravigliose ed era come se, per un istante, stesse rivivendo quelle immagini che aveva visto 'dietro gli occhi' pochi giorni prima. Subito dopo fu distratta da un pesce intensamente colorato d'azzurro, con striature di color verde, che cercò di afferrare sentendo l'acqua muoversi attorno a sé.

Controllò gli spettatori e vide che molti di loro stavano guardando verso l'alto con espressione allarmata. Istintivamente anche lei guardò sopra la propria testa e vide un'enorme massa scura che li sovrastava. Avvedendosi che la scena della simulazione stava cambiando, Ardeha e colleghe si affrettarono a far rientrare ai propri posti coloro che si erano avventurati tra i palazzi della misteriosa città sommersa. La massa oscura si spostava possente nell'acqua, oscurando completamente la platea, a ogni passaggio scendendo sempre più in basso. Presto tutti furono seduti e guardarono in alto, consci di trovarsi all'interno di una simulazione e di non correre, ovviamente, alcun pericolo e in febbricitante attesa di vedere cosa riservava lo spettacolo.

A un tratto la platea iniziò a sollevarsi dal fondale. Una volta raggiunta l'altezza di circa venti metri, la massa oscura interruppe il suo volteggiare possente e venne verso il basso come un'enorme e buia colonna, passando davanti alla platea. Gli spettatori e le maschere videro l'enorme oggetto ruotare sotto la platea, spingendo masse d'acqua verso gli spettatori ormai rapiti dalla curiosità.

-E' una balena! - urlò qualcuno.

Ardeha guardò meglio e vide che effettivamente l'oggetto era un enorme animale dotato di pinne e un corpo affusolato che, muovendo da sotto la platea, stava ora volteggiando sopra la stessa in ampi circuiti di estensione simile a quella di una gigantesca ruota panoramica. Passando sopra la platea, e grazie al contrasto con la luce soprastante, apparve chiaro che si trattava di un enorme cetaceo.

Dopo alcune evoluzioni l'animale sembrò allontanarsi in direzione del fondale, dove ancora la luce rischiarava le rovine dell'antica Atlantide, fino quasi a scomparire. La circolazione delle masse d'acqua spostate dall'enorme anfibio cessò e tutti aguzzarono la vista per cercare di vedere dove si trovasse.

-Eccola! - esclamò un giovane dalle prime file alzandosi in piedi, imitato poi da altre persone. La platea s'inclinò leggermente verso il basso per mostrare meglio agli spettatori l'enorme cetaceo che con forti colpi di coda si spingeva verso di loro.

-Arriva! Scappiamo! - urlò qualcuno. Ardeha e le altre maschere ebbero il loro bel da fare per trattenere una parte dei presenti ai propri posti. Alcuni spettatori, del tutto rapiti dallo spettacolo, confondevano la realtà con l'Envirtualment, mentre la platea cominciava a spostarsi verso l'alto, come per sfuggire all'attacco della balena.

-Più veloce! Più veloce! -gridò a gran voce una donna. Tutti guardarono verso l'alto la superficie avvicinarsi e in basso la balena approssimarsi ancor più velocemente. Ardeha s'immaginò le amache prendersi cura dei corpi di tutte quelle persone, lei compresa, lavorando a pieno regime per mantenere sotto controllo la loro biostasi. La platea accelerò, tanto che Ardeha ebbe la sensazione precisa di perdere l'equilibrio e dovette aggrapparsi a una poltrona, dove sedeva una signora sui cinquant'anni che la aiutò sorreggendola per un braccio.

La platea emerse sulla superficie del mare in un tripudio di sbuffi d'acqua e schiuma bianca, mentre gli spettatori erano riscaldati da un piacevole sole estivo e si guardavano intorno per vedere dove fosse finita la balena.

-Eccola !- era stato uno spettatore particolarmente coinvolto a gridare. Tutti si volsero nella direzione in cui puntava il proprio dito tremante e videro l'enorme essere emergere dai flutti e puntare verso di loro.

-Andiamo! Andiamo via!! - urlò a pieni polmoni lo spettatore, ormai talmente rapito dalla simulazione da percepirla del tutto reale. Altri si unirono a lui nell'isteria, mentre alcuni restavano tranquillamente seduti, addirittura applaudendo, a mirare l'enorme forza della natura che avanzava verso di loro creando un'onda enorme davanti a sé. Quando la balena fu a poche decine di metri da loro, si resero conto che era molto più larga della platea stessa.

-Ci ingoierà! - gridò qualcuno, e in quel momento, come se avesse ascoltato, aprì l'enorme bocca venendo verso gli spettatori. In quel momento, anche i meno influenzabili tra loro ebbero un cedimento e qualcuno di loro balzò sulla sedia vedendo l'enorme caverna nera aprirsi e vincere la resistenza dell'acqua mentre si avventava su di loro. Un istante prima di essere inghiottiti, Ardeha vide la gigantesca mascella della balena oscurare il sole, poi il buio più totale mentre entravano nel corpo del cetaceo.

Appena dopo averli fagocitati, l'animale chiuse la bocca e tutti, spettatori e maschere, rimasero nell'oscurità più completa, attoniti. La temperatura e l'umidità all'interno dell'enorme cetaceo erano altissime. Dalla profondità del corpo della bestia proveniva un soffio caldo assieme a un suono ritmico e possente.

-E' il cuore che batte... - disse qualcuno, questa volta senza gridare ma sussurrando.

-Qualcuno ha una lampada? - si sentì chiedere. Ardeha si accorse che un oggetto cilindrico era comparso al suo fianco.

"Ovvio...la lampada" pensò. La afferrò e la accese rischiarando davanti a sé. Non riusciva a vedere niente di definito, ma già un gruppo di persone si era raccolto dietro di lei per seguirla. La ragazza camminò fino al bordo della platea, il cono di luce prodotto dalla torcia illuminò il punto in cui il pavimento terminava, vedendo che, al termine di uno scalino di circa venti centimetri, si intravedeva una superficie umida di colore rosso porpora. Ardeha si avvicinò al ciglio puntando in basso la luce, poi si decise a mettere giù in basso, con cautela, un piede. Prima appoggiò appena la scarpa, poi caricò più peso e senti il tacco che affondava in una superficie molle. A un tratto la platea si scosse come in un leggero terremoto, subito dopo dal fondo della 'grotta' il soffio aumento di forza e il battito del cuore dell'animale accelerò.

-Gli fai male! - la rimproverò qualcuno dietro di lei. Ardeha riportò su il piede, con lentezza, appoggiandolo silenziosamente sul piano della platea. Si tolse le scarpe e riprovò ad abbassare il piede scalzo per i venti centimetri che la separavano dalla parete interna della pancia del cetaceo. Raggiunse con la pianta la superficie tiepida e umida della pelle dell'animale e trovò che la sensazione che provava non fosse del tutto spiacevole, anzi....

-Toglietevi tutte le scarpe! - ordinò dietro di sé, illuminando il gruppo che la seguiva. Subito vide parecchie teste scomparire dalla luce e abbassarsi per poi ritornare in alto. Alcuni degli ospiti del teatro stavano ridacchiando in preda all'emozione come bambini!

-Avanti, tutti dietro di me! - Ardeha, condottiero di un'improvvisata comitiva ai margini dell'Envirtualment, scese con entrambi i piedi sulla superficie interna, morbida e calda, del ventre della bestia simulata. Uno dopo l'altro gli spettatori la seguirono, chi da solo, chi tenendosi per mano formando una specie di catena umana.

Ardeha ebbe la sensazione che il battito cardiaco immenso della balena stesse rallentando.

"Si sta rilassando" pensò. Dopo meno di un minuto si trovarono tutti a piedi scalzi sull'epidermide dell'animale, in fila indiana e tutti dietro il cono di luce formato dalla lampada di Ardeha.

-Vedo Qualcosa! - esclamò Ardeha. La fila dietro si arrestò improvvisamente, per poi riprendere a muoversi più lentamente di prima.

-Seguitemi! - Ardeha continuò a camminare in direzione di un punto, dove aveva scorto un'immagine indistinta a causa della distanza ancora eccessiva perché la torcia riuscisse a svelare di più. Dopo una ventina di secondi poté vedere meglio ma non riusciva a credere ai propri occhi.

-E'...una porta! - informò tutti gli altri - ...fatta di pelle e di...carne! -

-Aprila! - si sentì una voce eccitata chiedere.

-Non so come fare! - mentre diceva queste parole due o tre degli ospiti che erano subito dietro di lei si erano avvicinati alla porta e avevano preso a toccarne la superficie alla ricerca d'indizi. Tutti gli altri erano rimasti a due metri di distanza nell'oscurità più completa.

-Illumina qui! - le chiese un giovane vestito in abito elegante stile XX secolo. Ardeha ubbidì alla richiesta e vide che la mano dell'uomo si trovava ora dentro una piega dell'epidermide e teneva stretto qualcosa.

-E' una maniglia, come nelle porte antiche, però fatta...di carne e...osso! - disse. Stava provando a tirarla in basso senza successo.

-E' durissima, dammi una mano - chiese lui. Ardeha mise la propria mano sopra quella di lui ed insieme tirarono verso il basso con tutta la loro forza. La maniglia si mosse con uno scatto e la porta si aprì. Dalla fessura appena creata trasparì una luce tenue, Ardeha spense la torcia per vedere meglio.

Tutt'a un tratto il cuore della balena accelerò il proprio battito.

-Scappiamo! Si sta arrabbiando! - fu gridato e tutti presero a muoversi verso il raggio di luce che usciva dalla porta di carne. Ardeha afferrò il bordo della porta e la maniglia insieme e tirò con tutta la propria forza, aprendo a sufficienza per far passare una persona per volta. Intanto il cuore batteva sempre più veloce e possente e il soffio bollente cresceva di forza.

-Sbrigatevi! - Ardeha stava cominciando a percepire delle vibrazioni sotto i piedi nudi provenire dall'epidermide dell'animale.

Alla fine rimasero lei e lo spettatore con cui aveva aperto il varco, questi gli fece cenno di entrare prima di lui mentre dall'oscurità alla loro destra proveniva il suono di contrazioni cardiache colossali e un soffio ardente e umido sempre più forte. Ardeha passò attraverso la porta semi -aperta, seguita dall'uomo che l'aveva aiutata.

Si trovavano ora tutti in una sala appena rischiarata. Si fece spazio tra gli spettatori, tra i quali alcuni ridevano e altri tremavano per l'emozione o, più probabilmente, per la paura, per scoprire l'origine di quella luminescenza. Una volta che le persone davanti a lei si furono fatte da parte, poté vedere che quella misteriosa luminosità proveniva da alcuni oggetti verticali posti uno accanto all'altro, come poggiati su una superficie piana a circa un metro da terra. Ardeha cominciò a muoversi verso quella strana apparizione, mentre dietro di lei nessuno fiatava, i piedi nudi su un freddo pavimento, tremante.

-Sembrano... - cominciò a dire la ragazza alquanto confusa dall'esperienza virtuale che stava vivendo.

-Sembrano...cosa?! - chiese qualcuno.

-Dei...bicchieri! - disse Ardeha

-Dei...che?! - esclamò la medesima voce. E in quel momento esatto si sentì il rumore di un tappo che partiva da una bottiglia di spumante, e poi un altro, e un altro ancora. La confusione di Ardeha e di tutto il gruppo di spettatori fu ancora più forte quando l'intensità dell'illuminazione aumentò improvvisamente. Essendo una simulazione, gli occhi dei presenti non dovettero abituarsi all'improvviso lampo di luce e fu così che capirono immediatamente di trovarsi nel foyer del teatro. Davanti a loro i baristi stavano mescendo champagne dentro i bicchieri da cui prima promanava la tenue luminosità iniziale. Dopo un iniziale smarrimento, qualcuno cominciò ad applaudire, poi tutto il gruppo si unì all'ovazione, anche Ardeha cominciò a battere le mani a ritmo. La simulazione era stata veramente fantastica, doveva ammetterlo.

Dieci minuti dopo erano tutti con un bicchiere in mano a chiacchierare. Faceva scena e creava atmosfera, anche se nell'Envirtualment non era possibile percepire né il gusto né l'aroma di quel nettare.

Ardeha stava chiacchierando con le colleghe quando le luci si abbassarono una prima volta. Per l'Algoritmo, lo spettacolo continuava! Tutte le maschere, Ardeha comprese, posarono sui tavoli il calice e invitarono gli ospiti del teatro a recarsi presso i loro posti. Uomini in livrea e donne in abito lungo cominciarono a spostarsi verso la sala, con calma e leggerezza. Secondo calo di luci, quasi tutti avevano occupato il proprio posto.

Terzo calo di luci, l'illuminazione si spense completamente in sala e tutti i presenti si trovarono di nuovo nell'oscurità quasi totale, eccezion fatta per alcune luci di cortesia. La sala piombò nel silenzio più totale mentre tutti guardavano verso il palco attendendo che la parte successiva dello spettacolo iniziasse. Dopo un minuto di totale silenzio, alcuni dei presenti cominciarono a muoversi inquieti sulle poltrone e a borbottare. Ardeha si volse verso la collega più vicina con aria interrogativa, l'altra le fece segno chiaramente che non conosceva il perché di quel ritardo.

-Ridateci i soldi! - gridò qualcuno, impiegando un'espressione in gran voga nel XXI secolo, che cominciava a pensare che qualcosa si fosse 'inceppato' nella simulazione. Ardeha cominciò a guardarsi intorno e si avvide che il soffitto del teatro si stava aprendo come un'enorme serranda radiale mostrando un cielo azzurro striato da alcune rade nuvole. La luce pervase la sala e gli ospiti guardarono tutti insieme verso l'alto e alcuni di loro trasalirono mentre la platea prendeva a fluttuare in aria. Ardeha sapeva di non poter cadere, perché le leggi della gravità erano patrimonio dell'algoritmo in quel luogo, nonostante questo si appoggiò a una poltrona toccando inavvertitamente la spalla di un ospite che, come risposta, si voltò verso di lei e le sorrise.

La platea, intanto, si stava avvicinando lentamente verso il soffitto ormai del tutto spalancato. Quando arrivò a varcarne il bordo, gli spettatori furono immersi in un sole abbagliante e lambiti da un vento fresco; alcuni di loro alzarono il viso verso l'alto tenendo gli occhi chiusi, godendosi le sensazioni create da quella simulazione sulla loro pelle. Ardeha si allontanò dalla poltrona cui si era sostenuta avvicinandosi al bordo esterno della platea, ormai librata in aria. Guardando verso il basso poté vedere che la platea era fuoriuscita dalla stiva di una grande nave da carico e che tutt'intorno si estendeva l'oceano. Pensò fra sé di non aver mai visto quello vero e che lo spettacolo era incredibile.

-Cosa è quello laggiù!!- a gridare era stato un giovane spettatore che si era alzato e spostato in direzione di Ardeha.

-Cosa? - chiese lei.

-Laggiù, sta venendo diritto verso il fianco sinistro della nave. A...tribordo, si dice così, a tribordo! -

Ardeha aguzzò gli occhi e lo vide, enorme, mostruoso, anticipato da onde schiumose create dal corpo scaglioso, nuotare velocissimo verso la nave.

-Godzilla!!- esclamò un altro ospite.

-Cosa? - chiese Ardeha ad alta voce.

-Godzilla, l'essere mitico inventato a metà del XX secolo, si nutriva di energia nucleare e odiava la razza umana -

Ora Ardeha riusciva a vedere più distintamente le squame del mostro e i suoi occhi rosso fuoco. Stava puntando verso la nave, con la chiara intenzione di distruggerla, ed era ormai molto vicino. Tutti gli ospiti si erano spostati sul lato della platea che permetteva di vedere meglio lo spettacolo di distruzione che si stava per realizzare, operazione permessa dalle magiche leggi della Fisica dell'Envirtualment.

Godzilla, una volta arrivato a pochi metri dal natante, s'inabissò per poi riemergere possente e avventarsi su di esso squarciandone lo scafo con il muso e le corte ma fortissime braccia. La nave rollò e poi prese a imbarcare acqua e a inclinarsi verso il fianco dilaniato. Il mostro scomparve sotto il pelo dell'acqua, dopodiché si vide un enorme sbuffo di legno, metallo e acqua dalla parte centrale della nave, segno che l'essere aveva colpito il fondo della natante, danneggiando lo scafo nella parte sommersa. La nave prese a inclinarsi ancora di più e a scendere di livello molto più rapidamente. La platea volteggiava come un tappeto volante sopra la scena di distruzione, alcuni degli spettatori presero ad applaudire, dopodiché quasi tutti tornano ai loro posti con l'aiuto delle maschere.

Godzilla, una volta distrutta la nave, prese a nuotare verso la direzione opposta a quella verso cui erano orientate le poltrone. Lentamente la 'piattaforma-platea' ruotò nel cielo mostrando che l'essere portentoso stava puntando verso una città costiera non molto distante. Molti dei clienti del teatro rimasero a bocca aperta mirando la ricostruzione di una città del primo XXI secolo, con i suoi grattacieli e grandi palazzi, ormai scomparsi nel mondo reale, che si accingeva a essere distrutta. La platea s'inclinò verso il basso e accelerò in direzione della città, ponendosi alle spalle del mostro, che stava nuotando a velocità sostenuta verso il molo di un porto, e arrestandosi a circa duecento metri sopra il punto d'impatto, inclinata perfettamente in verticale per permettere la miglior visione possibile della portentosa devastazione che stava per generarsi. Ardeha cercò di voltarsi verso la platea, con il mare alla sua destra e il cielo alla sua sinistra, ed ebbe un disorientamento subito corretto dai sistemi di compensazione dell'amaca in cui giaceva immobile. I volti degli ospiti erano tutti rapiti dallo spettacolo della massa di Godzilla che si avvicinava alla costa. Improvvisamente le espressioni cambiarono, alcuni si portarono le mani al volto. Ardeha si volse di nuovo verso il basso e vide che Godzilla era saltato fuori dall'acqua e aveva iniziato a distruggere la zona del porto. Sicuri, in alto, i clienti del teatro seguivano turbati quella scena di devastazione come antichi dei, mentre il mostro, inventato in Giappone molti secoli prima, atterrava palazzi e prendeva vite in quell'incredibile simulazione del XXI secolo, proprio in quel Giappone da cui sarebbe poi iniziata la devastazione più imponente della storia umana.

La platea cambiò assetto tornando parallela alla superficie simulata sottostante e planò verso un alto grattacielo, in cui molti riconobbero l'antico Empire State Building degli scomparsi Stati Uniti d'America.

-C'è una donna in cima al grattacielo! Guardate, guardate!! - gridarono in molti.

Ardeha volse lo sguardo e vide una donna bionda, vestita con quella che, nel ventesimo o ventunesimo secolo, si sarebbe chiamata una sottoveste, ferma sul ciglio della cornice esterna del palazzo, subito sotto la celeberrima antenna. La visione le fece tornare in mente qualcosa, uno spettacolo del passato, forse...ed ecco! Dal lato opposto della sommità del grattacielo comparve un essere mostruoso, completamente coperto di pelo scuro, con una bocca enorme che si aprì emettendo un ruggito terribile in direzione della platea che si trovava a non più di centro metri da lui. Intanto in basso, Godzilla proseguiva la sua opera di distruzione.

-King Kong! Eccezionale! E'...King Kong!! - gridarono in parecchi dalla platea. L'enorme scimmione prese a girare attorno alla cima dell'edificio cercando di raggiungere la donna bionda. Questa cominciò a muoversi in senso opposto cercando di sfuggirgli mentre la bestia afferrava appigli sicuri per spostarsi, sbriciolando in più punti il cemento con cui era costruito il basamento della grande antenna. Quindi la scena 'si capovolse' attorno alla piattaforma, il grattacielo si spostò lentamente da 'davanti' alla piattaforma a 'sopra', così che la donna e la grande scimmia si posizionarono quasi sopra le teste degli spettatori mentre Godzilla si trovava ora altissimo sopra le teste degli spettatori mentre impartiva un urti colossali alla base della costruzione.

E fu dal momento successivo che il mondo di Ardeha cominciò a collassare e tutte le certezze che aveva avuto fino a quel momento presero a svanire come una distesa di foglie secche arse dal fuoco.

Ardeha rimase per lunghi secondi bloccata con la testa in alto. Ci doveva essere un errore grave della simulazione, non poteva essere possibile. La ragazza si avvicinò al bordo della platea guardando verso la cornice dell'Empire State Building che rimaneva ancora sopra di lei, con tutta la massa enorme del grattacielo 'sospesa' sopra di lei e la platea.

Portò le mani alla bocca, indecisa su cosa fare. Poi una scossa indotta dalle spallate di Godzilla fece traballare la persona che aveva appena visto in maniera pericolosa e non poté trattenersi.

-Tokho! - gridò. In quel momento il suo fidanzato, che era comparso dal nulla e ora si guardava intorno confuso sul cornicione dell'empire state building, alzò/abbassò la testa in direzione della voce che lo chiamava e riconobbe Ardeha.

-Ardeha! - gridò - cos'è tutto questo? Non capisco! - la voce proveniva attutita dalla distanza.

-E' una simulazione teatrale. Tu cosa ci fai…come hai fatto a trovarti lì? -

-Non lo so, non capisco! -

-In realtà non sei qui, la tua coscienza è qui ma il tuo corpo altrove! -

-Altrove?! - gridò forte Tokho –Cosa vuol dire?! Tirami fuori di qui!

-Devi pronunciare la sequenza d'uscita! Come hai fatto ed entrare nell'Envirtualment? Tu non hai un innesto neurale! -

-In realtà lo avete tutti - le parole provennero da dietro le spalle di Ardeha. Lei si voltò e riconobbe subito la persona che le aveva pronunciate.

-Roberta, e...tu...? - Ardeha non ebbe fiato per completare la domanda.

-Controllo che tutto vada secondo i piani. Tokho non può uscire dall'Envirtualment volontariamente, non conosce la propria sequenza di uscita. In effetti, non conosce neanche quella di entrata, perché non è entrato volontariamente. Ecco, guarda lassù! - Ardeha alzò lo sguardo e quello che vide le fece accapponare la pelle. Accanto a Tokho era comparso l'essere che alla scorsa simulazione aveva cercato di trascinarla all'interno di un'apertura oscura. Se ne stava rivolto verso Tokho, gli porgeva le mani e gli faceva gesto di seguirlo, composto di onde di colore che si mescolavano tra di loro a formare una struttura apparentemente solida e antropomorfa.

-Scappa, Tokho! Scappa!! - gridò Ardeha con tutta la voce che aveva e per poco non oltrepassò la soglia della platea volante. La ragazza si volse verso la platea e le colleghe e si avvide solo allora che tutti la stavano guardando con totale stupore.

-Fate qualcosa! Fermate tutto! Fate qualcosa! -gridava, ma nessuno dava segno di capire quello che stava succedendo. Ardeha corse verso una sua collega e le afferrò il braccio gridando.

-Come si fa a fermare tutto prima che lo prenda! -

-Chi prenda chi, Ardeha? E' lo spettacolo! King Kong prenderà la ragazza e successivamente gli aerei lo abbatteranno, sempre che Godzilla non butti prima giù tutto l'intero Empire State Building ammazzando tutti. Cavolo, *è fantastico*! -

-Di che parli?! Quello lassù è il mio ragazzo e quell...quell'essere fatto di colori che lo vuole prendere? -

Fu in quel momento che capì dallo sguardo della collega che era solo lei a vedere quella scena. Volle fare un ultimo tentativo, già sapendo cosa sarebbe successo.

-Chiedi a Roberta, non la vedi qui vicino a noi, la nostra tutor? -

L'altra volse lo sguardo nella direzione che indicava Ardeha senza capire, mentre Roberta rimaneva ferma guardandola.

-Non mi può vedere - disse serenamente Roberta –solo io, tu, Tokho e l'ONE possiamo vederci l'un l'altro. Sono piccoli trucchi che sappiamo fare all'occorrenza... -

-ONE...trucchi?! - chiese Ardeha confusa

-A tempo debito. Ora non hai la possibilità di fare nulla, puoi solo guardare, e ci terrei che tu lo facessi molto bene -

Le colleghe di Ardeha intanto parlavano fra loro, scrutandola visibilmente preoccupate.

Ardeha se ne infischiò e guardò verso l'alto, verso Tokho e l'essere, che si era avvicinato al suo fidanzato in maniera pericolosa.

-Stai attento! Scappa! - gridò lei.

-Dove vuoi che vada, non capisco! Qui crolla tutto! Chi è questo tizio fatto di fiamme colorate!- gridò Tokho.

-Io...non so esattamente, però so che è pericoloso, molto pericoloso! Scappa! -

Tokho non se lo fece ripetere e si mosse lungo il cornicione per cercare di allontanarsi, ma l'essere, vincendo con agilità la forza di gravità, lo seguiva camminando in orizzontale sul bordo esterno del cornicione.

La scena cambiò nuovamente. L'Empire State Building ruotò e il pianeta sottostante con lui, portando più lontano Tokho e l'essere da Ardeha e avvicinando la platea alla base del grattacielo, nella quale intanto Godzilla stava impartendo dei colpi formidabili cercando di far crollare tutto lo stabile. Fu in quel momento che Ardeha vide la voragine, nera, terribile, misteriosa, senza fondo che si formava a fianco del grattacielo inghiottendo la strada. L'apertura era a forma di spirale e sembrava deformare i palazzi vicini come se questi avessero perso la loro solidità.

Fu dopo pochi secondi che Ardeha vide Tokho e l'Essere staccarsi dal cornicione e cominciare a cadere verso il basso. Per una coincidenza malefica, se le coincidenze potevano ancora esistere, la platea andò a posizionarsi quasi sopra la voragine oscura così che Ardeha poté vedere che la coppia stava cadendo esattamente nel centro dell'apertura. Alla ragazza non rimase che cadere in ginocchio, ormai incurante delle colleghe e degli ospiti del teatro aspettando che la caduta giungesse alla fine. Proprio in quel momento, Godzilla dette la spallata finale all'Empire State Building. la cui cima cominciò a crollare, trascinando con sé King Kong e Ann Darrow. Ardeha poté vedere lo spettacolo pietrificante di Tokho e dell'essere, ormai prossimi alla bocca della voragine nera, e, molto più alto, dell'enorme scimmia cadere con la sua preda assieme alle macerie dell'Empire State Building.

-Appena sono caduti nella voragine, esci dall'Envirtualment -

-Cosa? - Ardeha rialzò la testa solo per vedere Roberta china davanti a lei.

-Appena hanno terminato la catabasi, pronuncia la sequenza di uscita e torna nel mondo reale! -

Tokho e l'essere giunsero sull'orlo della voragine, appena lo oltrepassarono essa si chiuse e i primi detriti di cemento colpirono le strade e gli edifici subito sotto il grattacielo che stava rovinando. Ardeha riprese il controllo di se solo per rendersi conto che molti degli ospiti del teatro stavano urlando in preda al panico mentre le macerie stavano per cadere sulla platea assieme alla Bella e alla bestia. Nessuno si sarebbe fatto male, in realtà, e pronunciò la sequenza di uscita. Riemerse dall'Envirtualment, completamente sudata e scomposta sull'amaca. Accanto a lei Roberta stava seduta in attesa.

24 – La verità

Ardeha sedeva sul letto, dopo il minuto di paralisi, e guardava Roberta dritta negli occhi.

-Io... -riuscì a dire tremante – non so neanche se quello che ho visto è vero e...se è vero non so cosa significa.... Io... - poi ebbe delle leggere convulsioni.

-E' normale, hai ricevuto una sedazione molto potente per rimanere immobile nonostante le stimolazioni sensoriali che stavi ricevendo. Se vuoi ne parliamo dopo, quando ti sei calmata... -

-No, *ora*! - Ardeha aveva urlato ed era scesa dall'amaca, malferma sulle gambe.

Roberta espirò pesantemente – Va bene, ma devi metterti seduta - così dicendo si alzò e le porse la propria sedia. La ragazza si lasciò cadere su di essa, in mutande e reggiseno, mentre Roberta prendeva un'altra sedia nella stanza.

-Come ti senti? - le chiese Roberta

-Di merda! -

-per un po' sarà così - Roberta uscì un attimo dalla stanza e tornò con una coperta che cercò di mettere sulle spalle di Ardeha. Questa le fece segno di allontanarsi, poi la accettò per coprirsi.

Roberta tornò a sedersi di fronte a lei e rimasero in silenzio così per alcuni minuti, poi riprese la propria spiegazione.

-Ardeha, sai bene di aver visto una simulazione di realtà virtuale. Tokho sta bene e potrai vederlo-

-Quando! - la ragazza gridò e nel far questo cercò di afferrare Roberta per il collo saltando dalla sedia, ma le poche forze le fecero perdere l'equilibrio e mancò la presa di netto, cadendo a terra. Roberta le porse una mano per aiutarla a rialzarsi e attese che la prendesse.

-Ardeha, mi odierai ancora di più quando avrò finito di spiegarti tutto... ma perlomeno capirai che abbiamo cercato di fare tutto questo a fin di bene -

-Avete...chi? Avete...cosa? -

-Prendi la mia mano e mettiti seduta- le consigliò Roberta. Ardeha accettò l'aiuto e si ricompose, riscaldata dalla coperta.

-Dicevo, quindi, che potrai vedere Tokho tra poco e che lui sta bene -

Ardeha la guardò, confusa e agitata. – Che cosa è successo? Spiegami. Che cosa era quell'essere? - Roberta a quel punto sembrò più inquieta sulla sua seduta.

-Oggi hai visto di nuovo ONE! - Ardeha la guardò facendo segno di non capire.

-ONE, l'Oneiròs. In genere abbreviamo così il suo nome - Ardeha rimase ancora perplessa.

-Oneiròs è il nome che nella cultura greca si dava alle divinità dei sogni - Ardeha non riusciva a capire.

-Beh...credo di doverti spiegare prima cosa è un ‘sogno’. Voi, abitanti di 110011, non potete sognare, almeno non potevate fino ad ora...Il sogno è una sorta di realtà virtuale interiore che non possiamo controllare, un processo biologico tipico della fisiologia umana che abbiamo dovuto sopprimere per potervi permettere di accedere all’Envirtualment. A volte un ‘sogno’ è una costruzione di pura fantasia, a volte si basa su ricordi, molto spesso su una combinazione di entrambi. L’ipnosonno v’impedisce di sognare, assieme ad una varietà farmaci presenti nel cibo e nell’acqua che assumete -

-Noi...non sogniamo - ripeté lentamente Ardeha, e in quell’istante ricordò le immagini che aveva visto ‘dietro’ gli occhi.

-Forse io ho...sognato -disse a Roberta.

-Certo che lo hai fatto! Tutti coloro che sono venuti in contatto con ONE hanno sognato in seguito, nonostante il trattamento farmacologico -

-Quale trattamento farmacologico? - chiese la ragazza.

-Quello che ricevete tutti, qui è normale così-

-Lo riceviamo dalle amache? -

-No, dal cibo e dall'acqua; abbiamo riempito di droga tutto quello che assimilate. Anche gli spaghetti del 'Bei Tempi' -

-Hai detto che non possiamo sognare per non interferire con le sessioni della realtà virtuale. Perché dovreste drogare anche chi non ne fa uso?-

-Perché, prima o poi, tutti utilizzerete l'Envirtualment. Inoltre c'è...un'altra ragione - Ardeha vide distintamente Roberta torcersi le dita delle mani e cambiare posizione più volte sulla sedia.

Ardeha cominciava ad aver chiaro che quelle spiegazioni la avrebbero portata lontano, fino a un punto dove aveva paura di arrivare, ma doveva sapere.

-Quale? - chiese.

-Come ti spiegavo...i sogni sono, quasi sempre, la rielaborazione di ricordi, e voi... - Roberta guardò verso i propri piedi per alcuni lunghi secondi –Voi non dovete ricordare! -

-Non dobbiamo ricordare...che problema ci sarebbe a ricordare?! - Ardeha si era quasi completamente ripresa.

Roberta si sporse verso di lei, congiunse le mani e le portò sotto il mento puntando i gomiti sulle ginocchia, come per riflettere.

-Facciamo un patto...a te interessa sapere di più su Tokho, su quello che gli è successo e dove si trova. Per ora concentriamoci su questo, sei d'accordo? -

Ardeha non vedeva quali alternative avesse. Annuì, e andarono avanti.

-ONE è comparso nell'Envirtualment pochi mesi fa. Inizialmente si è manifestato sotto forma di piccole incoerenze nel tessuto della simulazione, indistinguibili da altri difetti minori di renderizzazione. La situazione si è fatta più seria quando ha cercato di interagire con alcuni utenti dell'Envirtualment -

Ardeha cercava di seguire la spiegazione di Roberta trattenendosi dal chiedere direttamente dettagli sulla caduta di Tokho nella voragine. Aveva accettato di dover conoscere prima quello che la donna aveva da raccontargli.

-Il primo caso è stato riportato da un utente dei servizi turistici che ha avvertito profumo di fiori mentre la simulazione lo portava sulla cima dell'Etna, il vulcano siciliano, in pieno inverno. Come sai l'Envirtualment non restituisce odori e sapori, inoltre, anche se questo fosse possibile, gli unici odori reali che avrebbero potuto far parte coerentemente di quella simulazione sarebbero stati quelli sulfurei emessi dal cratere -

-Certo - aggiunse Ardeha –non siamo ancora riusciti a inserire le simulazioni olfattive e gustative per un limite tecnologico -

-Certo...questo è quello che vi abbiamo fatto credere...ma andiamo avanti. In quell'occasione, la stimolazione olfattiva ha indotto nell'utente uno stato di sogno, in cui ONE è diventato visibile all'utente, perché ONE 'è' e 'controlla' il sogno -

Ardeha apparve confusa –Le occasioni di avvicinarsi a dei fiori sono rare, per evitare l'insorgere di reazioni allergiche. Questa persona dove aveva avuto occasione di annusarli. Che tipo di profumo ha sentito? -

-Non correre...Ora cercherò di spiegarmi meglio, anche se, ti assicuro, è difficile perché nessuno di noi ha veramente capito cosa è ONE e il processo con cui cattura le sue prede -

Roberta cercò una differente posizione sulla sedia e riprese il discorso.

-L'amaca svolge tre funzioni principali; quella di collegare l'utente alla rete e permettere la ricezione la simulazione, quella di tenere sotto controllo la fisiologia di chi vi è collegato e quella di somministrare farmaci tramite una serie ininterrotta di microiniezioni diffuse su tutta la superficie corporea. La maggior parte delle iniezioni consiste in nutrienti fondamentali, regolatori del battito cardiaco e della pressione, rilassanti della muscolatura striata e liscia e pura e semplice acqua. In aggiunta a tutto questo, l'utente riceve farmaci che permettono di mantenere uno stato continuo di dormiveglia, prevenendo l'insorgenza del sonno REM. In questo modo è possibile sostituire completamente gli stimoli sensoriali provenienti dagli organi di senso con quelli in arrivo dalla rete ed evitare che la persona passi in una fase di sonno più profondo in cui può cominciare a sognare -

-Perché non volete farci sognare? - chiese Ardeha.

-Il sogno costituisce una forma di 'realtà virtuale' che va in competizione con quella che abbiamo creato qui. E' una variabile troppo complessa da gestire, abbiamo preferito eliminarla -

-Qui...? - Ardeha era sempre più confusa.

-Si...qui. Anche su questo ti chiedo di avere pazienza - Roberta volle bere, subito ARDO -007 sopraggiunse iniettando acqua direttamente nella sua bocca, quindi riprese.

- Le analisi che ciascun utente subisce prima di ricevere un'amaca permettono di rilevarne il profilo chimico associato al ciclo sonno -veglia e di definire il miglior trattamento farmacologico per mantenere lo stato di dormiveglia. Purtroppo l'assegnazione non può essere perfetta per nessuno e, più o meno, tutti gli utenti scivolano per brevi periodi in una fase di sonno più profonda durante le simulazioni e cominciano a sognare, quasi sempre senza accorgersene *perché sognano quello che stanno già vedendo.* E' questa la ragione per cui il tempo passato in simulazione non è uguale per tutti. Ricordi questa cosa dalle lezioni d'orientamento? -

-L'equazione... - la voce di Ardeha era ora meno flebile ed insicura.

-Dammi carta e penna! - chiese improvvisamente Roberta. Ardeha la guardò del tutto confusa.

-Roberta, non capisco, sono secoli che nelle nostre unità abitative non si trovano più 'carta' e 'penna'... -

-...prendiamo il tuo flexi -

Ardeha mandò una richiesta al drone più vicino che accorse subito coll'oggetto. Ardeha srotolò il tablet flessibile e aprì il foglio di scrittura, uno dei software più antichi del pianeta. Roberta estrasse da un taschino un oggetto lungo che fece scattare da un'estremità.

-E' quello che penso? - chiese Ardeha puntando il dito contro il manufatto?

-Si, è una penna. Per favore, rimaniamo sul tema...allora, intanto l'equazione dell'Envirtualment, quindi.. -

Roberta scrisse

$$x^2+y^2+z^2+t^2 = -1$$

-questa è l'equazione che descrive la relazione tra tempo e spazio nell'Envirtualment.

Si tratta di un'equazione puramente empirica e indica, penso che te lo ricorderai, che un set di coordinate non immaginarie richiede necessariamente un valore di tempo immaginario. Per coordinate non immaginarie si intendono quelle 'percorse' all'interno una simulazione creata da altri e senza l'impiego dell'immaginazione dell'utente, che è esattamente quello che avviene quando si partecipa a uno spettacolo in un teatro virtuale oppure si esplora una riproduzione geografica creata da altri. Il tempo, in questa situazione, scorre solo a livello immaginario e a una velocità uguale per tutti coloro che vivono la medesima simulazione; le uniche differenze tra i tempi di risveglio derivano dalle micro -fasi di sonno che tutti gli utenti sperimentano. In caso invece di sogno, ora credo, Ardeha, che tu cominci a capire, le coordinate assumono valori completamente immaginari ed il tempo... -

-Il tempo deve assumere valori reali... - Ardeha completò la frase.

-Esatto! - esclamò Roberta.

-E...ONE? - chiese Ardeha, con la paura di scoprire qualcosa di terribile su Tokho.

-ONE... -rispose Roberta facendo una pausa inziale –non sappiamo esattamente cosa sia ONE. Abbiamo cercato di spiegarlo come una falla della programmazione, questa spiegazione però non è convincente perché ONE si comporta come un essere senziente. Abbiamo pensato a un intento terroristico da parte di un utente dell'Envirtualment ma la tecnologia che sarebbe necessaria per influenzare in tal modo la simulazione a oggi non esiste. L'unica spiegazione che sembra valida, per quanto incredibile, è che ONE sia 'nato' dentro l'Envirtualment -

-Nato? -

-Si...creato dal subconscio degli utenti dell'Envirtualment. Riteniamo anche che abbia la capacità di variare il risultato dell'equazione empirica; se ad esempio avesse la capacità di rendere ancora più negativo il valore del risultato, ad esempio di portarlo a -2 o più negativo, i valori assunti dalle variabili prenderebbero a oscillare tra valori immaginari e reali e viceversa. In questo modo chi si trovasse all'interno della simulazione influenzata di ONE non riuscirebbe a distinguere facilmente tra i confini dell'immaginario e del reale, esattamente come in un sogno... -

Ardeha in quel momento buttò in basso la testa e la scosse dopo averla presa tra le mani.

–Roberta, Tokho è caduto in una voragine nera virtuale, che si è richiusa subito dopo senza lasciare traccia, assieme ad un prodotto del subconscio degli utenti dell'Envirtualment? *Roberta...come cazzo credi che ti possa stare ancora a sentire*!! - nel gridare le ultime parole Ardeha si scagliò contro la sua tutor e la prese per il collo. Questa reagì immediatamente liberandosi dalla stretta e scaraventando l'assalitrice a terra. Questa si alzò di nuovo e, voltandosi verso di lei, scoprì che dalla stanza accanto erano entrati due uomini che si erano parati davanti a Roberta per proteggerla.

-Sono sempre stati qui accanto, nel caso, molto probabile che potessi avere reazioni violente-.

Ardeha guardò i due personaggi, completamente vestiti di nero e con oggetti, di cui non conosceva la natura, appesi ai cinturoni e con degli sguardi freddi e determinati che all'interno di 110011 non aveva mai osservato prima. Uno dei due aveva una cicatrice irregolare che correva dall'orecchio sinistro fino alla bocca passando per la guancia butterata.

-Chi sono questi due? Sono... -

-Strani? Diversi? - Roberta completò per lei la domanda.

-Ardeha, ti presentò le prime due persone non provenienti da 110011 che incontri da un po' di tempo a questa parte - e poi, portandosi la mano destra al mento –a parte me, ovviamente, e un'altra persona che incontrerai tra poco -

Ardeha si era vestita e il gruppo di quattro persone si trovava ora nella sala della sua unità abitativa. Roberta le aveva spiegato che quei due sapevano come farla stare calma, per cui le aveva consigliato di desistere da ogni altro tentativo simile.

-Credevo che fossero docili pecorelle... - aveva commentato quello con la cicatrice. Roberta gli aveva fatto gesto di stare zitto in maniera molto seccata.

-Ardeha, non ho un'altra 'verità' da raccontarti. Questa è la verità. Pensavamo di poter controllare il subconscio di tutti gli utenti dell'Envirtualment mantenendovi tutti a livello di dormiveglia farmacologicamente controllato, ma non è stato sufficiente. E' come se...i vostri sogni avessero fornito del materiale che il sistema di simulazione ha ulteriormente elaborato creando ONE - Roberta si tolse la giacca e la sistemò sulla spalliera della sedia su cui sedeva.

-ONE *vive* nella simulazione ma *non ne fa parte.* Potremmo definirlo come un virus informatico, un'interferenza statica, un... -

-Un fantasma... -completò Ardeha

-Come?... - Roberta s'interruppe e guardò Ardeha con attenzione.

-Nel passato si credeva che le anime delle persone defunte abbandonassero il corpo ed in certi casi, in cui avevano dei motivi per rimanere legate al mondo terreno, albergassero in case, castelli, edifici abbandonati o abitati - Ardeha notò che l'uomo con la cicatrice aveva raccolto le braccia verso il centro del corpo e la ascoltava con attenzione. L'altro rimaneva immobile.

-I fantasmi si manifestavano durante la notte, si muovevano nelle abitazioni mentre i residenti dormivano, e si manifestavano ad alcuni dei viventi a volte solo per terrorizzarli ma spesso per comunicargli un messaggio o per portarli con sè... -

Il silenzio nella stanza era divenuto di gesso.

-Quello che mi domando è...qual è il messaggio di ONE. Se è vero che è apparso grazie ad elementi del nostro subconscio, forse vuole dirci qualcosa che è nascosto all'interno di esso -

Roberta rimase zitta per un altro minuto, poi espirò pesantemente e riprese a parlare.

-Non credo...non credo che si possa spiegare meglio la natura di ONE di come hai appena fatto tu -

-No, ce n'è un'altra, ovvero quella di 'sogno divenuto realtà', anche se mi sembra che siamo più in presenza... -

-...di un incubo... - disse l'uomo che aveva portato le braccia al petto. Roberta gli fece cenno di stare zitto, Ardeha lo guardò intensamente. Non conosceva o non ricordava il termine usato da quella persona, ma l'espressione di costui valeva più di cento lemmi di dizionario. Si schiarì la gola e si rivolse secca alla sua interlocutrice.

-Voglio sapere di Tokho, vai avanti!-

Roberta riprese a spiegare.

-ONE ha la capacità di creare le proprie simulazioni e di coinvolgere in esse chiunque si trovi in fase di sogno invece che di dormiveglia all'interno dell'Envirtualment -

-Come fa a creare la simulazione, ha una sua fantasia? -

-Forse... anche se apparentemente utilizza informazioni ottenute dai sogni dei propri ospiti-

-Ospiti?... - quella parola aveva un suono inquietante a quel punto della conversazione,

-Coloro che interagiscono con ONE sognano con lui/lei e vivono un'esperienza estranea all'Envirtualment ma che si svolge comunque secondo le sue regole. Il sogno è creato dall'ospite, ONE lo favorisce e, crediamo che ne faccia parte a tutti gli effetti, in questo modo le coordinate della simulazione-sogno vissuta sono completamente immaginarie. Mentre ONE aiuta l'ospite a sognare, il tempo scorre su coordinate del tutto reali -

Ardeha si alzò in piedi di scatto, i due gorilla si piantarono davanti a Roberta ma lei gli fece cenno di lasciarla avvicinare.

-Sta cominciando a capire; ha il diritto di guardarmi dritta negli occhi - disse la tutor di Ardeha con voce ferma.

-ONE vive nell'Envirtualment, tutto solo; quando incontra un sognatore, lo trascina con sé in un mondo di sogno, quindi 'entra' nella testa dell'ospite come se fosse un batterio utilizzando il canale dell'Envirtualment. ONE vive quindi nel sogno dell'ospite e lo alimenta per continuare a vivere, probabilmente ne fa parte, forse è un personaggio del sogno stesso. Le coordinate temporali scorrono su valori reali, per cui il sognatore continua a dormire collegato all'amaca per tutto il tempo che ONE fa durare il sogno -

Ardeha cominciava ad arrossire in volto, il respiro della ragazza si fece più frequente, i pugni cominciarono a stringersi.

-Come ti dicevo - proseguì Roberta – crediamo che ONE possa modificare il volume dell'ipersfera immaginaria, cioè possa variare il risultato dell'equazione, portandolo da -1 a valori maggiormente negativi. In questo modo, la sovrapposizione tra i valori di tempo e spazio immaginari e reali nella simulazione creata da ONE aumenta senza controllo e per chi la vive diventa impossibile capire se si tratta di una simulazione o di una realtà, esattamente come in un sogno... -

Ardeha interruppe seccamente Roberta.

-Cosa succede se si cerca di svegliare l'ospite?-

-Non è possibile, semplicemente l'ospite non si può svegliare. ONE è in grado di azzerare tutti gli stimoli provenienti dagli organi di senso -

-E cosa succede se si scollega l'ospite dall'amaca? - Ardeha sentiva comunque di conoscere già la risposta, purtroppo.

-L'ospite smette di sognare rimanendo in una stasi di sonno profondo da cui non può risvegliarsi perché è necessario subvocalizzare coscientemente la sequenza di uscita -

-Coma - aggiunse Ardeha, con freddezza tale da stupire se stessa.

- ONE può morire!- aggiunse – capisco che può morire. E' sufficiente...spengere l'Envirtualment! Non è vero? -

A questo punto fu la volta di Roberta a ributtarsi seduta pesantemente sulla sedia mentre Ardeha rimaneva in piedi.

-Questo non potrà mai avvenire, Ardeha -

-Perché?! - chiese sprezzante Ardeha.

-I motivi sono due, uno che interessa principalmente noi ed uno che, vedrai, interessa principalmente te -

Ardeha si sentì tremare le gambe ed attese le parole di Roberta.

-Bastardi...cosa avete fatto! -

-Il primo motivo è che l'esistenza dell'Envirtualment ricopre un interesse strategico a livello mondiale. Spengerlo comporterebbe la perdita di un lavoro immenso, svolto sino ad ora con successo - Roberta, esattamente in quel momento, abbassò la testa, poi la volse di nuovo verso Ardeha senza guardarla direttamente negli occhi. Era evidente l'imbarazzo della donna.

-Spero che tu capisca, ora, perché abbiamo dovuto assicurarci che tu non prendessi iniziative... -

-*Dimmi che cazzo avete fatto a Tokho*!! - urlò Ardeha mentre i due energumeni la tenevano ferma evitando che si avventasse su Roberta. Uno dei due le iniettò qualcosa nel braccio sinistro e, mentre le forze la abbandonavano, riuscì a sentire Roberta pronunciare la terribile verità.

-Il secondo motivo è che, da quando è caduto nella voragine nera, Tokho sta sognando con ONE -

25 - nel sottosuolo

Ardeha riprese i sensi in un letto, coperta con un lenzuolo fino quasi al viso. Riaprì gli occhi e per una manciata di secondi non riuscì a mettere a fuoco niente, poi, lentamente, riprese possesso della vista e si guardò intorno. Si trovava in un ampio salone, dove il suo letto era solo uno di molti altri disposti in file. Ardeha stimò che non vi fossero meno di venti o trenta giacigli, accanto a ciascuno dei quali, il suo compreso, si trovavano delle apparecchiature che Ardeha pensò essere della strumentazione diagnostica.

La ragazza si alzò seduta passandosi le mani sul viso. Subito sentì dei passi muoversi verso di lei.

-Stia ancora giù, l'effetto del sedativo non è ancora passato - disse un giovane con una lunga veste bianca, con degli oggetti rotondi davanti agli occhi e un tubo appoggiato sul collo. Questi si accorse che Ardeha mostrava sorpresa nel vederlo così attrezzato. Rimase un attimo in silenzio come se cercasse di prendere una decisione, poi parlò di nuovo.

-Salve, sono Skip!- disse tendendogli la mano. Ardeha istintivamente si ritrasse e il tizio fece altrettanto visibilmente imbarazzato e notò che Ardeha lo guardava ancora dubbiosa.

-Questo qua -disse abbassando la voce e toccando la veste bianca –è un camice. Questi - disse – sono occhiali e servono per vedere meglio e questo qua –posò una mano sul tubo che aveva appeso sul collo – è uno stetoscopio, serve a sentire il batt... -

-Con calma , con calma, dottore. Oggi la signorina Doorkey ha avuto fin troppe emozioni e ricevuto fin troppe sorprese! -

La voce proveniva dalle spalle di Skip. Quando questi si spostò Ardeha riconobbe immediatamente la persona che aveva parlato.

-Xarhu? - disse Ardeha, malferma sulle proprie parole e sui propri pensieri.

-Si, anche se da oggi credo tu possa chiamarmi Kenneth -

-Kenneth?...la tua 'hacca' in Kenneth è in fondo al nome e Skip..Skip non ne ha nemmeno una... - Ardeha produsse la frase sulla base di un pensiero malamente abbozzato dentro la sua testa confusa.

-Ti sarà spiegato tutto, a tempo debito. Ora dobbiamo parlare del perché sei qui -

-Qui...dov'è? -la ragazza aveva il timore di ricevere una risposta, in realtà.

- Qui siamo...sotto 110011 -

-Sotto? Il sottosuolo di 110011 è utilizzato solo per la gestione degli scarichi e per la consegna degli alimenti alle unità domestiche -

-Cara Ardeha, il sottosuolo di 110011 ha una vita molto più complessa di quanto tu possa immaginare. Purtroppo, però, e mi devo ripetere, non è il momento per parlare del perché *noi* siamo qui, dobbiamo invece assolutamente concentrarci sul motivo per cui *tu* sei qui! - così dicendo Xarhu/Kenneth fece cenno a Skip di portare ad Ardeha degli abiti lasciati per lei sul letto accanto al suo. Si trattava di una felpa e di un pantalone scuro. Entrambi gli uomini si voltarono per lasciare ad Ardeha la libertà di uscire dalle lenzuola e di vestirsi. In breve Ardeha ebbe finito e, dopo che ebbe trovato anche un paio di scarpe, sempre nere, alla base del letto, si spostò verso il gruppo. Il primo a volgersi verso di lei fu Skip, seguito da Xarhu/Kenneth.

-Seguici! -la invitò risoluto il secondo, che s'incamminò verso l'uscita della sala con passo spedito. Ardeha lo seguì e Skip si mise al suo fianco. Cercava di sorridere imbarazzato, notò la ragazza.

Al di fuori della sala con i letti si trovarono in un ampio corridoio in cui varie persone camminavano a passo spedito, molti in gruppo, solo alcuni soli con degli oggetti in mano. Notò che molti si stringevano la mano quando s'incontravano. La distanza mantenuta nelle conversazioni era ridottissima e vide che esistevano anche delle coppie maschio - femmina che palesavano la loro intimità in pubblico addirittura con contatti labiali. A un certo punto si fermò, incuriosita dal nuovo ambiente in cui si trovava. Skip la stava precedendo di poco e non si accorse immediatamente che era rimasta indietro, tornò però immediatamente verso di lei appena se ne avvide.

-Ardeha, cosa succede?- Le chiese, porgendole una mano che la ragazza rifiutò. Notando che rimaneva in silenzio, Skip si voltò nella direzione verso cui stava guardando e si accorse che davanti a lei si trovava un uomo intento a mangiare un panino. Questi consumava il pasto a mani nude mentre camminava, e così facendo seminava briciole.

-Ardeha, posso aiutarti?- le chiese Skip. Intanto Xarhu si era avvicinato e rimaneva in attesa.

-Qui mangiate come al 'Bei Tempi', e non vi sono droni pulitori che eliminano le scorie di cibo - Ardeha appariva confusa –Solo in questo corridoio ho contato cinquanta o sessanta persone, tutte raccolte in un singolo ambiente e tutte che si spostano con uno *scopo* camminando velocemente da un luogo a un altro. Questo contraddice il Decreto sulla

Salubrità...Dove siamo veramente? Chi siete? Perché tutto appare così diverso da 110011 e così...simile alla vita del XXI secolo? -

-Ero convinto che fosse stata preparata! - Skip si era voltato e parlava con Xarhu con un'espressione crucciata.

-Non avrebbe avuto alcun effetto 'raccontarle' la realtà delle cose...converrà con me che la spiegazione dei fatti sarà molto più efficace dopo che avrà avuto un contatto anche solo iniziale con il mondo così come veramente è -

Skip si volse verso Ardeha che, probabilmente, non aveva sentito neanche una parola di quello che si erano detti.

–Continua a seguirci per favore- le chiese. Lei lo guardò, seria, e riprese a camminare.

Il corridoio, dopo una cinquantina di metri, si sviluppò in un'ampia sala da cui si diramavano altri corridoi della stessa dimensione. Il gruppo deviò verso destra imboccando un nuovo grande tunnel, procedendo spediti verso la fine dello stesso. Mentre si muovevano, Ardeha aveva continuato a notare che le abitudini comportamentali continuavano a essere del tutto simili a quelle del XXI secolo e che non riusciva a riconoscere nessuno tranne Xarhu. Su un lato del grande corridoio fu attratta da due persone che si abbracciavano e che si guardavano negli occhi a distanza molto ravvicinata. Sembravano due individui che s'incontravano dopo essere stati separati a lungo. Forse provenivano da altri villaggi come 110011? Ardeha sapeva che esistevano, come sapeva anche che da centinaia di anni ciascuno nasceva e moriva entro i limiti del proprio villaggio, e che era normale in tutto il mondo non avere contatti fisici in pubblico...Inoltre, tutte quelle persone sembravano essere *al lavoro*, fuori dalle loro unità domestiche e condividendo ambienti comuni. Si trovava all'interno di una comunità dove il Decreto sulla Salubrità, apparentemente, non era osservato. Forse si trattava di un gruppo di persone che operava fuori della protezione del 'decreto' per svolgere un compito speciale, ma quale?

Giunsero al termine del corridoio e si trovarono di fronte ad una porta simile a quella che aveva dovuto aprire per ricevere la propria amaca. Xarhu, o, a quel punto, come si chiamava, pose la mano a fianco dell'apertura mentre Skip attendeva con le mani unite dietro la schiena. La porta si aprì e lasciò intravedere una sala scura, illuminata solo da una luminosità intermittente che proveniva dal fondo della stessa. Il gruppo entrò all'interno e l'accesso si richiuse dietro di loro. Prima di questo, Ardeha aveva notato alcune grosse cisterne sul fianco del corridoio, con su scritto 'alimenti ptia'.

Ardeha fece qualche passo avanti e, quando gli occhi si furono abituati alla penombra, riuscì a vedere che tutt'intorno a sé si trovavano strumenti simili alle unità di calcolo del passato, i cosiddetti 'computer'. Grossi 'blocchi' simili a enormi armadi si alternavano a schermi olografici su cui delle persone inserivano input e controllavano dati senza sosta. Ardeha si avvicinò a una delle unità e scoprì che una lastra di similvetro racchiudeva tutta l'attrezzatura che stava vedendo. Il suo fiato creò un alone sul cristallo e, nella zona opaca, creò un puntolino con un dito della mano destra. Inavvertitamente, questo produsse un suono stridente che fece voltare uno degli addetti verso di lei, una donna, vestita di una tuta bianca che non lasciava scoperto altro che il viso, che lasciò un attimo la sua postazione per avvicinarsi al vetro e appoggiare una mano dall'altro lato. Ardeha rispose appoggiando la propria mano in corrispondenza di quella della donna, poi questa si allontanò, salutò con la mano e tornò alla la sua occupazione precedente.

Ardeha si guardò intorno e vide che in quella stanza almeno un'altra trentina di persone svolgeva la medesima attività, in piedi davanti a schemi olografici e vestiti con tute bianche.

-Le tute sono per evitare la contaminazione dall'esterno. Queste macchine sono dannatamente delicate - era la voce di Xarhu, alle spalle di Ardeha, a darle queste informazioni. Questa si voltò verso di lui –Cosa è, tutto questo? - chiese.

-Questo è il Centro Elaborazione Simulazione 110011. Qui dentro si crea l'Envirtualment destinato agli utenti del villaggio, così come tu lo conosci. Le persone che vedi qua sono programmatori analisti che seguono le svolgersi della simulazione creata dalle unità di elaborazione-.

Ardeha si volse di nuovo verso lo schermo olografico più vicino e vide che sullo schermo comparivano immagini fluttuanti di vallate verdi, montagne e cieli azzurri, probabilmente una simulazione naturalistica. Prese a camminare lungo la vetrata protettiva e vide che ciascuno schermo mostrava elementi di una differente simulazione, ad esempio di una rievocazione storica oppure di un evento sportivo. In uno schermo vide anche le immagini della simulazione del teatro dove lavorava come maschera.

-Che necessità c'è di avere un elaboratore locale se tutto il lavoro viene svolto da quello centrale unico posto sotto la superficie del polo sud, dove poter sfruttare il clima per mantenere bassa la temperatura delle unità di calcolo? - chiese

-Ecco... - ripose Xarhu sorridendo in modo strano –in realtà non è mai stato necessario avere strutture così remote... -

La carrellata di Ardeha s'interruppe in prossimità di uno dei molti schermi, il quale riuscì a carpire tutta la sua attenzione. Su di esso apparivano a campo pieno le previsioni del tempo che era solita guardare ogni mattina, sia che uscisse o che non uscisse da casa. Quel feed non era poi così importante, in fondo, ma era diventato un'abitudine alla quale non riusciva più a rinunciare, una delle abitudini che scandivano la sua vita dentro 110011. Davanti allo schermo si trovava un operatore, vestito esattamente come tutti gli altri, il quale teneva la mano sull'orecchio sinistro, come intento ad ascoltare delle informazioni che gli venissero comunicate.

-Ardeha, forse... - era Skip che le stava facendo gesto di seguirlo, ma fu interrotto da Xarhu.

-No, lascia che rimanga; credo che sia giusto che veda - disse il cerimoniere di Argo.

Ardeha volse di nuovo lo sguardo verso lo schermo e l'analista e fu in quel momento che si sentì rompere dentro qualcosa. Era come se le dita di quell'uomo avessero lacerato, con tocco delicato, il sottile ordito delle sue convinzioni e delle sue abitudini, il medesimo tocco con cui, dopo aver ricevuto chissà quali istruzioni, abbassava di due gradi le temperature riportate sulle previsioni del giorno, cancellava un fronte nuvoloso che si spostava verso 110011 e infine modificava la conformazioni dei rilievi attorno al villaggio stesso. Poi cambiò quadro con un movimento delle mani ed apparve l'immagine da satellite dell'Italia. L'operatore portò al centro del monitor la Sicilia, la sede del Governo Centrale. Nella parte nord -orientale dell'isola si vedeva distintamente una striscia di fumo uscire da una montagna, "il vulcano Etna" pensò Ardeha. Il tecnico pose due dita sul pinnacolo e lo sposto di una cinquantina di chilometri verso l'interno dell'isola. Poi cambiò schermo e apparve una nuova schermata con un testo riguardante Naha Jaramillo, la donna presa a modello dal governo centrale per aver vissuto tutta la propria vita senza contatti con persone esterne al proprio gruppo omogeneo. L'uomo cancellò 'centoventi' come età del decesso di Naha e scrisse 'centodiciotto', poi fece apparire con un gesto l'immagine del volto della donna e pose le dita sugli occhi fino a che questi non cambiarono colore da marrone a verde.

-Si chiama 'cecità al cambiamento' - Ardeha guardava Xarhu senza capire.

- Tutti i membri di 110011 sono stati selezionati in modo da avere un'elevata cecità al cambiamento, tra poco capirai quanto sia importante. Ogni giorno ci assicuriamo di sottoporre gli abitanti del villaggio a piccoli 'test', ad esempio modificare la conformazione del territorio mostrato nei programmi televisivi è uno di questi. In molti altri casi modifichiamo il volto dei personaggi storici e odierni mostrati nell'ipnosonno e monitoriamo le reazioni diurne degli abitanti del villaggio -

-Naha Jaramillo non è mai esistita, vero ? - chiese Ardeha pur conoscendo la risposta che non le fu comunque data, poi proseguì -Xarhu, io voglio... - l'uomo la interruppe.

-Kenneth...Xarhu non è mai esistito - disse freddamente lui.

-Kenneth...voglio sapere di Tokho - chiese lei, improvvisamente guardando dritto negli occhi l'uomo che ora doveva chiamare Kenneth.

-Tokho... -Lui guardò verso l'alto, poi chiuse gli occhi e chinò la testa in basso. Poi la rialzò e fu il suo turno a restituire uno sguardo ferino ad Ardeha.

-Tokho si trova in un sogno, non sta male...sicuramente non sta *troppo* male; l'unico problema che ha è che non può smettere di sognare e nessuno può aiutarlo a tornare alla realtà senza ucciderlo o danneggiare gravemente il suo cervello -

Lo sguardo di Ardeha si fece improvvisamente meno sicuro, le sue pupille cominciarono a muoversi tutto intorno. Il suo interlocutore riconobbe i sintomi della disperazione e calò le carte di quel gioco a lungo preparato.

-Qualcosa, però, si può fare... - disse con studiata lentezza.

Ardeha puntò di nuovo lo sguardo verso Kenneth.

-L'idea è semplice. Qualcuno deve entrare nel sogno di Tokho e convincerlo che non si trova nella realtà... -

-Spiegati meglio – chiese la ragazza.

-Certamente. Come ti dicevo, qualcuno potrebbe collegarsi a un'amaca ed entrare nell'Envirtualment. Noi potremmo, quindi, agendo sul trattamento farmacologico somministrato dall'amaca stessa, indurre il sonno profondo in quel qualcuno e facilitarne quindi l'attività onirica che richiamerebbe l'ONE quasi istantaneamente. Questi trascinerebbe la persona nel proprio sogno e, essendo abbastanza sicuri che ONE non sappia gestire più di un sogno per volta, con ogni probabilità, quel qualcuno andrebbe a condividere lo stesso sogno di ONE e di Tokho -

-Mi stai dicendo- aggiunse Ardeha –che ONE e Tokho 'vivono' nel medesimo sogno e che qualcuno può condividerlo con loro due -

-Esatto! Brava! - Kenneth era genuinamente entusiasta della capacità di comprensione dimostrata da Ardeha.

-ONE dovrebbe aver creato un sogno molto bello per Tokho, uno da cui non dovrebbe volersi svegliare- Ardeha aggiunse, bianca in faccia.

-Molto probabilmente - convenne Kenneth – ma, e questo è molto importante, non è possibile per ONE aver imprigionato completamente la mente di Tokho nel sogno perché durante esso la mente non più vigile del ragazzo si trova esposta al proprio subconscio. Questo significa che in taluni momenti Tokho potrebbe sperimentare punti di 'contatto' con la realtà e con i suoi ricordi. Tokho potrebbe addirittura sognare all'interno del 'sogno'. La prigione di ONE potrebbe essere meno perfetta di quanto si creda!-.

Kenneth si era alzato in piedi preso dall'eccitazione, Ardeha invece era rimasta seduta, sbigottita.

-La persona che andrà a cercare Tokho nel sogno di ONE sarai tu, vero Ardeha? - queste parole furono pronunciate da un'altra voce, proveniente dalle spalle della ragazza e che Ardeha riconobbe subito.

-Certo - rispose con tono sorprendentemente tranquillo, senza voltarsi.

Roberta camminò fino a che fu davanti ad Ardeha, accanto a Kenneth.

- Ricondurrai Tokho alla realtà e nel far questo cancellerai il potere di ONE e cancellerai lui stesso perché egli è semplicemente, a sua volta, un sogno -

Ardeha a un tratto ebbe chiaro quello che stava succedendo.

-L'Envirtualment non è una semplice operazione commerciale, è molto di più– disse guardando verso il basso con la fronte aggrottata.

-Per assicurarvi che esso possa continuare ad esistere e a essere frequentato dagli abitanti di 110011 avete preso Tokho e lo avete precipitato in coma farmacologico, prigioniero di un 'sogno' divenuto realtà, affinché l'unica persona che ha dimostrato di poter interagire e resistere a ONE, io, non potesse rifiutarsi di andare a recuperarlo e, nel far questo, eliminasse ONE -

Roberta e Kenneth si guardarono negli occhi con soddisfazione.

-Tutto esatto- disse la donna voltandosi verso Ardeha con un ampio sorriso.

-Amo Tokho e lo farò - sospirò Ardeha con gli occhi lucidi -ma dovete dirmi cosa è veramente l'Envirtualment -

Roberta e Kenneth si guardarono negli occhi. Il secondo fece cenno alla prima che la decisione era sua. Questa si girò verso Ardeha e guardandola dritta negli occhi le disse :

–Ragazza, ti basti sapere che si tratta della più importante operazione mai tentata per permettere la continuazione della specie umana -

-Lo è o...pensate che lo sia? - Ardeha sfidò Roberta.

Roberta si alzò dalla sedia e si avvicinò ad Ardeha. –Ne siamo sicuri - disse

-Ne siete sicuri...Qua sotto, e penso che sia un 'sotto' perché me lo avete detto voi, anche se potremmo essere 'sopra' o del tutto 'altrove', e per ora non so quanto potermi veramente fidare di voi, ho visto solo persone che non si comportano come coloro che vivono in 110011. Non ho visto una sola amaca, e giurerei che nessuno degli abitanti di 'qui' utilizzi in alcun modo l'Envirtualment. Perciò, se è così importante, e lo deve essere, perché gli abitanti di questo luogo non lo usano e tutto il mondo invece lo fa? Cosa rende voi così diversi da tutti gli altri da non utilizzare l'Envirtualment? E poi...ho visto l'ONE, so che esiste, ed ho visto Tokho precipitare con lui in una voragine nera ma, per l'algoritmo, questo è successo nell'Envirtualment dove è possibile simulare *tutto quello che si vuole*; per cui, come faccio a sapere che il vero Tokho è ora casa sua che si domanda come mai non l'ho ancora contattato sul Flexi? Come faccio a sapere che tutto quello che ho visto sino ad ora, o che ho pensato di vedere, sia vero, e che tutto quello che mi avete comunicato fino ad ora non sia solo parte di una raffinata recitazione? Non riesco al momento a pensare a uno scopo per tutto ciò, ma riesco sicuramente a immaginare che possa essere tutto falso! -

Roberta rimase in silenzio, poi respirò profondamente e disse – seguimi - dopodiché si alzò e uscì dalla stanza. Kenneth/Xarhu rimase seduto mentre Ardeha indugiava immobile per un istante, per poi affrettarsi a inseguire la sua tutor. Raggiunsero quindi di nuovo l'ampia sala centrale per poi affondare un nuovo corridoio, dalla bocca del quale emerse Skip.

-Venite- disse facendo cenno di seguirlo alle due donne. I tre proseguirono per una cinquantina di metri, dopo i quali trovarono una porta con una serratura a codice sulla quale Skip digitò una sequenza alfanumerica. La porta si aprì, scomparendo a destra all'interno della parete, e subito Ardeha fu investita da un odore che sentiva di non conoscere e, allo stesso tempo, di *ricordare* da un passato difficile da localizzare, e da una ventata di aria calda e umida; nonostante questo si sentì raggelare. Davanti a lei stava Tokho, nudo sopra un'amaca, collegato a una serie di macchinari e una sacca di soluzione fisiologica in cui un infermiere stava iniettando un farmaco. La stanza conteneva un buon numero di altre amache inutilizzate.

-Non sappiamo come comportarci, uno stato di sonno REM semi -comatoso di questo tipo non è mai stato studiato dalla scienza medica e i casi riportati in passato non ci danno nessuna indicazione su come trattare i pazienti. Avete presente i casi di persone apparentemente morte che si risv... - Roberta fece gesto al medico di tagliarsi la lingua.

-Ah beh, si...certo. Allora...il soggetto... -

-Si chiama Tokho - lo interruppe Ardeha.

-Tokho, esatto...- confermò imbarazzato Skip.

–Tokho si trova in fare si sonno REM da oltre settantadue ore. Si tratta del periodo più lungo riportato fino ad oggi. Abbiamo osservato che la temperatura corporea si sta lentamente abbassando, abbiamo rallentato il processo aumentando gradualmente la temperatura dell'ambiente, ora ci troviamo ben sopra i trenta gradi. Anche il battito cardiaco sta lentamente rallentando, assieme al consumo di ossigeno; tutte queste cose sono del tutto nuove, stiamo improvvisando, nessun essere umano, ripeto, è mai stato così lungo in fase di sonno profondo -

-Avete provato a svegliarlo? - chiese Ardeha

-Oh sì, abbiamo provato in ogni modo, dalla stimolazione sonora a quella tattile fino a quella farmacologica senza alcun successo -

-Non capisco come sia possibile -

-Lo è, evidentemente. Il paz...Tokho si trova in una fase di sonno e sogno perenne. La funzione fondamentale del sogno è stata definita da Sigmund Freud come quella di aiutare la mente a preservare lo stato di sonno. Ogni stimolo che Tokho riceve dall'esterno alimenta il sogno che sta vivendo e questo impedisce il risveglio in maniera estremamente efficace -

-Cosa fa rimanere Tokho all'interno di un sogno senza fine? - Ardeha sentiva freddo alle mani nonostante il gran caldo.

Skip guardò Ardeha come un professore che interroghi uno studente impreparato

–Ardeha...pensavo l'avesse capito. Si tratta dell'influsso di...ONE -

Mentre si svolgeva quella conversazione, del liquido giallo riempì un tubo che terminava tra le gambe di Tokho, diretto a una sacca posta a fianco dell'amaca dove giaceva il ragazzo; fu in quel momento che Ardeha svenne.

-Che cosa devo fare?-.

Ardeha era seduta sul letto, dopo essersi ripresa. Davanti a lei stavano Roberta, Kenneth/Xarhu e Skip.

-Deve collegarsi attraverso un'amaca- le rispose il medico -ed entrare nell'Envirtualment. La invieremo su una simulazione perfettamente vuota e poi altereremo la sua fisiochimica per spingerla nel sonno R.E.M.. A quel punto...credo che basti aspettare -

-Aspettare cosa? -

-ONE... -

Ardeha vide Skip torcersi le mani, notò anche che sudava freddo.

-Lei è...terrorizzato -

Skip s'irrigidì improvvisamente, forse infastidito dal non essere riuscito a nascondere il proprio stato di tensione -

-Io...soffro di onirofobia.. ho paura dei sogni. Si può immaginare quanto mi piaccia occuparmi di questa cosa -

"Ecco, ci voleva proprio" pensò Ardeha.

La ragazza girò le gambe fuori dal letto e rimase così, in silenzio, per circa un minuto, guardandosi le dita dei piedi che intanto accavallava, come se cercasse in quelle sovrapposizioni le risposte che nessuno poteva dargli.

-Andiamo, non ho intenzione di aspettare un minuto di più. Mandatemi giù -

26 – ONE

La procedura d'ingresso era stata esattamente come tutte le altre, e ora si trovava all'interno di uno spazio illimitato e bianco, entro cui non era possibile vedere nessun oggetto o sfumatura di colore. Si stava chiedendo come avrebbe fatto a capire di essere in fase R.E.M., perché ovviamente nessuno era stato in grado di dirgli niente a riguardo, quando vide un oggetto scuro muoversi in alto sopra di lei. Alzò lo sguardo e vide un uccello, forse un passero, passarle sopra sbattendo le ali, e volare via, al limitare dell'immensità bianca in cui si trovava. Dopodiché l'enorme tavolozza intonsa in cui si trovava prese lentamente a trasformarsi. Forme e figure presero a delinearsi intorno a lei; la simulazione sopra di lei prese un tono sempre più cupo e l'oscurità calò verso il basso fino a che si trovò all'aperto, in un'ambientazione notturna dove poteva scorgere quella che sembravano abitazioni a più piani, costruite lungo una strada. Sentì a un tratto il desiderio irresistibile di alzare il braccio destro verso l'alto e di camminare. Con la mano destra afferrò un'altra mano, molto più grande della sua, e vide apparire delle gambe alte come lei che si muovevano sempre alla sua destra mentre le sue si muovevano molto più velocemente perché più piccole. Guardò in alto e vide un essere umano di sesso femminile, alto almeno due volte più di lei abbassare lo sguardo verso di lei.

-Emily, amore, cammino troppo veloce? Vuoi che la mamma rallenti un po'? -

-Si mamma, hai le gambe *troppo* lunghe! - quelle parole erano uscite dalla sua bocca, com'era possibile? E chi era Emily? E la voce era quella di una bambina!

-Dobbiamo andare un po' più veloce, amore. Solo un po' di più! -

In quel momento si udì un enorme boato e Ardeha si accorse che molti altri personaggi con le gambe lunghe ed anche altri della sua altezza stavano cominciando a correre tutt'intorno. Si sentì stringere la mano.

-Mamma, mi fai male! - strillò la voce di bambina che usciva dalla sua bocca.

-Scusa, amore, starò più attenta! Vieni qua - due enormi braccia scesero dall'alto e la sollevarono da terra. Ardeha *sentì se stessa* provare contemporaneamente la paura derivante dal comportamento della madre e la felicità per il contatto con la stessa persona. La donna la strinse al petto mentre cominciava a camminare velocemente e ad ansimare. Improvvisamente Ardeha ricordò di aver già visto quelle scene 'dietro' i suoi occhi, ed ebbe la certezza di essere in un sogno all'interno di una fase di sonno R.E.M. . L'ultima conferma giunse quando percepì distintamente un profumo provenire dalla donna che la stringeva al collo e che la chiamava Emily e che lei chiamava Mamma; all'interno dell'Envirtualment non era possibile percepire ne' odori ne' sapori.

Ardeha sussultava assieme alla madre che ora correva mentre la teneva stretta. Tutt'intorno, un gran numero di persone stava scappando nella stessa direzione in cui andavano loro. Alle spalle della madre la 'bambina' Ardeha poteva vedere una nube scura alzarsi alta nel cielo dal basso. Subito dopo un vento fortissimo prese a soffiare contro i suoi occhi, la madre perse quasi l'equilibrio e Ardeha rischiò quasi di cadere in terra.

-Emily, non ti preoccupare - la rassicurò -la mamma ti tiene stretta e non ti farà mai cadere!-

Il vento soffiava sempre più forte; alzando gli occhi, mentre tremava per la paura, Ardeha vide che la sommità degli edifici bui attorno a loro si stava sgretolando con un rumore terribile, oggetti e frammenti stavano cadendo in basso, sopra di loro!

-Mamma! Mamma! Ci casca tutto in testa!! Scappa…scappa più forte!! - si sentì urlare negli orecchi della donna, mentre questa gridava.

–Mio Dio. Aiutaci! -

Il viso della bambina fu raggiunto da alcune gocce di liquido caldo e salato, le lacrime della donna che stava cercando di salvarla. I detriti cominciarono a cadere a terra; un uomo fu inghiottito e schiacciato da una massa nera proprio davanti agli occhi di Ardeha. La mamma si fermò a fianco di un palazzo, sotto una specie di riparo che, in qualche modo, le proteggeva dai detriti meno grandi e la appoggiò a terra. Questa vide le proprie braccia alzarsi verso la mamma, per farsi prendere di nuovo in collo, e sentì la propria voce strillare e i propri occhi piangere. La donna si accucciò ansimante per riprendere fiato e per accarezzare la bimba.

-Mamma ha un'idea, ma ti devi aggrappare a me forte forte, devi essere brava! Sei pronta? - per tutta risposta Ardeha ricominciò a piangere, la madre la prese in collo e lei sentì la donna che cominciava a respirare affannosamente mentre iniziava a correre. In pochi secondi furono al buio. Ardeha vide che stavano scendendo delle scale assieme ad altri fuggitivi, mentre la striscia di cielo che riusciva a vedere dietro di sé si riempiva di polvere e detriti.

Scesero giù, sempre più giù, con tutti gli altri che scappavano come loro. Giunsero al termine della scalinata, dove trovarono dei mezzi che Ardeha riconobbe in antichi treni. La madre la pose a terra, ansimando come se l'aria in tutta la stanza non bastasse a riempirle i polmoni. La bambina dentro cui si trovava Ardeha piangeva inconsolabilmente.

-Emily - la mamma la baciò sulle lacrime calde –amore di mamma, andrà tutto bene. Amore, non piangere- tutti cercavano rifugio dentro i treni mentre si svolgeva questa scena.

A un tratto un rumore, come di un vulcano in eruzione, si scatenò dall'alto. Immediatamente dopo, il tunnel, che conteneva le scale che avevano appena percorso, vomitò una nube nera, anticipata da un terribile odore di bruciato. La madre di Emily/Ardeha non esitò un istante. Afferrò la piccola e corse verso un treno rimasto vuoto. Entrarono e la mamma mise a terra la bambina, chiuse la porta d'ingresso a mano con uno sforzo immane e si sincerò che tutte le finestre fossero chiuse, poi fece sdraiare la bambina a terra e la coprì con il proprio corpo per proteggerla.

Pochi secondi dopo calò il buio più completo. Madre e figlia rimasero ferme nell'oscurità e in un silenzio che contrastava con i boati titanici e terribili che avevano riecheggiato fino a un istante prima. Ardeha premette le mani contro il petto della mamma che alzò la testa. Madre e figlia si spostarono lentamente in modo da vedere oltre il bordo delle poltrone; una leggera luminescenza proveniva dall'ingresso del treno. Camminarono cautamente fino alla porta; fuori dai finestrini si vedeva una densa nebbia nera, attraverso la quale trasparivano alcuni raggi di luce tenui e sporadici. La nebbia aveva un aspetto strano, non di polvere, perché non accennava a diradarsi, e nemmeno di vera e propria nebbia perché pareva muoversi e mutare. Essa ricordava una specie di massa filamentosa completamente oscura che continuamente si mescolasse e annodasse su se stessa, come...il mare rosso in cui aveva visto ONE per la prima volta.

-mamma, non aprire quella porta! - gridò improvvisamente con la propria voce di donna. Nello stesso momento si accorse di guardare le spalle di sua madre da un'altezza diversa. Era 'ridiventata adulta' e si trovava subito dietro le spalle della donna. Questa si mosse verso la porta come se non l'avesse sentita.

-Fermati! Si può nascondere in quella nebbia... -

-Chi? - chiese la madre, senza voltarsi, senza muoversi, con voce stranamente calma.

-ONE -

La madre continuava a rimanere immobile.

-Cosa è...Chi è...ONE? - chiese.

-Non lo so...una specie di demone... -

-Demone? -

-Si, una specie di essere soprannaturale che può fare del male alle persone reali - disse Ardeha senza pensare bene a quello che diceva.

-Una specie di ess...Emily, ma è terribile quello che dici! -

Ardeha non riusciva a capire perché la donna continuasse a rimanere voltata.

-Girati verso di me, e non chiamarmi Emily, il mio nome è... -

-Ardeha?- la soprese la donna –non è il tuo nome, non lo è mai stato -

Ardeha sbuffò.

-Si tratta di un sogno, giusto? E tu puoi sapere tutto di me. Qui posso anche chiamarmi come preferisco, vero? -

-Oh si, solo che non hai bisogno di volerti chiamare Emily, il tuo nome è sempre stato Emily -

-Certo, certo...quando arriva ONE? -

-Non so chi o cosa sia questo 'ONE'. Dimmi, com'è fatto? Devo saperlo per potergli sfuggire -

-In tutti i modi e in nessun modo, credo possa diventare tutto quello che vuole -

-E' terribile - rispose la mamma, immobile. Ardeha pensò che quel personaggio del suo sogno stava diventando inquietante.

-Non credo però che possa diventare chiunque vuole- aggiunse la mamma.

-E tu che ne sai? -

-Credo che...possa diventare qualcuno solo sfruttando immagini già impresse nella memoria del sognatore stesso -

Ardeha a questo punto rimase in silenzio, raggelata.

-Ad esempio, non potrebbe aver utilizzato le memorie che hai di tua madre per essere qui, davanti a te, ora? -

Impercettibilmente la donna ruotò la testa verso Ardeha, mostrando uno strano sguardo in tralice. La ragazza ebbe un tuffo al cuore, perché tutto a un tratto capì che ONE era entrato nel suo sogno sin dall'inizio, con le sembianze di una donna che stava spacciando per sua madre.

-E che bravo! Solo che...proprio non assomigli a mia madre! - esplose Ardeha.

-Oh sì che le assomiglio! In effetti, sono perfettamente uguale a lei perché ho usato l'ultimo ricordo che ne potevi avere, quello che hai vissuto durante il bombardamento di New York-

ONE si stava voltando lentamente, molto lentamente verso Ardeha; il viso della donna, ora di profilo, era completamente inespressivo.

-Ti stai inventando tutto! - lo aggredì Ardeha.

-Tu credi? Dimmi, Ardeha, hai mai sognato prima d'ora? - chiese sibilino ONE.

Ardeha rimase in silenzio.

-E dimmi, hai sognato di 110011, delle amache, dell'Envirtualment oppure di qualcos'altro? -

Le tremavano le gambe. Aveva saputo di trovarsi in un sogno da quando aveva compreso che le 'scene' che stava vivendo erano le stesse che erano apparse 'sotto le sue palpebre' quel giorno sdraiata nel proprio letto. Aveva compreso, nello stesso momento, cosa era un sogno e che quell'esperienza era stata un sogno.

-Spesso le vicende più tristi e terribili della nostra vita tornano a farci visita durante la notte, come sogni o incubi. Quando questo succede, io sono lì, pronto per sfruttarli per i miei scopi -

Ardeha sentiva il cuore in gola. Sapeva che ONE asseriva la verità, ma non capiva cosa questo significasse. Alla fine per lei, in quel momento, contava solo una cosa.

-Portami da Tokho -

La mamma si era completamente voltata verso di lei, ora, e gli tendeva le braccia.

-Emily, amore - diceva –vieni con me, ti porto dal tuo fidanzatino, così saremo per sempre insieme! - e così dicendo le prese le mani, mentre la porta del treno si apriva sulla nebbia nera. Ardeha tremava dalla paura ma si lasciò trascinare all'esterno, dove entrambi cominciarono a cadere verso dense profondità oscure.

27 - la caduta

Era una bella giornata, ne era sicura, ma le piaceva rimanere a oziare nella tiepida oscurità. Mentre giaceva, ancora assopita, stiracchiò le braccia ma non sentì il tipico scricchiolare delle ossa, e le mani non riuscirono ad afferrarsi tra loro. Aprì gli occhi e vide solo la medesima oscurità totale che aveva già conosciuto sotto le proprie palpebre. Cercò di toccarsi il viso con le mani senza successo, ed al posto della propria testa trovò il vuoto.

Fu allora che cominciò a precipitare, o meglio a sapere che stava precipitando poiché il suo corpo non poteva sperimentare l'effetto dell'accelerazione di gravità. Scoprì di essere stranamente calma, nonostante fosse in caduta libera all'interno di un corpo inesistente, e altrettanto calma e controllata rimase anche quando realizzò ne' di conoscere il perché di quella situazione ne' di ricordare il proprio nome ed il proprio passato. Per qualche motivo, che al momento le sfuggiva, sapeva che per tutto quello c'era una spiegazione e che si trovava in quella situazione volontariamente.

Si concentrò sull'unica cosa che sapeva con certezza, di essere di sesso femminile. Una donna, in caduta libera, senza corpo. Che senso aveva? Se aveva accettato di trovarsi in una situazione così insolita doveva esserci un buon motivo, ad esempio...ad esempio, qualcuno o qualcosa che doveva trovare, o ritrovare. Guardò in basso e si accorse che, molto più in basso, l'oscurità era interrotta da alcuni barlumi di luce; le parve addirittura di riconoscere delle forme rotondeggianti e del colore...verde.

Stava cercando qualcosa? Si trattava sicuramente di una cosa molto importante, o..di una persona molto importante. Improvvisamente sentì il vento fra i capelli. Era la strada giusta! Il suo corpo stava riapparendo. Mosse le mani verso la testa e iniziò a percepire la lieve carezza della capigliatura mossa dal vento anche se, nonostante il contrasto con la leggera luminosità verdastra che appariva dal fondo dell'abisso, non riuscì a vedere le sue braccia muoversi. Intanto continuava a cadere e a concentrarsi sui pochi elementi che aveva, primo fra tutti l'irrealtà della situazione, molto simile a una fantasticheria, o meglio a un...

...sogno! Doveva sicuramente trovarsi in un sogno. Non capiva ancora perché ma aveva chiaro che quella doveva essere la spiegazione. Cominciò ad avvertire l'aria premere contro il resto del corpo, e la fisicità che stava guadagnando contribuì a turbare la calma irreale in cui si trovava e a crearle ansia e senso di pericolo. Intanto la luminescenza verde che si trovava sotto di lei aveva assunto contorni più precisi, rivelando quelle che sembravano delle chiome d'albero viste da grande altezza.

"E' un bosco" pensò "sto cadendo in un bosco...".

Le braccia apparvero come dal nulla, con l'aria che fischiava tra le dita. Riuscì a portarsi le mani davanti al viso nonostante la forza del vento, seguì le braccia con gli occhi e vide che anche il resto del corpo era apparso. Stava cadendo verso un bosco, vestita di maglietta e pantaloncini e pesanti scarpe da camminata.

Guardò in basso e vide che il bosco si stava avvicinando a velocità vorticosa, ma proprio quando cominciava ad aver paura di sfracellarsi al suolo la caduta si trasformò in un leggero volteggiare. Planò ondeggiando e zigzagando come una foglia mentre le chiome degli alberi, dei pini, si avvicinavano. Passò fra di esse, abbastanza lentamente da riuscire ad accarezzare le fronde, ed i suoi piedi si appoggiarono finalmente su un terreno reso soffice dall'erba e dagli aghi di pino caduti a terra.

Era arrivata, non sapeva come, dove fosse e perché ci si trovasse, ma era con i piedi per terra. Rimase ferma ad ascoltare i suoni e gli odori della foresta, il vento tra gli alberi, lo scricchiolio dei rami, alcuni uccelli che prendevano il volo a poca distanza da lei, l'odore dell'aria fresca e ricca degli aromi delle piante.

Si guardò le mani, poi il resto del corpo. Improvvisamente prese a ispezionare i propri vestiti, una semplice maglietta, un pantaloncino con parecchie tasche... rovistò a fondo in quest'ultime alla ricerca di un qualsiasi oggetto riflettente con il quale poter vedere i propri lineamenti. Era sicura che se avesse potuto vedere la propria faccia le sarebbe tornata completamente la memoria, purtroppo, però, non trovò niente di utile. Decise che rimanere ferma lì non l'avrebbe aiutata e che aveva bisogno di muoversi per andare alla ricerca d'indizi. A pochi metri poteva vedere un sentiero dove l'erba sembrava diradarsi, come se fosse praticato spesso. Lo raggiunse e decise di camminare verso destra; il sentiero era lungo e sembrava tagliare quel bosco in due parti distinte.

Avanzò per alcune centinaia di metri; tutt'intorno a lei il bosco taceva, a parte il rumore prodotto da alcuni volatili che non riusciva comunque a scorgere tra le frasche. Sostò di nuovo lungo il sentiero, guardò dietro di sé e di nuovo davanti. Niente. Aguzzò gli occhi guardando tra gli alberi e non vide ne' un animale ne' un essere umano. Riprese a camminare, mentre gli aghi di pino producevano un rumore piacevolmente ovattato sotto le suole delle scarpe, e si arrestò dove il sentiero ne incrociava un secondo, molto più stretto del primo e coperto di erba. Proprio mentre indugiava, pensando che non era il caso di cambiare direzione, intravide due figure in distanza su un lato del sentiero più stretto. Erano distanti, eppure le sembrò di capire che fossero un uomo e una donna che sostavano guardando proprio nella sua direzione. Nel medesimo istante che le sue gambe presero a camminare verso quelle due apparizioni, anch'essi si misero in cammino verso di lei. Mentre si avvicinavano, nella sua mente turbinavano pensieri. Stava pensando a cosa avrebbe potuto chiedere a quei due, e che risposte avrebbe lei potuto dare alle loro domande. E poi...doveva trovarsi in un sogno, non era possibile altra spiegazione, e allora...perché semplicemente non si svegliava? Le sue braccia si alzarono e cominciarono a sbracciare in aria facendo segnali verso quei due, solo che lei non aveva avuto l'intenzione di attrarre la loro attenzione, così come non aveva veramente voluto camminare nella loro direzione. Era come se la sua volontà seguisse una 'storia' già scritta, per cui non fu stupita di sentire la propria voce augurare la 'Buona Sera' ai due sconosciuti, presentarla come 'Emily', un nome che non si ricordava di avere, e aggiungere di avere un 'cellulare' che non 'prendeva', riposto all'interno di uno zaino che non si era accorta di avere in spalle fino a quel momento.

La parte successiva della giornata era andata abbastanza bene, a parte lo strano atteggiamento di Marilena, la ragazza, e una profonda polla di fango appiccicoso che l'aveva costretta a togliersi le scarpe una volta arrivati alla casa dove lei viveva con Livio, così si chiamava lui. Emily, ormai sapeva di doversi chiamare così, lo aveva trovato subito simpatico, quasi un volto familiare. Ora si trovavano attorno al tavolo della sala, Emily calzava delle grosse ciabatte che le aveva prestato Livio e l'imbarazzo per alcune battute acide che Marilena aveva appena proferito era svanito sopra tre piatti di pasta fumante.

-Insomma, dicci di New York! - chiese Marilena a Emily, la quale, per poco non mandò di traverso il boccone. La sua voce aveva spiegato, in precedenza, e senza che lei sapesse il perché, che proveniva da quella città e che stava cercando la pace e la quiete dell'Europa e di quei luoghi boscosi, in particolare. La stessa 'sua' voce aveva informato tutti e tre che alloggiava in un albergo non troppo distante, ma neanche vicinissimo, e che la mattina dopo avrebbero potuto accompagnarla su una qualche strada principale per prendere un autobus che l'avrebbe riportata in qualche paese a lei ignoto. Emily parlò amabilmente di quella città, apportando particolari dettagliati degli edifici e delle attività serali di cui non si ricordava di 'ricordare'. Si trattava del sogno più strano che avesse mai vissuto ma, e ne era certa, anche se non sapeva perché, non si trattava di una semplice esperienza onirica indotta da una cena pesante ma di qualcosa di molto più complicato, anche se non aveva idea del significato che potesse avere.

-Come vorrei visitare New York! - commentò Marilena –forse...domani! Potremmo andarci domani! Vero Amore? - disse sorridendo a Livio. Questi la guardò stranito.

-Ma che dici! E' lontanissima -

-Ah...! Tu non hai idea di quanto sia vicina, invece - Marilena si alzò da tavola pronunciando quelle parole.

-Bene...vado a metter su la lavatrice. Voi due...chiacchierate un po'! - e uscì dalla stanza.

Emily e Livio rimasero uno di fronte all'altro, in silenzio per alcuni secondi. Fu lui a rompere gli indugi.

-Ah...Beh...hai avuto fortuna a incontrarci. Questo bosco è enorme, potevi rischiare di dover dormire all'aperto, proprio stasera che ho scoperto che ci sono anche dei lupi... -

-Si, è veramente enorme - Emily stava pensando all'estensione della foresta come la aveva potuta vedere dall'alto cadendo –I lupi sembravano lontani -

-Si, è vero. Non riuscivo a capire esattamente da che direzione provenisse l'ululato. Comunque stasera non si sentono più, per fortuna -

In quel preciso istante Emily sentì l'impulso a raccontare una vicenda del suo passato in cui aveva visto in distanza un branco di lupi in qualche bosco remoto assieme a sua sorella e di come si fossero nascoste dietro un folto cespuglio, ferme e in totale silenzio, mentre il gruppo passava senza notarle. Di questi fatti ovviamente non ricordava niente, ed era come se stesse rivivendo il passato di qualcun altro. Emily riuscì a non farsi sopraffare dal flusso di parole che minacciava di uscire dalla sua bocca; rimase zitta, attese, poi decise che era giunta l'ora di svegliarsi da quel sogno assurdo.

-Wow! -esclamò -E' tutto così strano! Quanto deve durare ancora? -

-Cosa sta durando? - chiese sorpreso Livio.

-Questo sogno - rispose Emily.

-Sogno? - Livio mostrava un'espressione di genuina sorpresa, e come poteva essere diversamente, pensò lei, visto che si trattava di un personaggio del *suo* sogno? -

-Si, questo è un sogno, tutto un sogno! - così dicendo Emily si guardò intorno come per cercare indizi per supportare le sue affermazioni.

-Di che parli? - ribatté Livio sorridendo - devi essere molto confusa -

-Si, lo sono, ma ti assicurò che tutto questo è un sogno. Ne sono certa -

-E come fai a esserlo? - Il ragazzo assunse un'espressione semiseria, come se da un lato avesse trovato le affermazioni di lei divertenti e dall'altro queste producessero in lui dei pensieri inattesi.

-Beh...basterebbe che ti raccontassi come sono arrivata qua... -

-Dimmi - rispose Livio –stupiscimi! - e si mise sdraiato sulla poltrona come se si trovasse al cinema a guardare un bel film.

-Sono caduta dal cielo -

-Come sareb...?! - Livio interruppe a metà la frase ed Emily notò che, invece che mostrare sorpresa, il suo volto esprimeva paura.

-Mi sono svegliata nell'oscurità più completa, non riuscivo a sentire ne' vedere il mio corpo, sapevo però che stavo cadendo. Ho visto la foresta dall'alto e pian piano sono 'ricomparsa'. Arrivata alla sommità degli alberi, la mia caduta si è rallentata e sono atterrata dolcemente carezzandone le chiome. E tutte le cose che ti ho raccontato fino ad ora...beh, non credo di sapere niente di New York ma riesco a raccontarle senza problemi, come se fosse qualcun altro a parlare. E' sempre questo 'qualcun altro' che mi ha informata di chiamarmi Emily -

Aveva raccontato il suo arrivo nel sogno guardando fuori dalla finestra, lasciando vagare lo sguardo nell'oscurità che era calata sul bosco che circondava la casa, come alla ricerca di qualcosa di cui non aveva idea e senza guardare Livio mentre parlava, per questo non poté accorgersi subito del cambiamento avvenuto gradualmente nell'espressione del ragazzo. Quando tornò a voltarsi verso di lui lo vide con gli occhi umidi, le labbra tremanti, pallido in volto e con lo sguardo perso nel vuoto.

-Livio- Emily gli si avvicinò, inginocchiandosi davanti a lui emettendogli una mano sul ginocchio –che ti succede? E' solo un sogno-

-Come puoi... -iniziò a dire lui, poi riprese fiato e continuò –come puoi dire che sei in un sogno quando quello è il *mio* sogno? -

Ora era Emily a essere confusa –che stai dicendo? -

Livio la guardò, come se avesse davanti allo stesso tempo un impostore smascherato e un messaggero a lungo atteso.

-Ogni notte...ogni notte sogno di trovarmi nell'oscurità, di non ricordami chi sono e di cadere mentre il mio corpo riappare. Ogni notte faccio lo stesso sogno, terribile... -

Emily rimase ferma davanti a Livio, incapace di dire qualsiasi cosa. Fu Livio a parlare ancora, dopo quasi un minuto di silenzio.

-Hai avuto la sensazione di cadere per un motivo? - chiese.

Emily emise un leggero gemito, alzando la mano destra davanti alla bocca, quasi a coprire il viso per nascondersi da una verità ancora incomprensibile che la stava per raggiungere. Esattamente in quel momento, percepì una pressione nella tasca sinistra del pantaloncino. Allungò la mano ed individuò un oggetto duro e con delle asperità che era apparso nella sua tasca. Introdusse la mano all'interno ed estrasse un piccolo oggetto con la forma di un animale, una specie di volatile rotondeggiante -

-La paperella - sentì la propria voce pronunciare mentre i suoi occhi si inumidivano.

-Io - disse Livio, prendendo l'oggetto dalle mani di lei, osservandolo e pronunciando lentamente le parole successive -tutte le notti precipito alla ricerca di Ardeha -

28 - Rivelazioni

Livio ed Emily stavano seduti immobili, uno di fronte all'altro, guardandosi negli occhi. Fu lui ad allungare la mano per primo verso di lei, che rispose intrecciando le dita con le sue.

-Amore mio, Tokho... -sussurrò, e si abbracciarono.

Marilena ritornò nella sala in quel preciso momento. Rimase a guardare i due ragazzi che si tenevano come per non lasciarsi mai più. Fece un gesto per attrarre la loro attenzione che però interruppe subito, poi buttò lo sguardo in basso e si spostò verso il tavolo, dove avevano appena cenato tutti insieme. Prese la bottiglia di vino e si verso un mezzo calice, centellinò il liquido rosso scuro e bevve un piccolo sorso. Espirò in maniera sonora, poi si spostò lentamente di nuovo nella loro direzione, guardandoli. Emily ora teneva la testa contro il petto di Livio, il quale guardava Marilena con un misto di paura, rabbia e confusione. Lei si lasciò cadere su di una poltrona, si tolse le ciabatte e ritirò le gambe sopra la seduta.

-Mi dispiace per questa cosa della ragazza...della convivenza, insomma, qui nel bosco. Mi è sembrata una buona idea, spero che non te la sia presa troppo, Ardeha -

Emily/Ardeha si allontanò leggermente da Livio/Tokho, sempre tendendolo per mano e si rivolse a Marilena –Tu sei...ONE -

-...non so, non ho un nome, non mi serve, sono l'unico del mio genere, perché dovrei avere un nome? Continuate pure a chiamarmi Marilena...E tante scuse anche per quella cosa dei lupi, il fango appiccicoso...insomma, ho avuto un attimo di paura, anche di gelosia...lo capisci che questo è il mio sogno, anche se, senza di voi e tutti gli altri, non potrebbe esistere...è pur sempre il mio 'posto sicuro'! -

-Io sono...siamo entrambi prigionieri di un sogno...tuoi prigionieri... com'è possibile! - riuscì a dire Livio, quasi piangendo.

Marilena finì il vino rimasto sul fondo del calice, che pose sul tavolo, subito dopo si alzò in piedi e prese a camminare davanti ai due ragazzi che continuavano a stare vicini, come se avessero paura di perdersi, mentre tenevano lo sguardo puntato su di lei.

-Prigionieri? E sareste voi i prigionieri? - disse Marilena con aria quasi canzonatoria –Se non l'aveste ancora capito, qui il prigioniero sono io! - disse volgendo i due indici verso di sé.

Ardeha e Tokho la guardarono senza capire.

-Non penserete - continuò allargando le braccia –che tutto questo lo abbia creato io, tutto da solo? Certo, posso influenzare un poco quello che succede qua dentro, ma gli scenari, i sapori, gli odori...sono un prodotto dei ricordi e dell'elaborazione che ne fa la mente degli abitanti di 110011 -

-Non capisco - disse Ardeha – questo posto non può essere l'elaborazione di un ricordo, non esiste nessun posto come questo all'interno di 110011 -

-Ma all'esterno si... - replicò Marilena/ONE

-all'esterno...dove? Nessuno ha varcato le mura di 110011 da secoli! - intervene Tokho. A quella risposta Marilena prese a camminare verso di loro, mettendo un piede davanti all'altro, simulando dei saltelli e facendo 'no' ondeggiando i due diti indice.

-Non è proprio così...Dovete sapere che la maggior parte dei ricordi e delle fantasie che fanno parte dei sogni proviene dal subconscio, e in quella parte del vostro cervello il Governo non è riuscito a entrare. Perciò, un bel giorno ho cominciato a esistere conoscendo molta più verità di tutta quella che le vostre povere menti riescono a ricordare tutte insieme! -

I due ragazzi erano del tutto persi.

-Bene..cominciamo dall'inizio... - Marilena/ONE saltò con un balzo sopra il tavolo e prese a camminare su e giù tra bottiglie, piatti e posate, posati su quella superficie, fermi, freddi e, ovviamente, non -esistenti.

-Voi avete idea di cosa sia...la guerra? -

Tokho e Ardeha si guardarono, confusi. Fu lei a rispondere.

-La guerra è un metodo di risoluzione delle controversie tra gruppi motivati da esigenze sociali, economiche fra loro inconciliabili. E' stata superata centinaia di anni fa -

Marilena annuì con la testa mentre camminava scalza tra le cianfrusaglie, attenta a non sporcarsi i piedi.

-la prima brutta notizia è che la guerra non è stata superata. Ne è in corso una ora, in questo momento, feroce e sanguinaria, senza regole, senza convenzioni che difendano i civili o garantiscano diritti per i militari fatti prigionieri. In effetti, con l'*atto per la difesa delle nazioni* qualsiasi cittadino delle nazioni in guerra, nessuno escluso, risulta arruolato e sottoposto alla legge marziale come un soldato al fronte. Non è più reato fucilare un bambino in mezzo alla strada, nel mondo in cui vivete -

Ardeha guardò verso Tokho, che era sconvolto, poi si volse verso ONE.

-Stai inventando tutto, cerchi di ingannarci!-

ONE si arrestò rimanendo in punti di piedi, con le dita degli stessi afferrò un tovagliolo e se lo passò in una mano, poi lo porto al volto e simulò un pianto sconsolato.

-Poveri noi, come faremo! Come faremo ad accettare la verità! - latrò -Eppure hai visto che nel sottosuolo di 110011 vivono moltissime persone che non seguono le vostre regole sociali e che non fanno uso dell'Envirtualment. Hai conosciuto Roberta e Kenneth, Skip, e hai visto che lavoro fanno -

-Lavoro? Io...che stai dicendo? -

-Lavoro, esatto. Sei entrata nel centro di elaborazione dati dove si crea l'Envirtualment e dove vengono prodotte le informazioni somministrate a 110011. Tu..hai visto...lui! - disse ammiccando verso Tokho. Ardeha abbassò gli occhi.

-Di cosa sta parlando? - chiese il ragazzo portando le mani alla bocca e guardando preoccupato Ardeha.

-Sono stata in un posto...mi hanno detto che eravamo nel sottosuolo di 110011. Le persone erano strane...diverse, si toccavano in pubblico e non rispettavano il decreto sulla salubrità. Poi, mi hanno mostrato... -Ardeha si fermò e strinse gli occhi.

-Cosa hai visto? - Tokho era visibilmente teso.

-Ho visto te, collegato a una macchina che controllava le tue funzioni vitali, alimentato tramite flebo, in una stanza mantenuta caldissima per rallentare il raffreddamento del tuo corpo mentre ti trovavi in una fase di sonno R.E.M. prolungato innaturalmente -

Tokho rimase senza respiro per alcuni secondi, poi inspirò profondamente ed espirò lentamente portandosi ancora le mani al viso.

-La mia tutor Roberta, il maestro del Centro Argo, Xarhu, che in realtà si chiama Kenneth, sono stati loro a rapirti, a sedarti, a collegarti a un'alcova, a spedirti all'Envirtualment e ad indurti un sonno profondo dove hai iniziato a sognare e sei entrato in contatto con ONE. Ti ho visto cadere dalla sommità di un grattacielo giù fino all'interno di una voragine scura e profonda. Nel passaggio dall'esperienza lucida dell'Envirtualment a quella semi -ipnotica del sogno abbiamo entrambi sviluppato un'amnesia temporanea, che si è risolta quando abbiamo pronunciato i nostri nomi -

-Amnesia...amnesia! - prese a canticchiare Marilena –E non è stata la prima volta che avete perso la memoria... -

-Che stai dicendo, ora? - Ardeha si allontanò da Tokho andando verso ONE come se volesse colpirlo/a. Per tutta riposta Marilena saltò giù dal tavolo si parò davanti ad Ardeha.

-Qui è tutta una simulazione, anche i vostri corpi lo sono. Io invece...non ho nemmeno un corpo! Picchia pure! -

La ragazza capì che la sua reazione era perfettamente inutile; si calmò e decise che a quel punto doveva scoprire tutta la verità. Davanti a lei stavano in piedi i sogni e i ricordi personificati di tutti gli abitanti di 110011, ed era intenzionata a scoprire quali fossero.

-Dimmi di più - sfidò ONE.

-Come vuoi - disse Marilena, che con un balzo fu di nuovo sopra il tavolo e cominciò a parlare con calma, sempre camminando tra le posate e i piatti.

-Ardeha, hai mai sognato? –

-Si -

-Hai mai sognato prima? -

-prima di quando? -

-E' ovvio. Prima di incontrare me -

Ardeha cercò di ricordare com'erano andati gli eventi. Effettivamente aveva avuto il suo primo sogno la notte dopo aver incontrato ONE per la prima volta nell'Envirtualment.

-No, non l'ho fatto -

-E ti sembra normale? -

-Non so...ho scoperto da poco cosa significa sognare -

-Allora ti do un aiuto. Sognare è normale; un essere umano in salute sogna quasi tutte le notti e riesce a ricordare una parte non grande, ma comunque rilevante, dei propri sogni- ONE continuava a camminare su e giù per il tavolo.

-Voi non sognate perché vi è stato impedito di farlo, perché nell'elaborazione di un sogno possono essere evocati ricordi a lungo rimossi, ricordi che *non devono* riemergere. Ad esempio, di cosa parlano i tuoi sogni, Ardeha? -

-Io...ho visto me stessa bambina, ero assieme a una donna che chiamavo mamma e scappavo senza capire cosa fossero quei boati...-

-Il bombardamento di New York, 11 ottobre 2072. Quel giorno hai perso tua madre, eravate in fila per la distribuzione delle razioni di pane; lei è riuscita a salvarti scappando nella metropolitana, ma tu sei riuscita vedere la scheggia che l'ha raggiunta nell'addome mentre scendevate, anche se eri troppo piccola per capire cosa stava succedendo. M'immagino che sia rimasta voltata dandoti le spalle e parlandoti in quella posizione per non farti vedere che perdeva sangue a fiotti; poi sei svenuta, per cui non posso sapere cosa è successo dopo, ma penso che tu sia rimasta priva di sensi per tutto il tempo che è occorso a tua madre per morire dissanguata. Ti sei svegliata la sera dentro un rifugio con altre centinaia di bambini. Tua madre è quindi morta quel giorno e non hai mai più rivisto tuo padre e tuo fratello. La tua vita successiva ha avuto come unico oggetto la sopravvivenza, quella di Tokho non è stata affatto diversa. Prima di entrare a 110011 hanno dovuto fare un lavoro di chirurgia plastica notevole per togliere tutte le cicatrici che avevate sul corpo e per farvi ingrassare fino a peso forma... -

Ardeha e Tokho ascoltavano in silenzio, terrorizzati, perché, pur sembrando, quella raccontata da ONE, una favola macabra, sentivano che, a tutti gli effetti, si trattava della verità.

-Cosa è 110011? - trovò il coraggio di chiedere Tokho.

ONE saltò giù dal tavolo e si mise seduto a gambe incrociate a terra, invitando anche loro due a fare lo stesso, formando i tre vertici di un triangolo. I due ragazzi, come magnetizzati, eseguirono la richiesta e si disposero in quella strana guisa. Marilena porse la mano ad Ardeha e fece cenno alla ragazza di prendere quella di Tokho, poi pose la propria su quella di Tokho e indicò a quest'ultimo di chiudere il cerchio e, dopo di questo, chiese ai due di chiudere gli occhi. Da quel momento ONE cominciò a parlare, mentre delle immagini apparivano sotto le palpebre dei due ascoltatori, immagini del passato.

-Come dicevi tu, Ardeha, La guerra è un metodo di risoluzione delle controversie tra gruppi motivati da esigenze sociali, economiche fra loro inconciliabili. A differenza di quello che ti hanno fatto credere, non è stata superata secoli fa, è bensì la realtà corrente del nostro mondo ormai da quasi venti anni consecutivi; il sangue scorre senza sosta, senza regole, senza remore, senza scrupoli nel mondo in cui siete cresciuti. Si sono evoluti i metodi della guerra, dalle asce siamo passati ai raggi laser, dalle fionde ai missili, dall'olio bollente siamo passati ai gas vescicanti e alle armi batteriologiche e un terribile virus di meningite altamente trasmissibile, la MV, è stato scatenato sul territorio europeo massacrando un numero incredibile di persone. La natura della guerra è rimasta però la stessa per secoli, come contrapposizione tra due fazioni in lotta per il controllo di un territorio o di una risorsa, almeno fino a ora. La Confederazione degli Stati Occidentali, quello che potreste identificare con ciò che avete sempre chiamato 'governo' ha ideato una nuova forma di guerra, o meglio un'evoluzione della natura della guerra -

ONE smise di parlare per lasciare il tempo a immagini di devastazione e malattia di scorrere davanti agli occhi chiusi dei due ragazzi.

-Per secoli propaganda e disinformazione sono stati impiegati per influenzare l'esito dei conflitti. La diffusione d'inviti tra i civili a passare dalla parte del nemico o che diffondevano false informazioni sugli scopi degli stati che partecipavano alla guerra è stata una prassi più che comune. L'effetto di queste pratiche è sempre stato però passeggero e l'efficacia limitata, perché le necessità sui cui la guerra si basava rimanevano, a ricordare il perché del conflitto, e la memoria dei passati orrori continuava a infiammare una parte contro l'altra.

La consapevolezza è sempre stata l'arma più potente che si potesse dispiegare in battaglia, quindi per cambiare veramente le cose si doveva eliminarla.

L'esperimento '1' fu tentato somministrando ad alcuni militari catturati un cocktail di farmaci che creavano un'amnesia temporanea. Una volta risvegliatisi, furono posti di fronte ad individui che indossavano delle divise della fazione opposta e non ebbero alcuna reazione. Fu raccontato loro che il mondo viveva in pace, che si trovavano in un'epoca di benessere, lontani dalla pratica della guerra e della violenza e loro, e come poteva essere altrimenti, caddero nel tranello e fecero propria la nuova realtà, almeno per un po'. Emersero subito alcune complicazioni, ad esempio un soldato ex -nemico che prestava servizio come cuoco all'interno di ospedale venne in contatto con l'aroma di cumino, tipico del nord dell'Africa dove era cresciuto. Questo determinò un ritorno quasi immediato della memoria passata e la vicenda si concluse in un bagno di sangue perché l'uomo riuscì ad assassinare una decina di pazienti dell'ospedale, oltre che un dottore e alcuni infermieri, prima di essere abbattuto. Episodi di questo tipo si ripeterono più volte in altri esperimenti, rendendo chiaro che la forza evocativa di alcune stimolazioni sensoriali, in particolare odori, sapori e contatto fisico con persone conosciute, doveva essere tenuta sotto controllo, oppure eliminata. L'impossibilità di sapere quale stimolo sensoriale poteva causare la riattivazione della memoria soppressa indicò che la strada da seguire era quella di segregare i soggetti in amnesia in ambienti controllati, dove fosse eliminato ogni rischio di esposizione a stimoli che potevano far riemergere le memorie soppresse. Questo imponeva di creare ambienti di estensione limitata, 'villaggi', entro cui far vivere i soggetti trattati per lunghi periodi. Il primo villaggio fu creato con il numero 101101, che in numerazione binaria significa 45. La fantasia malata di chi aveva progettato questa numerazione si era spinta fino a pensare che, se si fosse indicato il nome del villaggio in questo modo, si sarebbe potuto supportare la menzogna che ci fossero, in numerazione decimale, 101.101 villaggi sparsi per il mondo in cui piccole comunità vivevano separate per ragioni di ordine pubblico e sanitario o per evitare un non meglio identificato sovraccarico ambientale.

Ben presto apparve chiaro che anche tutto questo non bastava, perché, al massimo dopo un anno di vita chiusi in un'area ristretta, anche i soggetti più docili davano segni d'irrequietezza e mostravano necessità di conoscere di uscire all'esterno. Non furono rari gli atti di macabra violenza tra soggetti trattati, ed emerse chiara la necessità di fornire agli abitanti dei villaggi uno 'sfogo' verso l'esterno per prevenire il desiderio di 'uscire' -

-L'Envirtualment- mormorò Ardeha, interrompendo il monologo di ONE che, per tutta risposta, lanciò un bacio verso la ragazza.

-Brava! In tutto questo lo MBH è stato l'ultimo tentativo, fallito, di 'apertura nella chiusura', utilizzato per dare sfogo alla curiosità di quella parte della popolazione che non si accontentava di una vita monotona e senza stimoli. E' stato subito chiaro che si trattava di un'attività *reale* con conseguenze altrettanto *reali* , che prima o poi avrebbero comportato il rischio di pericolosi richiami alla vita fuori di Villaggio 110011.

L'Envirtualment...cosa c'è di meglio far risvegliare un gruppo d'individui in un mondo giocattolo, senza più ne' odori, ne' sapori, ne' la possibilità di avere molteplici contatti fisici reali, dove non si lavora e non si deve più uscire da casa per avere esperienze fantastiche, grazie ad un sistema di simulazione perfetto? Lo scopo finale è quello di far collegare tutti gli abitanti del villaggio a un'amaca per tempi sempre più lunghi, in modo che nessuno abbia più la necessità di vivere nel mondo reale. E a questo punto, converrete con me, che la guerra sarebbe vinta per sempre... -

ONE a quel punto saltò di nuovo sul tavolo, si piazzò in mezzo ad esso a gambe divaricate e incrociò le braccia, mimando la posizione di qualche condottiero del passato, la cui immagine gli proveniva dai ricordi dai concittadini di Tokho e Ardeha, o forse anche dal loro stesso subconscio.

-Ardeha, al secolo Emily Doorkey, e Tokho, al secolo Livio Ruggeri!– declamò con aria sardonica –siete nati, rispettivamente, nel 2065 e tu, Livio, nel 2064 e questo è l'anno 2089, non l'anno 2612 come siete stati istruiti a credere. Avete avuto una vita di paura, dolore e solitudine fino a che vi siete risvegliati all'interno dell'esperimento 110011, il numero 51 in cifre decimali, sei mesi fa. L'esperimento procede da allora con eccellenti risultati, se non fosse per alcuni piccoli intoppi...-.

Saltò di nuovo giù dal tavolo.

-Uno sono io, come immaginerete, e gli altri, mi perdonerete per la franchezza, da ora siete voi due... -

Di lì in poi nessuna informazione poté essere più sconvolgente, neanche sapere che i metodi di selezione per la creazione dei gruppi omogenei erano pensati per evitare accuratamente il contatto con persone che avessero anche il benché minimo tratto familiare. La coppia tra Tokho e Ardeha era stata approvata perché nessuno dei due ricordava minimamente all'altro alcuna delle persone che avevano incontrato prima dell'amnesia.

-Quanto dura la cancellazione della memoria? - chiese Livio.

-per quanto ne so, con le raffinate tecniche messe appunto dal Governo, non ha più un limite di tempo. Durante le sessioni di Ipnosonno la vostra memoria a breve termine viene 'ripulita' e 'omologata'. Se durante la giornata vedete qualcosa che dovete dimenticare, durante l'ipnosonno i vostri cervelli vengono 'detersi' e 'igienizzati'. L'integrità della rimozione può essere incrinata però da potenti stimoli sensoriali. Potrebbe essere possibile un completo recupero abbandonando 110011, ad esempio. Se l'ipnosonno non ha successo nel controllare le memorie, gli individui che non si lasciano 'ripulire' possono pur sempre 'sparire' ed essere rimpiazzati da altri con maggiore 'cecità al cambiamento'. Ad esempio, Ardeha...come si chiama tuo padre? -

-Abeche.. -rispose lei.

-E che aspetto ha? - continuò Marilena.

-Ma che c'entra ora? - protestò Ardeha.

-Che aspetto ha...tuo padre, Ardeha - la incalzò ONE.

-Mio padre Abeche è castano di capelli, con occhi grigioverdi. E' un po' sovrappeso, si è operato da poco facendosi ricostruire alcune vertebre con l'Elastene, per cui cammina un po' goffamente -

-E tuo padre ha sempre avuto quest' aspetto? -

-Che cosa stai dicendo ONE... - chiese Ardeha confusa.

Marilena sospirò.

–Tuo padre Abeche fino a pochi giorni fa era un signore biondo e magro, non aveva nessuna necessità di operazioni alla colonna vertebrale, men che meno d'interventi con Elastene, materiale che non è mai esistito e che altro non è che una mera invenzione, appositamente confezionata per 110011. Allo stesso modo non esistono i materiali denominati 'similvetro', 'similegno', similcarta'. Voi avete sempre usato vetro, legno, carta *veri* provenienti dall'esterno, presentati come versioni a basso impatto ecologico degli antichi materiali originali e a essi perfettamente identici, per arricchire la favola del mondo perfetto ed evoluto in cui avreste avuto la fortuna di nascere e condurre la vostra esistenza - Marilena/ONE si fermò un attimo per lasciare tempo ai due ragazzi di assorbire l'enormità con cui si stavano confrontando.

-Il nome di tuo padre, fuori da 110011, era Guglielmo Gori, e proveniva dall'Italia, come il tuo Livio/Tokho, che in questo momento ci ascolta terrorizzato. Giorgio/Abeche era in possesso di un innesto neurale e frequentava regolarmente l'envirtualment come turista delle ricostruzioni storiche del XIX secolo. Durante una di esse è sceso in una fase R.E.M. abbastanza prolungata da permettermi di interagire con lui, riportandolo alla sua vita sul litorale tirrenico e alle sua passione per il tennis. E' tornato alla realtà sconvolto dal nostro incontro, disgraziatamente quella notte non è riuscito a dormire e l'ipnosonno non ha potuto agire. Tua madre, invece, ha deciso che tutto quello che Abeche gli stava raccontando era frutto di un qualche effetto secondario dell'Envirtualment che sarebbe stato corretto presto ed è andata serenamente a letto, dove ha potuto dimenticare tutto durante l'ipnosonno. Durante la notte una squadra di contenimento è entrata in casa dei tuoi falsi genitori ed ha prelevato Giorgio/Abeche depositando un nuovo 'Abeche' nel letto accanto a tua madre. L'ipnosonno ha cominciato a lavorare sulla mente di tutti coloro che conoscevano il vecchio Abeche, lui e te compresa, creando la sua nuova identità. La mattina successiva nessuno all'interno di 110011 era più in grado di notare la differenza, nemmeno il nuovo 'Abeche'.

-Come fai a conoscere tutte queste cose sulla vera natura di 110011? - chiese Ardeha.

-E' semplice - rispose ONE –Alcuni partecipanti al progetto hanno cominciato a trovare disgustoso quello che si faceva sotto 110011 e...si sono svegliati improvvisamente un piano più in alto, con la memoria ripulita ma con un bel subconscio pieno di succose informazioni. Come avrai capito, è sempre stato molto pratico poter eliminare alcuni componenti 'scomodi' della squadra di controllo e allo stesso tempo avere a disposizione dei comodi rimpiazzi per cittadini di 110011 non sufficientemente 'ciechi al cambiamento'. Anzi...secondo me è grazie ad una di questi rimpiazzi che io ho cominciato a esistere...ora, però, basta parlare di me! Parliamo delle vostre intenzioni! Volete uccidermi? - chiese seria Marilena.

Emily e Livio si guardarono negli occhi, poi lei volse lo sguardo verso ONE.

-Credo...credo che io e Tokho siamo i primi a incontrare di persona i propri sogni all'interno di una casa in mezzo al bosco. Mi hanno mandato qua per toglierti di mezzo, e...non solo non ho idea di come farlo ma mi domando *perché* dovrei farlo, e perché non dovrei invece voler fare in modo che tu possa riprendere il tuo posto all'interno del nostro subconscio -

ONE ridacchiò, abbassando lo sguardo e piegando leggermente la testa su di un lato. - Insomma vorreste...abbracciare di nuovo i vostri sogni? - chiese con voce bassa e rotta da un'emozione a lungo repressa.

29 - 24 Ottobre

-In un punto imprecisato dei circuiti di un computer posto all'interno di un centro di elaborazione dati sotterraneo, all'insaputa delle menti che avevano privato centinaia di persone della propria libertà e del proprio passato, i sogni di due giovani che si erano incontrati per un concorso imprevedibile di destini si fusero con quelli di molti altri, dando vita a una forza nuova, fresca e mai comparsa prima sulla faccia di questo pianeta. La magica rinascita cominciò da qui, con la creazione di una coscienza collettiva che rifluì all'interno delle menti sognanti di tutti coloro che si trovavano all'interno di una simulazione malefica donando memoria, speranza e consapevolezza. Questi illuminati si svegliarono e diffusero la loro conoscenza a tutti coloro che incontravano e in breve la prigione cadde e tutti furono liberi di andare dovunque, assaggiare e bere dei frutti del mondo e di sognare -

L'insegnante e gli alunni avevano ripetuto insieme l'evocazione, e questi ultimi sapevano che significava che un altro giorno di noiosissima scuola era finito. Via, liberi! E per davvero!

Elio e Neva erano saltellati fuori dall'aula dirigendosi a corsa attraverso i campi arati ma si erano dovuti fermare in mezzo alla strada mentre un enorme gregge di pecore la attraversa.

-Quanta cacca fanno! - urlò la bambina.

-Stai zitta! Tu ne fai molta di più! E puzzi forte, più forte di loro! - gridò il piccolo

-Scemo! - e seguì uno scambio tempestoso di sputi e pernacchie.

-Non ho voglia di andare a casa subito - disse Neva. Vieni con me dal Matto?

-No, No! L'ultima volta i miei genitori si sono veramente arrabbiati. Vai da sola! -

Neva incrociò le braccia e attese. Lo sapeva che lui faceva sempre così, ma poi...

-E va bene, andiamo. Però, facciamo presto -

I due bambini si presero per mano e corsero su per la collina che conduceva alla casa del matto. Era sempre divertente andarlo a sbirciare, perché faceva tante facce buffe e poi cantava, poi stava zitto, poi ricantava di nuovo. Usciva di rado di casa e andava a comprare qualcosa da mangiare, ma non pagava mai perché era figlio di un paio di persone importanti, che, se si ricordavano bene, erano proprio quelle di cui parlava l'evocazione.

Arrivarono davanti alla porta della casa, all'interno di un bosco fitto, nessun suono usciva dall'abitazione a indicare la presenza del matto in casa. Allora si avvicinarono ancora un po'...ancora un po'...misero la mano sulla porta, spinsero, questa si aprì...sempre silenzio.

-Vi posso aiutare? - chiese improvvisamente qualcuno alle loro spalle. I due piccoli si voltarono di scatto gridando e videro il matto proprio davanti a loro. Era vestito metà con vestiti da uomo e metà da donna, un piede scalzo e uno no, i capelli di parecchi colori diversi.

-Volete un the? Qualche biscotto? - disse improvvisamente. I due si guardarono l'un l'altro.

-Non sembri tanto matto! - disse Elio.

-Ah, sono matto io? - chiese facendo la boccuccia e strabuzzando gli occhi in fuori –ma se non volete i biscotti di un matto, posso capirlo... -

-Sgancia la grana, amico! O i biscotti o la vita! - replicò Neva.

-Allora biscotti siano! - disse, e improvvisamente alzò le mani sopra la testa e cominciò ad avanzare saltellando qua e là. I due bambini cominciarono a ridere.

-*Sei proprio matto!!* - gridarono all'unisono.

-Non sono matto, sono felice - disse quel figuro fermandosi di colpo.

-Felice di cosa? -

-Felice...di essere qui, e non altrove, di respirare il sole e la luna e di ballare con l'aria fresca e di vivere una vita vera che è come un sogno... -

-Parli strano, accidenti! - disse Elio.

-E' vero che sei figlio di quei due dell'evocazione? - chiese Neva.

Il matto si fermò di colpo, poi si girò verso i due scriccioletti che lo guardavano con gli occhi pieni di curiosità.

-Mamma e Papà...si erano proprio loro -

-*Wow!* - dissero all'unisono quei pezzetti di uomo e di donna –raccontaci la loro storia! -

-Ma dai! Non interessa più a nessuno! sono passati tanti anni! - disse saltellando qua e là come un cerbiatto.

-Dai, racconta! -

Ed Elio e Neva rimasero ad ascoltare quello strano tipo mentre parlava di cose che non riuscivano a capire, di sogni, d'immaginazione e di rinascita. Poi fu tardi e venne l'ora di tornare a casa, e quasi dispiacque loro di lasciarlo lassù sul tavolo dove era saltato a camminare avanti e indietro mentre raccontava la sua storia.

Fine

Sommario

Printed in Great Britain
by Amazon

25854706R00185